alife《アライフ》

藤井蕗 著
Fuki Fujii

18トリソミーの旅也と生きる

クリエイツかもがわ
CREATES KAMOGAWA

Prologue

はじめに ―――――― prologue

わが家の二男・旅也《たびや》は2012年8月9日、「18トリソミー」という難病をかかえて生まれてきました。近年まで1歳になれるのは一〇人に一人とされ、「予後絶対不良」という現実に、私たちは打ちのめされました。それでも生きようとする旅也に何度も救われながら毎日を過ごしました。

NICU（新生児集中治療室）に入院していた1年3か月の間に、胃ろう造設、心臓のバンディング術、気管切開手術など4回の手術を受けました。その後「もって3か月ほど」と言われながらも、家族の待つ家に帰ることができました。

家では、医療機器に囲まれた24時間ケアという、私たち両親にとってはとてもタフな生活でした。でもそれは、家族で行くピクニックや旅行など、「旅也といっしょにしたい」とずっと思っていたことができる生活でした。弟も生まれ、3兄弟でにぎやかに毎日を過ごしました。そしてそのために日々、たくさんの人たちで構成された「チーム旅也」に助けられました。

3歳の誕生日を目前に控えた2015年の夏、すぐに治ると思って入院した肺炎が回復せず、旅也は命の危機にさらされました。先が長くないと感じた私は、先生に「もう治る見込みがなければ旅也を家に連れて帰りたい」と頼み、看取りを覚悟で家に帰りました。

旅也は最後の九日間を家族や「チーム旅也」のメンバー、そしてたくさんのお友達に囲まれて、みんなと同じものを食べ、お風呂に入れてもらい、穏やかな時間を過ごして空へ還っていきました。

その後私は、旅也と過ごした日々を忘れてしまうかもしれないという恐怖感から、3冊の分厚い記録ファイルを取り出し、旅也の生きた軌跡をまとめる作業を始めました。家族構成や生活環境、価値観、医療環境はそれぞれ違っても、私たちの体験の一かけら二かけらでも、同じような境遇にある子どもたちや家族のお役に立てたら、と考えています。

２０１６年に「児童福祉法」と「障害者総合支援法」が改正され、医療的ケアを必要とする子どもたち、家族を支える仕組みづくりが少しずつ始まりました。医療的ケアを常時必要としながら生き続けるには、たくさんのサポートが必要です。「長くは生きられない」と言われる難病をかかえた子どもや家族がどのような生活を送っているのか、何につらさや苦しみを感じ、何に励まされ支えられているのか、子どもと家族を支えるチームがどのようにできていくのか――。難病の子どもたちに関わる医療や福祉の仕事をしている人たちにも、これらを知ってもらえる機会になればと思います。

どんなに医療が進歩しても、難病をかかえて生まれてくる子どもたちはいます。それはその子らが、人間が生きていくうえで必要な「多様性を維持する」というとても大事な使命を帯びて生まれてくるからだ、と旅也の担当看護師さんから聞いたことがあります。

病気や障害をかかえたすべての子どもたちや家族が、たくさんの人たちに支えられ、一日一日、自分らしく生きることができますように――。旅也と私たち家族、「チーム旅也」の歩みが、この願いの実現に少しでもお役に立てたら幸いです。

２０１７年12月

藤井　蕗

Prologue

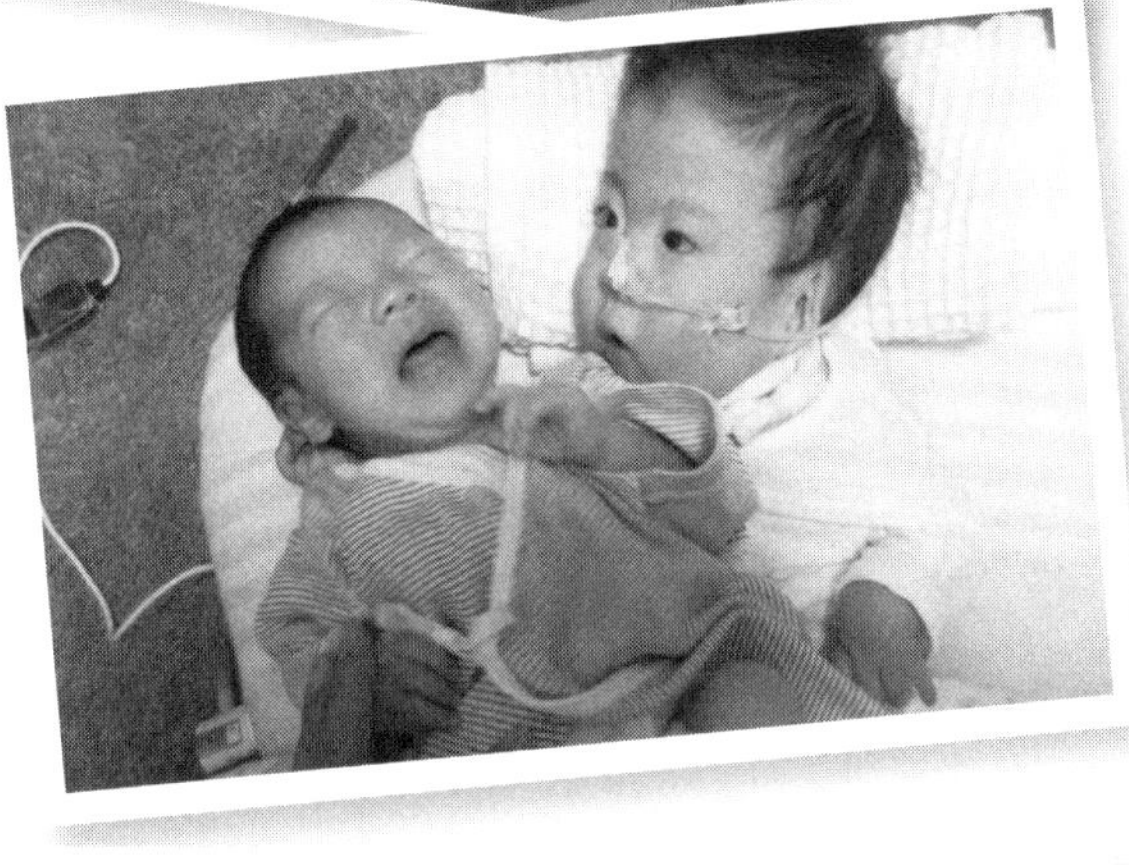

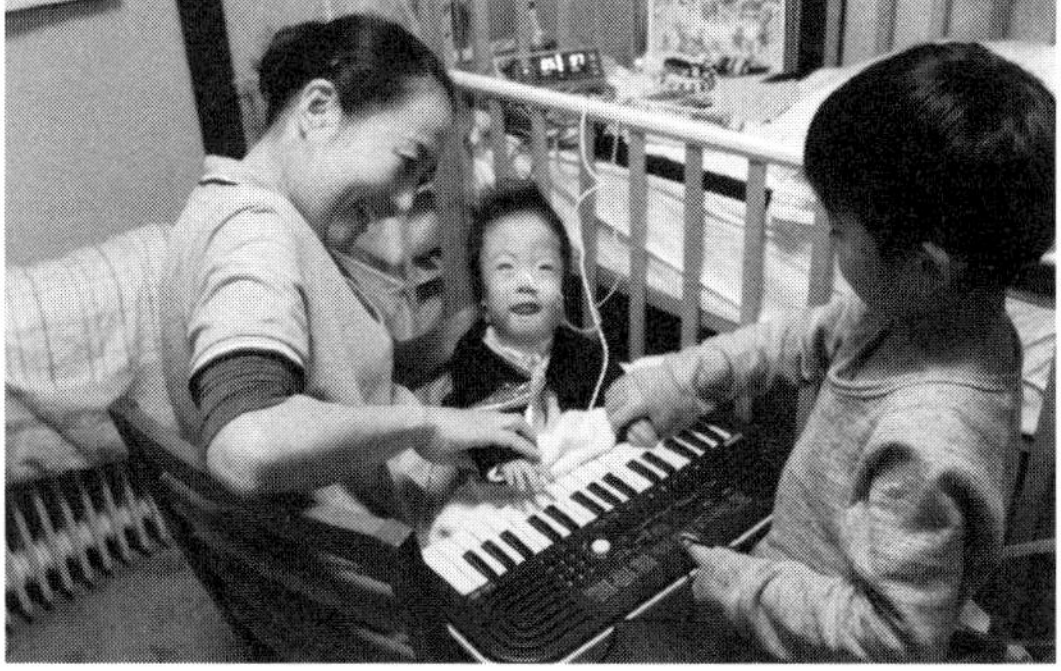

a life
CONTENTS

I 旅也が生まれるまで

「胎児水腫の疑い」

2012年2月25日

外は冷たいみぞれが降っていた。到着した産院の周りには、鮮やかなピンクの椿が咲いていたのを覚えている。主人と3歳の長男と車を降り、暖かな産院に入った。わが家に2番目にやってきたお腹の赤ちゃんは一三週二日。ここは長男を産んだ産院でもあり、初産にしては〝超〟がつくほどの安産だったから、私には幸せな記憶しか残っていなかった。

名前が呼ばれて診察室に入る。先生はエコー検査を始めた。長男と主人も興味津々でいっしょにモニターを眺める。先生は普段からどちらかと言えば無口で、このときも特別な説明はなかった。赤ちゃんはぐにょぐにょと動いていたし、心臓の音も聞けたので、私たちはそんなものだと大して気にしなかった。

診察台を降り、服を整えて急いで靴を履こうとしていた私は、珍しく先生に「ゆっくりでいいよ」と声をかけられた。私は少し不審に思ったが、主人と長男の横に座ると、先生の言葉を待った。

先生は「うーん」と首をかしげる。

「胎児水腫の疑いがあるね……。一度、大学病院で診てもらったほうがいい」

先生はエコーの写真を私たちの前に置いた。素人目にはまったく分からない。

「この辺に水がたまっているっていうこと。この辺もずっと……」

先生は、赤ちゃんの周りに写っている白い筋状のものを指差した。私はあっけにとられていた。赤ちゃんに異常があるなんて予想外の展開だ。しばらくの沈黙の後、ようやく質問した。

「とても重度ということですか？」

この質問に、先生ははっきりとは答えなかった。「うーん」と言いながら、大学病院の産科医の勤務表らしきものを手に取った。

「紹介状書くから、一度行ってみて」

私はそれ以上質問する気持ちにもなれず、「分かりました」と診察を終えた。このときはまだ、私は事の重大さを理解していなかった。

家に帰ると、私はパソコンで「胎児水腫」を検索した。すると並んだのは、「死産」「流産」「予後絶対不良」「子宮内死亡」の絶望的な言葉ばかり。私はここにきて、ようやく事の重大さを理解した。「お腹の赤ちゃんは無事に育つことはないの？」「お腹の中で死んでしまうの？」——身体の力がへなへなと抜けていった。もうパソコンで検索する気力もなくなってしまった。2階へ上り布団に包まると、涙がほろほろと出てきた。

少し冷静になれたのは次の日、日曜日の夜だった。産院の先生の紹介状では、大学病院は水曜日の予約になっていた。でも、診察はなるべく早いほうがいいだろうし、月曜日にとりあえず行ってみて、予約なしでも可能なら診てもらおう、と主人と話し合った。

翌朝、長男を保育園に送り、職場に休む連絡をして、私は主人と病院に向かった。大学病院は駐車場も受付も、たくさんの患者さんでごった返していた。

総合受付で紹介状を見せる。

「なるべく早いほうがいいかと思って来ました」

受付の人は、少し怪訝そうな顔をしながらファイルを差し出した。

「だいぶ待たないといけないかもしれないけれど、これを持って産科のほうへ行ってください」

産科に回ると、患者名簿を手にした医療クラークさんが言いにくそうな顔をした。

「4時間ほど待ってもらわないといけないのですが、予約患者さんたちの一番最後に先生に診てもらいますね」

「分かりました」

さてどこで待とう……。病院から自宅までは車で15分もあれば十分だが、いったん帰る気持ちにはならなかった。病院の渡り廊下の椅子やソファーに座る、カフェに行ってコーヒーを飲む——。赤ちゃんの状態を早く知りたいとあせる気持ちばかりが先行して、私たちは4時間を持て余した。ようやくあと30分ほどになって、産科に戻り順番を待った。

名前が呼ばれ診察室に入った。まずエコー検査。エコーのモニターに、赤ちゃんが手を口に持っていく姿が映る。赤ちゃんは生きていた。ひと通りの診察が終わり、私は主人と並んで先生の言葉を待った。

「いろいろ勉強されてきたと思うのですが……」

先生は言葉を濁し、ぼそぼそとした口調で続けた。

「胎児水腫はしっかりあるようです。頭の部分も、お腹の部分もこうやって水の膜に覆われています。それから、首の部分に浮腫《ふしゅ》があります。赤ちゃんはいい状態ではありません。とりあえず、また来週来てください」

「赤ちゃんはどれくらい生きられるのでしょうか。亡くなるとしたらいつ頃なのでしょうか……」

私は、もうこれ以上あまり話をしたくなさそうにしている先生に聞いた。

「おそらく、１か月以内にお腹の中で亡くなる可能性が高いです」

この日、旅也は初めて余命宣告を受けた。わが家に新しい命がやってきたと気づいてから2か月半。あまりにも過酷な現実に、私と主人は打ちのめされた。

旅也がお腹の中にやってきたと感じたのは、２０１１年12月中旬だった。エコーで初めて見た旅也は、本当に小さな豆粒だった。

「ちょっと小さめだなぁ」

との先生の言葉も、長男もそうだったので大して気にしなかった。つわりはしんどいだろうけれど、またあの幸せな妊娠、出産を迎えられるかと思うと、ワクワクしてきた。

その頃、ささやかながら私たち家族は、いろいろなことに満たされていた。資格を取って独立した主人の仕事は、順調に軌道に乗っていた。アートセラピストというイギリスで取得した資格を活かした私の、医療法人での仕事も充実していた。１年前に母にがんが見つかり、半年の闘病後に自宅で看取るという大変なことがあったけれど、家族一人ひとりが精一杯、できる範囲で母のケアにあたり、最期は母が望んだ形にもできた。３歳になった長男は、ちょこちょこと病気をしつつも、全体としてはしっかり成長発達していたし、何よりもかわいさ満点だった。信頼できる近所の子育て仲間にも恵まれ、初めての子育ては楽しい毎日だった。

２月も終わりに近づき、つわりがましになってきたある晩、長男と二人で晩ごはんを食べながら、私は長男に聞いてみた。

「赤ちゃんの名前、何にしようね？」

すると長男は迷うことなく言った。

「男の子だったら、名前は〝たびやくん〟にしよう!」

「たびやくん?」

「うん、たびやくん」

「たびやかぁ。いいかもしれない」

私は近くにあった紙に書きとめた。

2月25日のあの検診の日まで、私たちは二人目の赤ちゃんが生まれてくる予定の、ごく〝普通の家族〟だった。

地獄のような妊婦健診

2012年春

1週間後、私は主人に付き添われ、再び大学病院の産科の診察室前にいた。

お腹の赤ちゃんは生きているのか、死んでいるのか。どうしても救うことができない病気なのか、それとも望みは少しでもあるのか——。まったく見当がつかないまま1週間を過ごした。仕事中もふいに涙がこぼれる状態が続いたため、心理系の対人援助職なのに、仕事にならなかった。私は1か月休職することにして、関係先への連絡に追われた。

名前が呼ばれると、自分がまるで死刑宣告を受ける受刑者のように思えた。診察室に入ると、先生は淡々と、今回もエコー検査を始めた。赤ちゃんは生きていた。でも、そのうれしささえ吹き飛んでしまうほどに、身体を覆う浮腫は分厚く、大きくなっていた。8〜9㎜あるらしい。より詳細に胎児を診てもらうため、一〇日後に「胎児外来」を予約して診察は終わった。

「胎児水腫」「浮腫」「NT（首のむくみ）」――。この時点で、赤ちゃんの疾患について知るヒントとなる言葉だ。元気があれば、私はインターネットでひたすら検索した。そのなかで、首のまわりの浮腫だけなら生まれてから治療する手段があること、ダウン症などの染色体異常の赤ちゃんにも浮腫が見られること、そして胎児水腫、浮腫などは流産、死産につながるケースも多いこと、流産、死産を経験する母親は毎年のべ約三〇万人いることを知った。

一〇日後、「胎児外来」の診察室に入った途端、私は落ち込んだ。あまり温かみを感じない雰囲気のなか、ベテランの先生と若手の女医の先生が二人でエコー検査を始めた。

「かなり厚みがあるねぇ」

「そうですねぇ」

患者が入れない雰囲気。心臓部分にはかなり長い間、「プローブ」と呼ばれるセンサー器具が当てられ、私には見当もつかない医学用語が飛び交っていた。説明は一切ないまま40分が過ぎ、さすがの赤ちゃんも嫌になったのか、隅のほうに隠れてしまった。

先生たちの会話からなんとなく、心臓にも疾患があるらしいと分かった。二つのハードルに、よくここまで生きてきてくれたと感心した。次の診察は月末。始めに言われた1か月を迎える頃になる。

そんな日々のなか、夜中に夢を見た。

一つ目は赤ちゃんが生きて生まれてくる夢だ。あるとき、エコーのようにお腹の中が透けて、しっかりとした背骨が見えた。頭もある。くるりと私のほうを見て、にっこり笑ってくれる。「まだ生まれても小さいよ」と思いながら、「大丈夫、育っていくよ」と思う自分もいる。すると、いつの間にか赤ちゃんが外に出ていた。それはそれはかわいい赤ちゃんで、とても幸せな気持ちになった。

二つ目は、赤ちゃんが亡くなってしまう夢だ。詳細は覚えていない。でも、目覚めるときに首の後ろがとても痛くなって、自分でさすっていた。

3月23日、昼間にお腹がキューッと締めつけられる感じがした。赤ちゃんは大丈夫だろうかと心配したけれど、自分ができることは何もない。

夜、お風呂に入りながら、お腹の感覚を研ぎ澄ます。赤ちゃんは生きているのか？　苦しんでいないか？　しばらく張りつめていると、胎動がわずかに感じられたような気がした。まだ16週だから勝手な思い込みかもしれない。でもなんとなく、赤ちゃんといっしょにいるような、かすかな希望が感じられた。

3月26日、大学病院受診。おそらく生きてくれているという予想通り、しっかりと心臓を動かしていた。VSD（心室中核欠損）がある。それでも手足をしっかり動かして生きている。浮腫自体は、そんなに悪くなっていない。ただ、胸水がたまってきている。それと頸部の腫れ。いくつもの心配要素はあるものの、生きていることに希望がある。先生の言葉で救われたり絶望したりする。生きて誕生する可能性はほとんどないのかもしれない。それでも一日でも多く生きてくれたら、と希望をつなぐ。

この検診で、私は仕事に復帰することを決めた。お風呂で感じた胎動はウソではなかった。本当に小さい動きだけれど、その日から胎動を感じ始めたからだ。胎動が生きているサイン。それがなくなれば赤ちゃんが亡くなったときだから、あとの処置を病院でしてもらうしかない。覚悟が決まった。

復帰一日目は、職場が近づくとさすがに心臓がどきどきして落ち着かなかった。でもみんなにさりげなく迎え入れられたことに感謝した。自分には仕事があったのだ、としみじみと感じる一日だった。

「産むのか産まないのか」

2012年4～5月

4月9日、大学病院を受診する。胎動が始まって以来、胎動があれば赤ちゃんが生きていると思えるから、以前より気持ちがずいぶん楽になった。この日は代診の先生だった。

「性別は男の子、浮腫は3㎜ほどなので、悪くなってはない。胸水はあるという程度ではないです。小脳は正常、神経学的な疾患はないと思われます。サイズは小さ目で、一〇〇人いたら97番目あたりでしょう」

そして次のひと言は、思いがけないものだった。

「子宮内死亡の確率は低いと思われます。生後すぐに外科的手術、処置が必要だと思われますが、この赤ちゃんは生きて生まれてくるでしょう」

これまでの見立てとはまったく違う言葉に、私は耳を疑いつつも、奇跡が起きたのではないかと天にも昇るようだった。帰りの車の中でも、私と主人は少しウキウキしていた。鴨川沿いの桜が満開で世界が白い。花吹雪も舞っていて、浮き立つ気持ちがそのまま景色になっていた。

「男の子だってね」

「やっぱり、名前は〝たびや〟だね」

「漢字はどうする？」

『旅』と、簡単なほうの『也』にしようか」

家に着く前、氏神さんに寄った。ずっとなじみのある神社だ。朝は若神主さんの手で掃除がされ、神社はいつも四季の花々をたたえながら美しく保たれていた。境内に入り、手を清め、本殿でお祈りした。

「どうぞ赤ちゃんが生きて生まれてきますように」

旅也の妊娠が分かってすぐの正月、この神社への初詣で私と主人は不思議な体験をしていた。引いたおみくじが二人とも〝吉〟。他の項目の文面は違うのに、「出産」は「安産縁遠し。大切にせよ」と同じ文言だった。私はあまり気にしなかったが、旅也の異常が分かって以来、このおみくじを否定するわけにはいかなくなった。神様は見ていた。そして私に「大切にせよ」と忠告していたのだ。そのことに気づいて以来、この神社は私にとって大きな存在となっていった。


私はしばらく、「生きて生まれてくるでしょう」という言葉だけで満足していた。しかし1週間もたつと、「もしかして普通の子かもしれない」とかすかに思ったり、「染色体異常があっても生きて生まれ、抱っこできたらうれしいな」と思ったりしていた。

さらに、少しずつ欲が出てきた。「少しでも長く生きてほしい。13や18トリソミーのように、生後まもなくとか1年以内とかじゃ嫌。ダウン症だったら、生命予後が最近は長くなってきているから、希望がある」とも考えた。

ダウン症の子どもたちには、これまでたくさん出会ってきた。『ダウン症のサラ』（誠信書房、1996年）の著者エリザベス・リーツは母の友人で、私もアメリカ滞在中にサラに会ったことがある。学生の頃の教育実習でもボランティア活動でも、働き始めてからも、出会ったダウン症の人たちはみんな純粋な心の持ち主で、私のほうが癒され、元気づけられることが多かった。何より親グループが活発に活動していて、横のつながりがたくさんあることを、私も知っていた。

この時期、羊水検査についても毎回の検診で聞かれた。しかし、私は検査するつもりがなかった。赤ちゃんを流産のリスクにさらしたくなかったし、結果がどうであれ中絶する選択肢も私にはなかった。

私は大学で「発達障害学」を専攻し、そこでさまざまな障害児に出会ってきた。私が発達障害学を勉強していたのは、「母体血清マーカー検査」の是非を問う議論が産科医の間で高まっていた時期で、新聞紙面でその議論を知った私は、同級生らと「出生前診断はやっていいものなのか？　そうではないものなのか？」についてディベートをしようと企画し、自主勉強をした。

その頃の私には「障害があるからと赤ちゃんを中絶するのはおかしいのでは？」という漠然としたものしか芽生えていなかった。けれども母になり、自分の身に予想しなかったことが降りかかってくると、そんな簡単な思いだけでは済まないことを実感した。

周囲からはいろいろなことを言われた。主人と私の親は「しっかり考えなさい。今回あきらめても、まだ若いのだから」という旨を伝えてきた。親にとっては、子どもである私たちのことが一番かわいく、まだ見ぬ孫よりも子どもたちの苦労を不憫に思ってくれたのだと思う。しかし頭では分かっていても、自分たちが選ばない「中絶」について言われると、やはり傷ついた。

職場でも、「力になるから」などと励ましてくれるスタッフが大方だったが、「ちゃんと考えたほうがいいよ。ずっと続くことだからねぇ」と言うスタッフもいた。

ここで、主人と私の意見が一致していたのは何より救いだった。主人は障害児との関わりが多いほうではなかったが、「障害があろうが、どんな子であろうが、育てていく」という思いだった。生来やさしい性格の持ち主なので、主人のその部分はぶれることがないだろうと、私も信じていた。

そして私は、たくさんの人たちに話を聞いてもらいながら、ある日ふと気がついた。私は結局、赤ちゃんを中絶する勇気など持ち合わせていないのだ。自分の身体を傷つけたくもないし、中絶してしまったという罪悪感を一生かかえて生きることはできない。中絶してしまえば、さまざまな障害をかかえて生きている人たちに関わっている仕事人としての自分まで否定してしまうことになる。それだったらどういう形であれ、産み育てていくことのほうが自分らしいのだ、と。

5月7日の検診の日がやってきた。先生がエコー写真を見ながら説明する。

「浮腫は大きくなっていない。赤ちゃんの体が大きくなることで、浮腫は小さくなっている。心臓は見え方によっては、正常に見える部分もある。この月齢で見えてもいいはずの胃が見えない。染色体の異常が何番目のものか、いまの時点では分からない。サイズは小さく、いまの時点で462g」

この日の検診で私を落ち込ませたのは、旅也の推定体重がとうとう成長曲線の下限未満になってしまったこと。一〇〇人いて97番目ではなく、その中にも入れなくなってしまったのだ。ついに「普通ではない」という刻印を押されたような気持ちになってしまった。

臨月に近づく

2012年初夏

もし、旅也に何の疾患もなければ、出産予定日は2012年8月30日だった。しかし、妊娠4か月で異常が分かってから、この日にそれほど大きな意味はなくなった。予定日まで生き続けるのかさえ分からない。幸せなはずの妊娠期は、緊張と不安に支配されていて、楽しむことからは大きく逸脱していた。胎動が唯一、旅也の命のサインとして私を励ましていた。

6月に入り、いろいろ調べることに疲れ果てていた私は、「原点に戻ろう」と、愛知県岡崎市で自然なお産に取り組んでこられた吉村正先生の本を手に取った。『母になるまでに大切にしたい33のこと』（WAVE出版、2012年）が、その年の5月に出版されていた。吉村先生の本は、長男の出産前にバイブルのようにして何度も読んだ。長男を産んですぐ、2番目の子は自宅出産をしたいとまで思っていたほどだった。

そんな夢はかなわなくなったが、私は吉村先生の本から自分にとって大切なものを選び取り、自分の中心に据えたいと思っていた。本を読み進めていくと、お産にまつわるとても大切なことが、きらきら光った宝石のように目に飛び込んでくる。そのなかで、私の心を一番捉えたのは、「生きるものは生きる。死ぬものは死ぬ」という言葉だった。

「どんなに小さく生まれることがあっても、生きるいのちは生き、どんなに妊娠中の経過が順調であっても、死ぬいのちは死ぬということです。つまり、お産において死ぬということは、歳をとって自然に死ぬことと同じ自然死なのです。これは流産にも同じことがいえます。どんなに気をつけていても、どんなに生命力が上がるような努力をしていても、流れるいのちは流れる。厳然たる自然の摂理が、そこには働いているのです」

私は、インターネットから得るさまざまな情報に、すっかり翻弄されていた。「旅也だって、生まれる前からレッテルを貼られるのは嫌なはずだ。自分のペースで大きくなり、自然に時期を待って生まれてきたいはずだ。私も、もっと自然の摂理に自分の身を任せよう。細かい情報に振り回されるのではなく、もっと感覚を研ぎ澄ませて出産に挑もう」と思えるようになった。

そしてもう一つ、背中をぐっと支えてもらう出来事があった。長男の受診でかかりつけのS先生のところへ行った際に、赤ちゃんのことを伝えたときのことだ。

「お母さん、こういう子たちは〝個体差〟があるからねぇ」

何気ないS先生の言葉に、私はハッとさせられたのと同時に、救われた。「個体差」――。当たり前だけれど一人ひとりが違う。そして、それでいいのだと。

その頃、私のお腹は見るからに妊婦と分かるようになっていた。旅也の体重も1200g弱あったから当然なのだが、後から考えると、増え続ける羊水によってお腹がどんどん大きくなっていたのだ。

同時期に大学病院の先生が異動になり、同世代くらいの女の先生に交代した。そして、そのクールな感じの先生によって「羊水過多」の診断がついた。

「羊水がだいぶ増えてきてますね。切迫早産のリスクも高いので、早めの入院になるかもしれません」

羊水過多になる原因は、旅也の「胃が見えない」ことにつながっている。赤ちゃんは羊水を飲んで、それが体中をめぐり、最後に尿として排泄している。旅也の胃が見えないのは羊水の通り道に何らかのトラブルがあるからで、おそらくそれは「食道閉鎖」だという。そのため旅也は羊水を飲み込めず、常時生産され続けている羊水が子宮の中にたまり続け、お腹が張ってくるということだった。

羊水過多は、仕事中の移動にも少しずつ影響を及ぼしていた。産休に入るまであと数週だったが、乗り切れるか不安になってきていた。産休直前にある講座を頼まれていたので、そこまで何とかもってほしいと、はち切れそうなお腹を抱えながら通勤していた。

その講座が無事に終わり、7月11日からの早めの入院が決まった。ここまで本当によくもってくれた、とお腹の旅也に感謝した。

切迫早産のための入院

2012年7月5日

あと1週間ほどで入院という7月5日の朝、トイレに行くと出血のようなものが見られた。そのままソファーに座り込み、主人に報告しながら「もう、これ以上無理をしたらダメだな」と感じ、病院に行くことを決めた。おそらく入院を勧められるだろう。入院が長くなるのはつらいが、旅也の命が最優先だった。

大学病院に行くとすぐに診察室へ通され、子宮の収縮をモニタリングする機械をつけられた。そのモニタリングの波状の結果を見た主治医の言葉は案の定だった。

「しっかり張っていますね。切迫早産の恐れがあるので、今日から入院しましょうか」

点滴を入れられ、診察室のベッドから立ち上がると、車いすに乗せられた。急に病人扱いになったことに戸惑いながら病棟まで行く。個室はいっぱいで、空くまでは大部屋で過ごすことになった。

　夕方、保育園に迎えに行った主人が長男を病院に連れて来てくれた。私の入院に伴い、長男は主人の両親に預けることにした。おそらくこれから退院するまで、長男は週末だけ自宅に戻ってくる生活になりそうだ。いくら祖父母になついていても、3歳の子どもにとって両親と離れて暮らすのは我慢が必要だった。しかしいまは、そんな気持ちに封をしなければならない。旅也に生きて生まれてほしいから、私たちに選択肢はないのだ。

　入院三日目に個室に移ることができた。正直、産後すぐのお母さんや双子の赤ちゃんを身ごもっている妊婦さんがいて、朝6時から赤ちゃんの心音確認の検査が順番にある部屋で過ごすことは、私にとってかなり心を乱される経験だった。だから個室に移り、心穏やかになれることに感謝した。病室の窓からは少しだけ鴨川の流れが見え、何よりも、大きな空が広がっていた。

　週明けのエコーで、旅也の推定体重は1450gになっていた。1週間で100gの増加。いまのところ分かっていることは、①心臓の心室中隔欠損、②食道閉鎖、③体が小さめ、④足の内転の四つだった。

　主治医は三人体制だった。外来でお世話になっていた女医の先生と二名の男性医師。大学病院だから仕方ないのかもしれないが、毎日のように続くエコー検査は苦痛でもあった。疾患のことは知りたいと思う一方で、「自然に任せよう」と思い始めていた私の思いとは別に、先生たちは、旅也の疾患が何なのかを知らなければ、という思いがあったのかもしれない。

　7月16日、昼間にシャワーを浴びたとき、異様なお腹にショックを受けた。いまにもはちきれそうで、見ているだけで気分が悪くなってきた。先生も、さすがにこのままでは母体への負担が大きいと判断したようで、次の日に羊水を抜くことになった。

翌日、お昼過ぎに分娩室に案内された。お産をする部屋は三つあるようだが、その左端の部屋に通された。大きなお腹を抱えてやっとの思いで高めの手術台に昇る。手術台で横になっていると、隣からお産が始まった声が聞こえてきた。妊婦さんは苦しそうだが、赤ちゃんが無事に生まれると、その声はピタリと止んだ。私は少しみじめな気持ちを味わいながら、先生たちの処置を待った。

「今回は麻酔なしでいきますね」

注射針1本くらいなら我慢できると思ったが、予想以上の痛みだった。旅也が注射針に触れないように、エコーでお腹を見ながら羊水が抜かれていく。その針が動くたびにズキズキとお腹が痛んだ。さらに、たっぷりの羊水の中を自由に動く旅也が、注射針の近くに行かないかと気が気でない。私の顔は不安で歪んでいたと思う。

「1ℓです」

「1・5ℓです」

手術室に響く助産師さんの声を聞きながら、「結構な量が抜かれているのだな」と横目で羊水が流れていく容器を見つつ、旅也の動きをエコーで観察していた。羊水が1・8ℓ抜かれたところで、注射針が抜かれた。

「羊水検査はいいですか?」

「しなくていいです」

お腹も少しやわらかくなりすっきりしたが、私の気持ちはあまり晴れなかった。暗い気持ちで手術台の上でボーっとしていると、ベテランの助産師さんが「お疲れさま」と言いながら私の腰を数回さすった。

その手にたくさんのやさしさが詰まっているのを感じ、私は少し救われた。

その後は、気分も体調も日替わりだったが、7月25日、初めてＮＩＣＵの先生と話をする機会に恵まれた。ＮＩＣＵトップの徳田先生は、穏やかな表情で病室に入って来た。

「お父さん、お母さんのいまのお気持ちを聞かせてもらおうと思って来ました」

私と主人は、赤ちゃんには生きて生まれてきてほしいと願っていること、障害があってもしっかり育てていきたいと思っていること、いまは生きて生まれてくるのか、生きて生まれてもどこまで生きることができる病気なのか、生まれた後にどうなるのかを考えると不安だ、と伝えた。徳田先生は私たちの話を、うなずきながらじっくり聞いていた。

「お父さん、お母さんのお気持ちがよく分かりました。生まれてからのことですが、生活というのは衣食住だと思うのですが、ＮＩＣＵでは……」

生きること≒生活すること＝衣食住！

私は徳田先生のこの言葉にびっくりしてしまった。病気、疾患、医療的処置など、すべて医療に任せないといけない旅也の〝生きること〟は、衣食住という観点から捉えると、何の問題もないようにさえ思えてくる。確かに食道閉鎖があるから、母乳やミルクを口から摂取するのは難しく手術の必要があるが、いまの医療技術で手も足も出ない状態ではない。ＮＩＣＵはできる限りお母さんのお腹の中に近い環境になっているし、「衣」は病院の産着になるだろう。確かに子宮の中にいるほうがはるかに安全だし快適かもしれないが、生きて生まれてきたら、医療の力を借りながらも生きていけるかもしれない――。

私は希望をもった。そして、大学病院に来て初めて〝ゆっくり話を聞いてもらえた〟と感じられた徳田先生との出会いで、大きな安心感を得ることができた。

その1週間後には、小児外科の先生との出会いがあった。食道閉鎖をどうするかということに対し、先生は私たちに次のように伝えた。

「いまは1gでも体重を増やしてほしい。手術するとなると体重がものを言ってくるから。赤ちゃんの命を優先させるなら、出産は帝王切開にして、すぐに自分たち小児外科とNICUのドクターたちが対応できるようにしておきたい」

私たちの知らないところで、たくさんの先生たちが動いているのが分かった。そして、私はそれまで頑なに羊水検査を断ってきたが、出生前診断で赤ちゃんの疾患を知っておくことで、それなりの準備ができるというメリットが確実にあることも実感した。

8月2日に再び羊水を抜いた。今回は麻酔を使ってもらった。旅也もお腹の中で眠っていたのかじっとしていて、楽に抜くことができた。

「こうやって羊水を抜く人って結構いるのですか?」

付き添っていた助産師さんに聞いてみた。

「大学病院だからね、結構おられますよ」

それを聞いて私は「あぁ、私と同じようにつらい思いをして、この手術台に上がる人が他にもいるんだぁ」と、少し気持ちが楽になった。

主治医との話し合いで、帝王切開手術の日が8月16日か21日あたりに決まった。いよいよ旅也が生まれる日が近づいてきた。

真っ黒な胃液

2015年8月5日〜8日

8月5日、大学病院に入院してから1か月が過ぎた。病院の限られた空間で〝患者〟として過ごすことにも嫌気がさしてきた。病室から抜け出して外の空気を吸いたい。おいしいものを食べたい。好きな場所に行って好きなことがしたい――、といろいろな欲求が次から次へと出てくる。「旅也も命がけで生まれてくるのに、私がこんな状態では情けない」と思っても、気持ちの切り替えは難しかった。

8月7日、明け方に暑くて気持ち悪くて目が覚めた。頭が痛い。点滴の部分はかゆくてたまらない。不快さが募りイライラした。夜になるとお腹の張り止めが効かなくなり、しっかりと陣痛が出てきたので、新しい張り止めに変更になった。マグセントというのだが、これが強烈だった。気持ちが悪くてまったく眠れない。ベッドに横になって唸ってみたり、ベッド上に座ったりを繰り返した。

8日の朝になっても状態は変わらず、朝ごはんはまったく入らない。そのうちに水を飲んだだけでも嘔吐するようになってきた。お昼頃病室に来た主治医に訴えた。

「こんなにきついものですか?」

「しんどいかぁ」

主治医は同情するように言ったものの、他の選択肢はなかったようだ。

朝からの嘔吐は一日中続き、何も口にしていないのに胃液を吐いた。最初は黄色かった胃液が次第に緑色に変わり、夜になると真っ黒になった。不安と全身の痛みで、私は主人の前でオエオエと泣き出した。

さすがの主人も、この状態は普通ではないと感じたのか助産師さんを呼び、嘔吐物の色を見た助産師さんが主治医を呼んだ。

急きょ、病棟内の内診室で子宮口の開きを見ることになり、私はよろよろと内診室に向かった。担当の助産師さんが「大丈夫、大丈夫だよ」と私を励ましながら、主治医に「真っ黒ですよ」と嘔吐物を見せていた。主治医は「うん」とチラッとその胃液を見た後、子宮口をチェックする。

「明日、帝王切開しましょうか」

主治医が提案した。このような状態では私の身体がもたない。私と主人は手術に同意した。主人はこの日、手術に備えて病院に泊まってくれた。私は、夜中に二度吐き気止めを入れてもらうも胸やけがひどく、ほとんど眠れずに朝を迎えた。

コラム 1

「18トリソミーとは?」

18トリソミーは、18番目の染色体が3本あることにもとづく先天異常症候群です。出生児三五〇〇～八五〇〇人に一人の頻度で見られ、女児に多い（男児：女児＝1：3）病気です。

胎児期から小柄であること、生存児における重い発達の遅れ、手指の重なりなどの身体的特徴のほかに、先天性心疾患、肺高血圧症、呼吸器系合併症、消化器系合併症、泌尿器系合併症、骨格系合併症などをかかえて生まれてきます。近年までは、1歳まで成長する子どもは一〇人に一人といわれ、十分な治療を受けられないケースも多く見られましたが、新生児集中治療、心臓やその他の手術の有用性が認められるようになり、必要な治療やケアを受けることで、生命予後は改善されつつあります。

サポートグループとして、「18トリソミーの会」(http://18trisomy.com/)があるほか、「18トリソミーの子どもたちの写真展」を各地で開催している「TEAM18」(http://team-18.jimdo.com/)があります。また、お母さんやお父さんが貴重な情報を発信しているブログやSNSもあり、横のつながりが広がっているとともに、お互いを支え合う場となっています。

2 旅也誕生

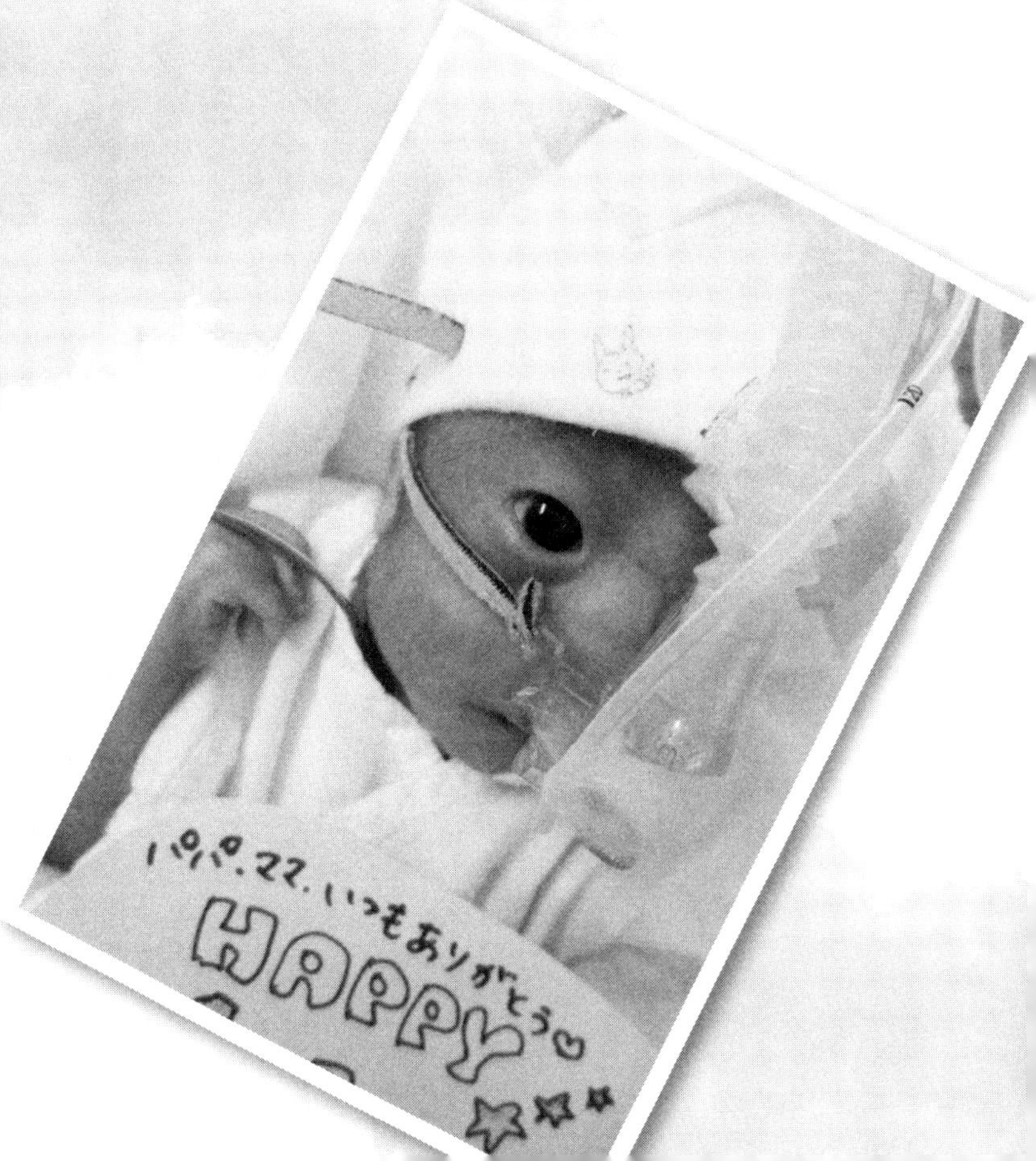

旅也、生まれる

2012年8月9日

その日の体調は絶不調だったけれど、朝焼けがとてもきれいで、それが病院の白い壁に反射してキラキラと輝いているのを、私はしっかりと目に焼きつけた。

帝王切開手術の開始は午後2時頃と聞いていたが、それがはるか先のように感じたのは、逃れることのできない吐き気があったからだと思う。正午のマグセントのストップまでがとても長く、主人がずっと病室にいてくれたのがありがたかった。

点滴が抜かれると担当助産師さんが、病室で最後になる旅也の心音の確認をした。旅也はお腹の中で本当によく生きた。心地がよかったのだろうか。よく動いて命のサインをたくさん送ってきた。それから助産師さんは大きなタライに温かいお湯を持って来て、ホットタオルで私の身体を拭いた。それを淡々としてもらっていることが心地よかった。

マグセントがストップして、私は身体に再び気力がみなぎるのを感じた。1か月以上も常に点滴台がいっしょだったが、いまはお腹の旅也と身体一つになった。

手術の時間が近づいた。助産師さんに車いすを勧められたが、「大丈夫です」と分娩ホールまで歩いて行った。

「おっ、表情よくなっているね」

主治医の声で、私は久しぶりに、先生たちに笑顔であいさつができた。

私が手術室に入ると、ものすごい勢いで手術の準備が進められた。よく見ると、いつも関わっている助産師さんたちが大勢いて心強かった。

手術台に昇る。背中に麻酔が入り手術が始まると、お腹が切られているのが分かった。「どうか生きて生まれてきますように」と願う。しばらくして、グイグイッとお腹に力が加わったような感覚があった後、ぐにょっと何か出た感覚があった。

すぐに、旅也が白いシーツのほうに移った。黒い髪の毛が生えた小さな頭が見えた。泣き声はない。旅也がどこにいるのか分からなかったが、私は「泣いて！　泣いて！」と心の中で叫んでいた。目から自然と涙が出てきた。

どれだけ時間が過ぎたのか分からなかったが、突然甲高い、思いもしなかった大きな泣き声が聞こえた。

「泣いた！　よかった！」

産科の先生たちの声も聞こえた。枕元の麻酔科の先生から「泣きましたね」と聞いて、それが旅也の泣き声だと分かった。とても大きな声だった。旅也は生きて生まれてきた。私は深い喜びを感じた。

1時間20分ほどで手術がすべて終わった。

「お疲れさまでした」

一番心を許していた助産師さんの穏やかな笑顔とその言葉に、私はすごく救われた。旅也には確実に障害がある。すぐ亡くなってしまうかもしれない。そうでなくとも私たち家族は、これまで以上に大変な思いをするかもしれない。だから、うわべだけの「おめでとう」よりも、まず産めたことへの「お疲れさま」が、そのときはしっくりきたのだ。

ストレッチャーで旅也に会いに行くことになった。廊下でNICUの体制が整うのを待っていると、産科の主治医が少し呆然とした表情でパソコンの前に座っているのが見えた。そこに他の主治医が、NICUから厳しい表情で帰ってきた。二人の表情は曇っていて、何か小声で話をしている。おそらく旅也のことだろう。「旅也はどんな状況なのだろう」と、私はだんだん不安になってきた。

そこに、外で待っていた主人がやって来た。

「泣いた？」

私は気持ちを入れ替えて主人に伝えた。

「泣いた、泣いたよ。甲高い声だったわ」

NICUの準備が整い、私はストレッチャーのままNICUに入った。仰向けに寝ている私には、薄緑色の天井からたくさんの酸素などの医療用のホースがぶら下がっているのが目に入った。横向きに視線の先を変えると、心配そうに私を見ている何人かのお母さんたちが目に入ってきた。「こんなに広い場所だったんだ」というのが最初の印象だった。

あるベッドの前でストレッチャーが止まった。方向を変えられると、そこに寝ている旅也が目に入ってきた。ロール状の白いタオルで身体の周囲を囲まれていてよく見えない。少し頭を上げて覗き込むと、皮膚の色が黒っぽい、小さな小さな赤ちゃんが見えた。

「体重が１４６８gでした。男の子です」

近くにいた看護師さんに教えられた。そんなに小さかったのか、とショックだった。でも、旅也は生きている。すでに小さな口に管が１本入り、人工呼吸器にもつながっているけれど、間違いなく生きている。じっと見つめていると片目を開けた。大きな瞳。鼻もしっかりしている。

「かわいい……」

震える手で触ってみると温かく、本当にかわいらしい手だった。主人もうれしそうにしていて、看護師さんに頼んで記念撮影をした。改めてやって来た産科の先生たちも、旅也のそばではみんなが笑顔だったのを覚えている。

旅也と会った後、私はストレッチャーで病室に戻った。戻る途中から急激な悪寒と震えが襲ってきた。病室のベッドで布団をたくさんかけてもらい、歯をガタガタさせていると、次には急激な熱感に襲われた。麻酔が残っていて、身体は思うようにならなかった。私は、帝王切開の大変さを強烈に感じていた。

夜になって、NICUの徳田先生と旅也の主治医となる30代くらいの男の先生が病室にやって来た。旅也には、食道閉鎖と心室中隔欠損は確実にあるという説明だったが、二人の誠意の感じられる姿に安心させられた。

夜中は、足についている血栓予防の機械で暑くて不快だったが、たびたび病室に来て、心を込めていろいろな処置をしてくれる若手の助産師さんに救われながら、なんとか過ごした。朝になって機械が外れるとスッキリしたし、点滴もお昼には外せるとのことだった。ただ、「旅也はいっぱいついているのに」と思い、自分を責めていた。

点滴が取れたお昼過ぎに、旅也に会いに行くことにした。産科の助産師さんが押す車いすでNICUに入る。入り口には、不潔な手で触らないよう足で蛇口をひねる仕組みの手洗い場があり、そこで念入りに手を洗い、さらにアルコール液で消毒をした。感染症を防ぐための感染チェック表があり、面会者が咳、鼻水、発熱などの症状の有無を申告するファイルが置いてあった。

車いすだと見えるものも違った。日の光が差し込むGCU（継続保育室）を抜け、照明が落とされて暗めのNICUに入り、不安になりながら旅也のベッドへ向かった。

旅也は寝ているように見えた。ただ、今日もロール状の白いタオルに囲まれているし、全容は見えなかった。昨日主人が旅也の正面から撮った写真を見ると、首の浮腫はかなりあった。顔が左右対称ではなかったし、頭と首がむくんでいて、あごがシュッと小さかったから、逆三角形の小さな顔に、むくんだ首がつながっているような印象だった。

近くにいた看護師さんにかけられた言葉も覚えていないほど、私はじっと旅也を見つめていたようだ。見つめながら私は、旅也のどこが正常で、どこが正常ではないのか、見極めようとしていた。全体のバランスの悪い印象とは別に、目は正常に見えるし、かわいいまつげも生えている。鼻も正常に見える。口も小さいけれど、形は正常だ。耳……、耳……、私は旅也の耳を探した。

「耳が……ない」

私は呆然とした。普通ならあるはずの位置に耳が見えない。「この子には耳がない」と自分の声が頭の中をグルグルと回った。目の前がチカチカと光り始め、真っ白になった。「どうしよう、どうしよう……」と周りがしっかり捉えられなくなって、気分が悪くなった。

「すみません。気分が……」

私はようやく近くにいた看護師さんに声をかけた。産科の助産師さんが急いでやって来て、そのまま猛スピードで車いすを押して、私を産科の病室まで連れて帰った。病室のベッドで、ようやく私の視界は元に戻った。助産師さんに「大丈夫です」と言ったものの、しばらく私は呆然としていた。

一人になってからも私はずっと、耳の見えなかった旅也のことを考えていた。午後3時頃、トイレに行くためにようやく廊下に出たが、なぜか急に悲しくなって、トイレの中で泣いた。「どんなことがあっても、受け止めよう」と心に決めていたのに、次々に起こることは、私の想像をはるかに超えていた。旅也は懸命に生きているのに、私は母親という立場も何もかも捨てて、自分がみじめで仕方なかった。

夜、主人が病室に来てくれた。

「旅也、耳が見えなかったのだけど……。今日、それに気づいたら貧血になって、急いで運ばれたわ」

主人は、NICUの看護師に聞きに行ったようだった。

「旅也、耳あるって。看護師さんに聞いたら、『ありますよ～』ってタオルめくってくれて、見たら耳がついてたわ」

次の日、私は自分でも確認に行きたかったけれど、その思いとは逆に、身体が言うことをきかなくなっていた。手術の際の麻酔の影響のようだったが、起き上がると頭が割れそうに痛くて、ベッドに横たわるしかなかった。

さらに、母乳の分泌が始まった。通常、帝王切開での出産だと経膣分娩よりも母乳の分泌は遅めで、手術後四日目頃から始まるとのことだったが、私は手術後二日目だった。旅也は食道閉鎖のため貴重な初乳は飲めないし、いまの身体の状態では胃に入れることも不可能だった。

主治医に相談すると、そこで母乳を止めてしまう選択もあるそう

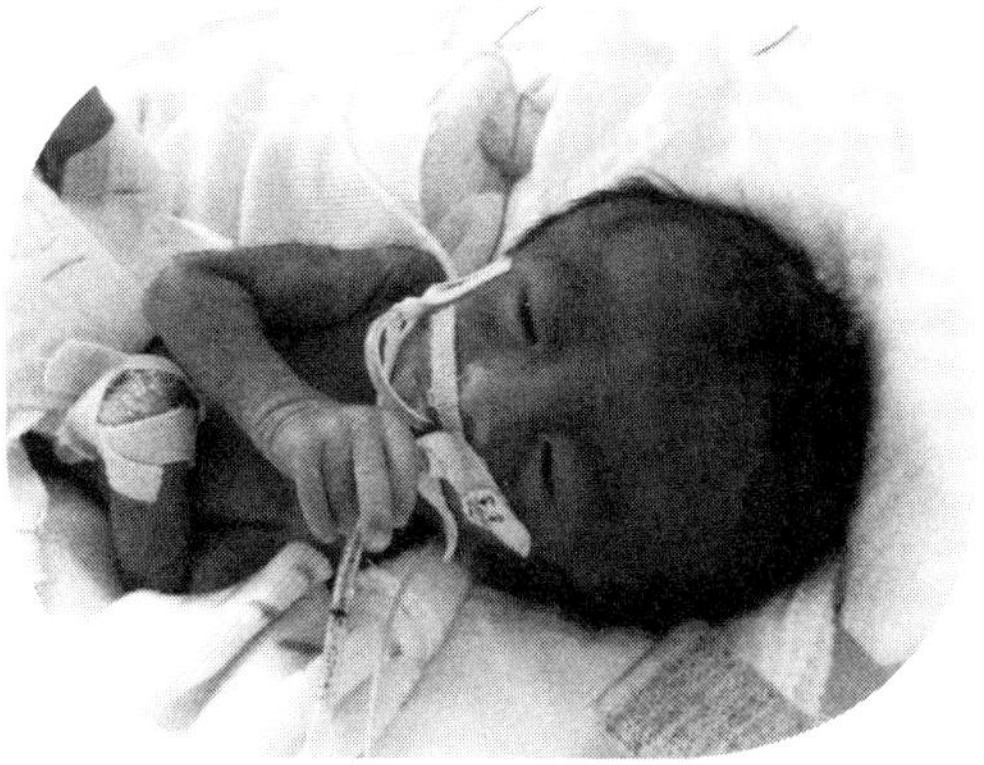

だが、母乳は冷凍保存が可能だから、旅也が飲めるようになるときのために取っておくこともできるという。できる限りのことはしたいと思い、搾乳して保存しておく方法を選んだ。

ＮＩＣＵからもうれしい提案があった。旅也は搾乳した母乳を飲み込めないけれど、舌につけて味わうことはできるから、少量でも持って行ってよいとのことだった。

頭痛が少しましになった午後、母乳が入った哺乳瓶を手に、再び車いすを押してもらってＮＩＣＵに入った。「昨日は、突然帰ってごめんね」と心の中で旅也に謝り、昨日と変わらずかわいい顔で寝ている旅也を見たら、少し安心した。

今日の担当看護師さんは、昨日のエピソードを引き継いでいた。

「お母さん、耳はちゃんとついていますよ」

耳の位置のタオルが少しめくられた。

「あー、ついていた」

小さな小さな耳がちょこんと、肌に貼りつくようにしてついていた。よく見ると、形はちょっと変。でも耳だ。旅也のかわいい耳だ。

その日の面会で、母乳を口に塗布することもできた。綿棒の先に少しだけ母乳をつけて、舌の上に乗せるようにすると、旅也はなんとなく母乳を味わっている様子だった。

身体も言うことをきかず情緒面も不安定な私に代わって、旅也の状況をより冷静に観察し、さらに主治医たちの話を聞いて来るのは主人だった。主人は毎晩、自分が見聞した旅也の情報を私に話してくれた。仕事を早めに切り上げ、毎晩病院にやって来て旅也と私に会う。主人はそれをとても楽しんでいる様子で、一つひとつのことを受け止めるのに難しさを感じていた私には、少しうらやましいほどだった。

18トリソミーという告知

2012年8月13日

朝から頭が痛くてたまらず、横になってばかりで起きられない。そうしていると、旅也に会いに行けないあせりが募ってくる。

「麻酔の影響だから、こういうときは水をたくさん飲んで流すしかないよ」

医師である私の父が、2ℓの飲料水のペットボトルを買ってきてくれた。出産直後からこの父が、長男の世話などの助っ人に来てくれていた。けれども、大量の水を飲み慣れていない私には苦痛だった。

お昼過ぎ、霧が急に晴れるように、一時的に頭痛が消えた。「いまだ」と思い、旅也に会いに行く。今日もじっと見つめることしかできない。旅也の顔のむくみも少しずつましになっている。一日一日、かわいさが増してきたように感じた。

その日の夕方には、主治医より旅也の状態についての説明があるとのことで、主人が早めに仕事を切り上げて病院にやって来た。二人で早めにＮＩＣＵに行き、旅也と再び会う。主人も、顔と首の浮腫がきれいになってきた旅也の顔をうれしそうに眺めていた。

ところがカンファレンスの直前、私は再び頭が割れそうな頭痛に襲われた。やむを得ずカンファレンスは主人に任せ、私はふらふらしながら病室に戻って横になった。この日は私の父と長男も病室で待っていた。徳田先生の困った表情が気にもなったが、座っていることも苦痛に感じるほどの頭痛だった。

30分ほどたった頃、主人が、困った顔をしながら病室に戻ってきた。

「あんまりいいニュースじゃなかったわ」

言いながらソファーに座った。

「旅也、18トリソミーだって」

「そっかぁ……」

私は天井を見つめた。横に座っていた父が、涙を拭うような仕草を見せた。父は18トリソミーがいかに重篤な障害であるかを知っていたのだろう。旅也の妊娠中に異常が分かったとき、父は「13トリソミーとか18トリソミーは女の子がメインの疾患だからなぁ……、確率としては低いはずだけど……」と言っていた。しかし18トリソミーと告知されたいま、病室は重い空気に包まれ、私たちはしばらく言葉を失っていた。

夜、長男たちと夕飯を食べて再び病室にやって来た主人と話をした。

「旅也は、あんなにかわいいのに。表情だっていっぱいあるし、自分のことちゃんと表現しているのに……。いままでがんばって生きて生まれてきたのに……。なんですぐ死んでしまう病気なんやろ……。あんなにかわいいのに……。まだ〝生かされてる〟って言うより〝生きてる〟って感じがする」

主人は泣いていた。私も涙が次から次へと流れてきて、言葉にならなかった。

私たちの前には、「旅也の死」が大きくて動かせないどす黒い岩のように、ドスンと落ちてきた。妊娠4か月で異常が分かり、何度も「死」を覚悟してきたはずなのに、いつもわずかな希望は捨てなかった。旅也は「生きて生まれてきて」という私たちの願いをかなえてくれたし、かわいい顔も見ることができた。それなのに、短命という宿命は旅也から離れてくれない。

主人が自宅に帰った後も、私は眠れなかった。涙がぼろぼろ流れてくる。何時間も泣きながら過ごし、それでも眠れないからとベッド脇の小さな照明をつけて天井を見上げていた。すると夜勤の助産師さんが来て、おかげで話ができた。私はベテラン助産師さんの言葉に泣きながらうなずいていた。

「いつか、旅也くんが生まれてきた意味が分かるようになるときがくるはず」

そのときは胸にストンとは落ちなかったけれど、旅也の存在を病気・障害も含めてきちんと受け止める助産師さんの態度に、少し救われた。

次の日も朝から泣いてばかりいた。

夕日が病室に差し込む頃、私は1通のメールを受け取った。私より数週間前に男の子を出産した同僚からだ。お母さんになりたてで輝いている同僚と私はまったく違う状況だったのに、メールは次のようなものだった。

「赤ちゃん生きているじゃないですか!」

スカッとしたその内容に、私はあっけにとられた。私がもし逆の立場だったら、相手がどう感じるかを気にし過ぎて、メールを送ることもできないかもしれない。でもその同僚は、旅也が生きて生まれてきたことを純粋に喜んでいた。

「そうだ、旅也は生きている。今日も生きているんだ」

そう思えてきた。私は頭痛が治まるのを待って、1時間ほど旅也に会いに行った。このとき、目も顔も腫れているのは私のほうで、旅也は今日も小さな背中を丸めて眠っていた。

主人の切り替えも早かった。告知の次の日には「18トリソミーの会」のことを調べ、入会までしていた。インターネットなどで調べた情報をプリントアウトして病室に持って来る。私たちは、短命かもしれない旅也にとって、できる限りのことをしたい気持ちでいっぱいだった。自分たちの最優先事項は、旅也にたっぷり愛情を注ぐこと、病気のことは二の次。

一方、障害の受容とは別のところで、私たちは、旅也の命の行方が左右される一つの選択を迫られていた。旅也には「食道閉鎖」があり、生後すぐにそれは「食道閉鎖A型」だと分かっていた。これは、口から胃までつながっているはずの食道が途中で切れているというもの。旅也の場合、切れている部分はかなり長いだろうとの見立てだった。

食道が切れているから、旅也は常時分泌される唾液や痰などを飲み込めなかった。口からの栄養摂取は不可能で、今後栄養を摂るためには、胃ろうを造設しなければならなかった。小児外科の先生の話によると、唾液などは、食道が切れている部分までチューブを入れて、そこから低圧持続吸引で常時吸引する方法があるという。また胃ろう造設は難しい手術ではないけれど、何しろ旅也の身体が小さ過ぎるので、手術のリスクはかなりあるとのことだった。

旅也が手術を受けることで命の危険にさらされるかもしれないということは、18トリソミーの告知を受けた直後の私たち夫婦にとって、さらなる打撃だった。しかし親として、自分の子どもが何も食べずにお腹を空かせているのを見るのは、さらに苦しいことだった。食べることができなければ、旅也は死んでしまうのだ。私たちは手術に同意し、実施は8月17日と決まった。

毎日いろいろなことが起き、一つひとつに感情を揺さぶられながら過ごしているなか、うれしいことがあった。

胃ろう手術に同意した次の日、私は初めて旅也を抱っこした。挿管されて人工呼吸器につながっている旅也を、看護師さんたち数人がそろりそろりと私の腕の中に運んだ。ふんわりと予想以上に軽くてやわらかい旅也がやって来た。力を入れると壊れてしまいそうで、本当にガラス玉がタオルに包まれているような感覚だった。でも、やさしい顔をしてタオルの中で眠っている旅也を見ていたら、幸せな気持ちでいっぱいになった。

正直私は、自分が旅也を産んだという実感が乏しく、落ち込むことがあった。長男のときは、呼吸法もマスターし、痛みを逃がしながら主体的に産んで、出産だけでも達成感があった。産んだその日から母子同室を希望して、ずっといっしょにいたので、まさに自分の子どもという愛着が簡単にできていった。

一方、旅也は自分の力の及ばないところで医療に管理されながら妊娠期の最後を過ごし、帝王切開で産んだ後も、産科とNICUという別々の場所で過ごしていた。だから産んだ実感があまりないうえに、機械に囲まれている旅也に思う存分触れられないことが、自分の赤ちゃんだと実感するのを妨げていたように思う。この日初めて抱っこして、旅也の全身を感じられたことは、私にとって、とても貴重な体験だった。

その後、毎日病院に通って差し入れをしてくれていた父は、私の頭痛が少しましになったことを確認して、自宅へと帰っていった。

食道閉鎖のための手術

2012年8月17日

手術の朝、「旅也に命をください」と朝日に祈り、9時過ぎに旅也に会いに行った。少し眠いのか、しんどいのか、トロンとした目をしている。今朝はウンチのオムツを替えることができた。「旅也」と呼びかけると目をキョロキョロと動かす。その仕草がとてもかわいい。そして今日、初めて旅也のくしゃみを見た。

自分の病室に帰り待機していると、10時50分頃、旅也が手術室に出発するとNICUから連絡が入った。

「お母さんは、ギリギリまでいっしょにいてあげて」

旅也に近寄るのをためらっていた私に、若手の女医さんから声がかかった。旅也のそばまで行き、頭をなで、手を握って声をかける。

「がんばろうな」

涙がじわっと目にたまってきて、どうしようもなかった。

ドクター四名、看護師さん一名で旅也のベッドごと手術室まで大移動。NICUの主治医が、ガーゼをかけてある旅也の頭部をやさしく触れながら、呼吸を確保するためのアンビューバックを押している。5階の中央手術室の前に着いた。

「お母さん、顔を見てあげて」

「がんばろうな、大丈夫やし」

頭をなでながら旅也に声をかけた。旅也のベッドはガタガタと音を立てながら、手術室へ入って行く。

「行ってきます」

私をしっかり見て力強く言ったNICUの主治医に、私は「よろしくお願いします」と深く頭を下げ、先生の気遣いに感謝しながら旅也を見送った。

手術は1時間ほどで終わると聞いていたが、手術室の前には待つスペースもなかったので病室に帰り、ソファーにもたれかかりながら外を眺め、手術が終わるのを待った。2時間、3時間と時間が経過し、私は何時まで待ったらよいのか迷いながら不安のなかにいた。

4時間半以上たった午後4時過ぎ、私はようやく主人に電話をして、自分がずっと連絡を待っていることを伝えた。主人はあきれていた。

「なんで誰かに聞いてみないの？」

その言葉で、私はようやくナースコールを押した。駆けつけた助産師さんが「ずっと待ってたの!?」とびっくりしながらNICUに電話をしていた。NICUからは「5分前に手術室を出た」という情報が回ってきた。

「旅也は生きている！」

5時間近くも待ったことを忘れ、私はソファーから勢いよく立ち上がった。しかしその後、病室に来た小児外科のドクターの表情を見て、ただごとではなかったと瞬時に察した。厳しい表情で全身に汗をかいた姿が難しい手術だったことを物語る。再び緊張が高まった。

先生は面談室で手術の説明を始めた。二名の小児外科の執刀医からまず、とても大変な手術だったことが伝えられた。そして、開腹すると肝臓が大きく肥大していたこと、肝臓をめくって胃を引っ張り出し胃ろうを造ったこと、一度お腹を閉じたけれど、出血が止まらずにおかしいと感じて再開腹したこと、途中で手術をやめようかとも考えたこと、出血の原因は、最初に胃を引っ張り出したときに、胃から出ている食道の先端部分が裂けてしまっていたからだったこと、お箸の先くらいの細い食道の先端部を縫い、食道と胃がつながっている部分を2か所バンディングしたこと、を聞いた。汗をかきながらの説明だった。私は、先生たちが途中で手術をやめなかったことに深く感謝した。旅也の命はつながった。

その後、NICUでの旅也の受け入れが整い、私も旅也の顔を見に行けることになった。旅也は麻酔でまだ眠っていたが、私は顔を見た途端、ほっとして涙が出てきた。旅也、小さな体で、本当によくがんばったね。

次の日の朝、旅也に会いに行くと、顔も身体もパンパンに腫れていた。手術の影響だということだったが、そのことを話してくれたNICUの主治医は、昨晩ずっと旅也についてくれていたようだ。ありがたい。むくみはあるが、昨日より旅也の眼力がアップしているのを感じ、うれしくなった。

この日、私は翌日、旅也を置いて退院することが決まった。夜、ここで眠るのは今晩で最後だというられしさと、旅也を病院に残して家に帰る罪悪感とが交錯して、疲れているのになかなか寝つけなかった。

「明日、退院しても、夜には旅也に会いに来よう」と決めて気持ちを落ち着かせる。旅也は手術でしんどい思いをして、まだたたかい続けているのに、お母さんだけごめんね。でも、長男もずっと我慢してきたことを思うと、一日でも早く家に帰って生活を整えなければと思う。

8月19日、旅也の生後一〇日目。朝、旅也に会いに行くと、ウトウトと眠そうだった。けれども吸引で目を覚まし、母乳をチュパチュパと吸ってくれた。10時半、最終に搾乳した母乳をNICUに届け、「また夜に来るからね」と声をかけた。

四五日ぶりの外だった。太陽の光がチクチク痛いほどの猛暑で、目を細めながら駐車場まで歩く。主人と長男はうれしそうにしていたが、私の心は複雑だった。

家に着くと荷物を下ろし、久しぶりのわが家でゆっくりと過ごした。ベビーベッドもベビーバスもベビー服も、旅也を迎えるものは何もなかった。ただ私が帰って来て喜んでいる長男といっしょにお昼寝をし、夜になって再び旅也に会いに行った。

病院が近くにあり、頻繁に会いに行けることは、とてもありがたいと感じる。旅也は大きな変化はなく過ごしていたとのことで安心し、帰り際に「帰るね、また明日来るね」と伝えると、なんとなく意味が分かったのか、顔をくしゃくしゃにしていた。

病院通いの始まり

2012年8月20日～

家での生活が始まった。毎朝5時台に起きる。長男が起きてくるまでに搾乳し、新聞を読んだり朝ごはんを作る。入院中には病院で借りていた搾乳器は、インターネット通販で頼むとすぐに届いた。メデラ社の手動搾乳器「ハーモニー」というものだ。

搾乳器には電動もあったが、旅也の命がどこまで続くのかまったく分からない状態なので、まずは手動で始めることにした。搾乳でも、離ればなれのときに、旅也のためにできる何かがあるのは救いだった。

「旅ちゃんのおっぱい、たくさんたまった?」

まだ会っていない旅也への想像を膨らませながら、毎回、搾乳のたびに長男が聞く。長男なりに、旅也のごはんがちゃんとあるかどうかを心配してくれているようだった。

ＮＩＣＵの面会は基本、朝10時から夜7時までだったから、私は10時頃には病院に着けるように家事をして、バスで病院に向かった。

入院中とは打って変わって、仕事に行くのと同じくらいメイクをし、きちんとした格好で行くように心がけた。NICUでも、旅也はどう見ても重度の赤ちゃんだし、母親の私が悲壮感丸出しでは情けないと思ったからだ。この時期に一番つらいのは、他者からの同情のまなざしだった。心はいつ泣き出してもおかしくないほどかき乱されているのに、私は病院に着くと平常心を装おうとしていた。

　ロッカーの部屋に荷物を置き、手洗い場でていねいに手を洗い、感染チェックリストにチェックを入れると、なるべく笑顔でNICUに入る。毎朝、旅也の担当看護師さんに温かく迎え入れられた。私がベッドサイドで看護師さんと話をしていると、どこからともなく主治医がやって来て、旅也の様子のていねいなフィードバックを聞いた。その情報に一喜一憂しながら、旅也との時間が始まる。

　私ができることは、母乳の塗布、よだれを拭くこと、身体を拭くこと、それからオムツを替えること。オムツを替えるなかで、旅也に鼠径《そけい》ヘルニアがあることも分かった。本来ならお腹の中にあるはずの腹膜や腸の一部が、鼠径部（太ももの付け根付近）の皮膚の下に出てきて、やわらかい腫れができるというものらしい。それ自体は急いで治療する必要はないようだが、旅也の場合びっくりするほど腫れており、初めて見たときはショックでもあった。

　胃ろう手術からの旅也の回復は早かった。術後五日目には点滴も抜かれたし、次の目標として、心臓の手術の話も出てきた。

　主治医からは、出生後の検査でも18トリソミーの確定診断が出たこと、突然死の可能性もあるが、いまの時点では〝選択肢の提示もできる状態〟だと聞いた。18トリソミーでは、予後不良は紛れもない事実なので、医療的な介入が何もできずに「見守りましょう」としか言えないこともあるけれど、旅也の場合はまだ希望がもてる部分もある、とのことだった。

看護師さんたちも、旅也が生きていくことを前提にケアに携わっている様子だった。ある朝ベッドサイドに行くと、旅也がアンパンマンの「にぎにぎ棒」を握っていた。担当看護師の樋爪さんが、綿棒とカラーテープで作ったそうだ。

「わぁ、かわいい!!」

私は思わず声をあげてしまった。しかも感染予防のために、NICU内で手に入るものだけで工夫して作られていて感激した。樋爪さんによると、手の拘縮予防も兼ねているらしい。18トリソミーの子どもたちは、一般に〝グーの手をしている〟と言われている。指と指の重なりが見られたり、手を握っていることも多いから、指や手をマッサージして、拘縮が進まないようにすることが大事だという。

身体を拭くのも、母親として旅也に何かできるうれしさがこみ上げてくる時間だった。看護師さんたちと旅也の顔や身体をやさしくやさしく拭いていると、旅也も気持ちよさそうにしていた。

しかし、うれしいことばかりではなかった。旅也のサチュレーション※が急降下して50台になり、顔が真っ黒になる瞬間も何度か目の当たりにした。そのたびに、旅也がとても繊細で、生と死の狭間で生きていることを実感しなければならなかった。

「お母さんは入り口の黒いソファーで待っていてください」

旅也のベッドの周りにはピンクのパーティションが立てられ、ドヤドヤとドクターたちが入っていく。

※サチュレーション：酸素飽和度といわれる。血液中に溶け込んでいる酸素の量で、パーセントで示される。健康であれば99％近くの値になる。

何度経験しても慣れることができない、生きた心地のしない時間だった。

私は険しい表情でソファーに座り、ひたすら次の報告があるのを待った。そんなとき、勤務時間を過ぎていても担当看護師の樋爪さんが私の横にずっと座っていたことが何度もあり、救われた。

午後3時か4時頃に病院を出てバスに乗り、家に着いて少し休憩したら、長男を保育園に迎えに行く。そこからは長男との時間だった。ごはんを食べて、お風呂に入れて、夜の搾乳をしてから、長男と遊び、旅也の話をしながら眠りにつく毎日だ。

主人は仕事から帰ると、ランニングウエアに着替えて、夜9時や10時に病院まで走って旅也に会いに行く。1時間ほど旅也と会った後、10㎞ほど走って帰ってくるという生活を続けていた。

両親が旅也の変化に一喜一憂している日々のなか、長男は彼なりに旅也の存在を確認していた。母親と離れて生活する日々の次は、休みの日にも病院に通う両親に付き添い、自分は会えないのに廊下で待つ日々だ。旅也の急変があれば近所の家に預けられることもたびたびで、後回しにされることも多かった。それでも文句を一度も言わず、旅也に会いたい、抱っこしたいという思いをかかえながら、毎日を過ごしていたようだった。

長男がこの時期の不安定な生活のなかで、比較的穏やかに毎日を過ごすことができたのは、生後8か月から通っている保育園の存在が大きかった。

家から歩いてすぐの保育園は、毎日子どもたちを近くの川や公園、植物園に散歩に連れて行く〝自然派〟保育園だった。子どもは子どもらしく、毎日思いっきり遊んでいた。遠足や運動会などの行事にはこの保育園らしい工夫がちりばめられていて、私もそのたびにワクワクし、先生たちの配慮に感激していた。

旅也に異常が分かると、私は担任の先生たちにそのことを説明した。担任の先生たちはもちろん主任の先生も、常に私の体調や長男の状態を気にかけていた。旅也を出産した後、保育園に長男を迎えに行くたびに、兄弟が普通にいる子どもたちやその家族をうらやましく感じたり、赤ちゃんを連れていない私の姿に不思議そうな表情をするお母さんたちのことを意識することはあったけれど、先生たちの懐の深さに救われていた。何よりも、長男を安心して預けることができたのが、とてもありがたかった。

旅也、1か月お誕生日

2012年9月9日

旅也が生まれて1か月。朝、空を見上げると秋の空だった。午前中から旅也の面会に行く。旅也の調子はいいとのことで、四日前に挿管から変わったバイパップ※のマスクを外した状態で、1か月記念の写真を撮った。

数日前から胃ろうが使えるようになり、母乳も1㎖からスタートしていた。母乳を入れられることで、私は旅也が再び〝生まれた〟という感覚になった。母乳量は毎日順調に増え、今日は5㎖×8回になっていた。

※バイパップ：気管挿管や気管切開を行わず、鼻にマスクを装着して自発呼吸をサポートする換気モードの一つ。

前日、NICUのガラス越しに兄弟面会していた女の赤ちゃんが、始めは旅也くらいの大きさだったと聞いて、力がわいてくる。最近は、毎日の採血やレントゲン、超音波検査、点滴などで、旅也はしんどいだろうと落ち込んでいたけれど、長男に会わせたいと思うと力がわいてきた。洋服も、いまは感染予防もあって持ち込み不可だからNICUの白の肌着だけど、いつかは旅也のために買ったものを着せたいし、抱っこしてNICUの外に散歩にも行きたい。

そんなことを考えていたら、目標を設定するのは難しいと思い至った。家に連れて帰るのはハードルが高すぎて、いまは目標にはできない。でも目標がないのはつらい。ささやかでも到達できそうな目標が必要だ。やはり長男と直接会わせるのが一番の目標だと考えた。

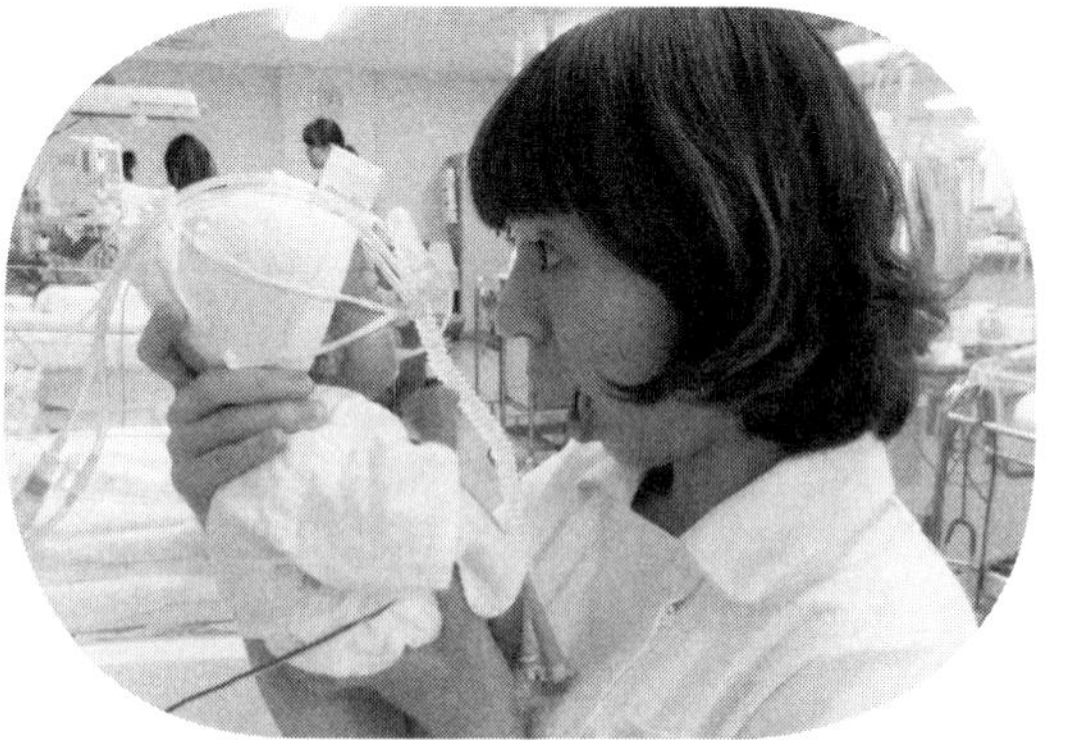

夜、担当看護師の樋爪さんが、「ふじいたびやくん、1かげつおめでとう!!」のシールを作ってくれていた。それを見るだけでもほっこりした気持ちにさせられた。

●母乳一日量5㎖×8回、体重1281g

この頃主治医からは、超音波検査でもレントゲンでも、旅也の状態は悪くないと聞いていた。心臓も、急いで手術しなくてはならない状態ではなく、いまは体重を増やして、手術に耐えられる身体にしていくことを視野に入れているとの話だった。

私は、長男に会わせることが次の目標だと伝えた。主治医は、呼吸器のサポートをどれくらい必要とするのか見ていく必要がある、と指摘した。呼吸器を外せないとNICUの外に出るのは難しいからだ。肺がしっかりしてきて、呼吸器を外せる時間が増えていくことで、家に帰ることも視野に入れていけるとのことだった。

初めて主治医から家に帰ることについて聞き、希望がもてたが、それはまだはるか先のような気がした。旅也はまだまだ繊細で、毎日たくさんのケアを受けながら、必死で生きているのが現状だった。

9月17日、旅也のところへ行くと、夏季休暇明けのベテラン看護師さんが、さっそく旅也をお風呂に入れる練習をしていたとのこと。次の日曜日にはお預けになっていたカンガルーケアもできると、私たちを喜ばせた。

次の日、実際にお風呂に入れることになった。準備されたのは洗面器だった。旅也が入ってみると一寸法師のようで笑えたが、小さな小さな旅也にはそれで十分。バイパップも外し、取るはずのなかった食道先端までの低圧持続吸引チューブも外れてしまった。

「急いで、急いで!」

突然の、何もつけていない旅也の写真を撮るチャンス。顔に何もついていなかったら、感動するほどかわいい。看護師さんたちが集まって来た。キャーキャー言いながら写真を撮り、何事もなかったようにチューブが入れられ、新しい肌着を着せられる旅也だった。お風呂は本当に気持ちよかったのだと思う。とてもいい表情をしていた。

母乳16㎖×8回(お腹が張るため、1回1時間半かけて注入)、体重1390g

コラム 2

母乳からカレーデビューまで―胃ろうを通して成長した旅也―

旅也は生後1週間で胃ろうの造設手術を受け、生後1か月でようやく胃ろうから母乳を摂取できるようになりました。そこから少しずつ母乳とミルクで大きくなり、お家に帰ることが視野に入ってきた1歳過ぎに「低体重児用ミルク」に切り替わりました。

お家に帰ってから、おかゆやお味噌汁を茶こしでこした離乳食5ccからスタートし、口からもいろいろなものを味見させました。胃ろうから入るものは栄養となりますが、口から入ったものは、途中までの食道の先端部から、低圧持続吸引チューブですぐに外に出てしまいます。それでも旅也はいろいろなものを味見し、好き嫌いも出てきました。

1歳半が過ぎた頃、イワタニのミルサー・ミキサーを購入し、毎回の食事を作るようになりました。でき上がったペースト食は、サーモスのスープジャーに入れて、温かい状態で摂取できるようにしました。

胃ろうからのごはんについて、長野県立こども病院の冊子「はじめてみよう!! 胃ろうからの半固形食短時間摂取法」(http://nagano-child.jp/wordpress/wp-content/uploads/2016/08/hankokeishoku_2016.pdf)からたくさんのアイディアをいただきました。

また風邪を引いたときは、以前習っていた「マクロビオティック」(http://www.macrobiotic.gr.jp)の食事法を参考にし、蓮根しょうがやリンゴくず煮を注入したり、便秘気味のときはプルーンを入れるなど、食事を微調整できるのも胃ろうのメリットでした。

2歳4か月でミルクを完全に終了し、すべての食事、おやつをペースト食にすることができました。この頃には離乳食ではなく、家族と同じものを食べることができていて、2歳6か月でカレーデビューも果たしました。そして亡くなるその日まで、旅也は〝物語のある食べ物〟で栄養をもらい、空に還っていきました。

旅也が生まれたとき、私たちには胃ろうを造るのか、そのまま看取るかの二つの選択肢しかなく、迷う余地がなかったのは不幸中の幸いでした。

治療であっても、子どもの身体に穴を開ける、傷をつけることは、親として言葉に表せないほどの苦痛であり、悲しみです。でも、胃ろうを通して旅也は成長し、私たち家族も思いもよらなかった楽しみや充実感を得ることができました。

手術の前に、こんな生活も可能になるかもしれないという説明が少しでもあれば、もっと希望をもって手術を受けられたかもしれないと感じています。

心臓の手術

2012年9月25日、26日

主治医から心臓の手術の話が詳しくあったのは、9月18日の夜だった。普通であれば生後まもなく閉じるはずの動脈管が閉じそうにないので、そのバンティングをすること、心室中隔欠損があることで心臓内の血液の量がアンバランスになってしまうため、肺動脈のバンディングが検討されている、とのことだった。

心室中隔欠損の根治手術は、身体の大きさや心臓の穴の大きさから、まだリスクが大きく踏み切れないという。心臓の手術はリスクが大きく、バンディングを施したところで、どれくらいの成果が見込めるのかもはっきりと分からないそうだ。

主人もそのことについて、胃ろうの手術では栄養を入れられるという結果が出たのに対して、今回はめざすところがはっきりしないのが不安だと話していた。

手術の話は落ち込む。できればしたくないし、穏やかな日々が続いてほしいと願う。いまでも胃ろうの手術跡の傷ははっきり分かるし、チューブもリアルにお腹から出ている。小さな顔もバイパップに覆われているし、口からも低圧持続吸引のチューブが入れられている。心拍やサチュレーションを測るためのモニター、心電図モニターも外すことができない。

こんな旅也の身体に、また傷をつけなくてはならないのか。でも、心臓の手術をしないと、旅也の命はすぐに消えてしまうかもしれない。できる限りのことをしようと決めたのだから、生きるために手術に耐えなくてはならない――。

いろいろなことを張りつめた気持ちで考えていたら、とうとう心も身体も限界が近づいてきていたようだ。夜になっても眠れず、張りつめていたものが弾けてしまい、主人の前で「つらい、つらいよ」とオイオイ泣いてしまった。

旅也のことだけではなく長男に対しても、夏に家族でどこにも行っていないし、いつも我慢させている。自分自身も、同情の眼差しにさらされたくないと思って張りつめているのも、みじめだった。幸せそうなお母さんたちを見ると、どうしても嫉妬の気持ちがわいてきてしまう。こんなことではダメだと思いながらも、その気持ちを抑えることはできなかった。

ＮＩＣＵでともにがんばってきた心臓疾患の赤ちゃんたちが立て続けに転棟してしまったのも、寂しさが募る理由になっていた。手術の話が出てきて、いろいろなことに対しての不安が大きくなり、グラグラと足元が崩れていくような感覚に陥ってしまった。

そんななか、９月23日、以前から看護師さんの提案があったカンガルーケアを体験できた。

ＮＩＣＵに入院している赤ちゃんと母親にとって、生後すぐのカンガルーケアは難しいことがある。すぐに処置をして、ＮＩＣＵに運ばれることが多いからだ。肌と肌でふれあう機会はほぼないし、私のように産んだ感覚をつかむことができない母親もいるだろう。

旅也はバイパップになって、ようやく抱っこも気軽にできるようになってきた。命の保証がない心臓の手術を前にして、看護師さんが設定したカンガルーケアだった。しかも、面会の患者さんや医療スタッフがいつもより少ない日曜日の午後に実施できるよう、綿密な計画が立てられたようだった。

急変時用のピンクのパーティションは、今回、うれしいカンガルーケアのために立てられた。モニターは外の看護師さんたちが常に見られるようにパーティションの外に出し、旅也のベッドの横には、私が寝そべるためのリクライニング式の椅子が置かれた。

肌と肌を密着させるため前開きの服を着て来るように言われていた。オムツ一つになった旅也を胸のあたりに置くと、温かさが直に伝わった。旅也も温かくなって眠り、私も旅也を気にしつつもなんとなく眠くなってきた。途中、看護師さんが置いた鏡で胸の上の旅也の表情を見ると、すっかり目を閉じて眠っていた。

9月25日、旅也の心臓手術の日。4時50分起床。保育園の遠足に行く長男のためにお弁当を作る。外の鉢に朝顔が10個もきれいに咲いていて、それを見たら手術は成功するような気がしてきた。

6時45分に家族で氏神神社にお参り。朝のこもれ日がきれいだった。7時には、長男をいっしょに保育園に送ってもらえるように近所のお家に預けた。7時20分に主人とともに病院に到着。旅也は眠っている様子だったが、眉間のしわが少し気になった。

7時45分、心臓手術の執刀医がNICUに到着。これまで数えきれないほどの心臓病をかかえた子どもたちを救ってきた執刀医は、とても落ち着いていた。

8時55分、いよいよNICUを出る。手術室の前に到着し、旅也に声をかける。目は少し開いているけれど、眠っているようだった。ここでも眉間のしわが気になった。不安に思っていないか、苦しくはないか、痛くはないか……。旅也の言葉を聞きたいと心から思った。

心臓の手術は時間がかかると聞いていたので、4〜5時間は覚悟していたが、その間何をしていたのか、まったく記憶がない。手術が終わり、執刀医から説明があるとのことでカンファレンスルームに行く。心臓外科とNICUの三人のドクターたちを前に、私と主人は話を聞いた。説明はあっさり終わり、最後が「お大事に」だけだったのが、私に強烈な印象を与えた。

手術をしたことで、こんなことができるようになるでしょうという希望的なものではなく、「お大事に」だ。旅也の命はそんなものなのだろうか。18トリソミーの子どもに手術をしたところで、希望は何にもないのだろうか。私は愕然とした。これが18トリソミーという病気の厳しい現実だった。

その後、張りつめた気持ちのままNICUに行き、麻酔で眠っている旅也に会ったとき、「がんばったねー、旅也」と頭をそっと触った。点滴がたくさんつながっている旅也には、あまり触れることができないような感じだったので、早めに主人とＮＩＣＵを出たが、出口で私は吐き気に襲われ、大量に嘔吐してしまった。

翌朝、身体が限界を感じる。夜の間に何度も起きてトイレに行き、吐いた。胃の痛みでまったく眠れていない。主人も「今日はゆっくりしたら？」と言う。

朝9時にＮＩＣＵに電話すると、小児外科のT先生と話ができた。心臓の手術前に新しく変わった主治医の茂原先生とともに、旅也と一晩過ごしたという。旅也の状態は悪くないけれど、おしっこが出ていないから、これからその原因を調べるところだということだった。

私は夕方に行くつもりで、布団で横になった。すると11時過ぎ、主人からの電話が鳴った。

「旅也の調子がよくないんだって」

クラーっと血の気が引いていく。心臓の再手術をしなくてはならないという。どうも、昨日の手術で間違った血管をバンディングしてしまい、そのためおしっこが出なくなったのではないかとＮＩＣＵの主治医たちが突き止めたようだ。

「再手術をするなら11時半からスタートになるし、手術に同意するかどうか伝えないといけない」

「してもらおう」

とっさに答えた。何もしなかったら、旅也に関わるみんなにとって後味が悪いし、このまま旅也を看取るわけにはいかなかった。

主人が仕事先から病院に着くには1時間強かかりそうだったので、私はフラフラしながら着替えてメイクし、タクシーに乗った。太陽の光がまぶしくてクラクラした。ＮＩＣＵに着くと、小児外科のT先生がすでに手術室に運ばれた旅也のもとへ行くところだった。

「お母さん、今回の手術は旅ちゃんの身体が原因でする手術じゃないから！」

先生は私を安心させるような言葉を残して手術室に急いだ。朝の電話で伝えていたこともあり、私の体調不良は看護師さんたちも知っていて、看護師長さんの手配で特別に、手術が終わるまで小児病棟の家族室で休ませてもらえた。

ベッドに横になりながらも、手術室の旅也が気になる。天井を見上げながら、落ち着きなく過ごしていると、仕事先から主人が駆けつけた。

「何しに病院に来たん!?」

と、主人は苦笑いをしていた。

「旅也が手術中に亡くなるとかなったら、ちゃんと看取らないとあかんでしょ」

とは言ったものの、歩くだけでもフラフラの自分にできることは限られているなと思い、情けなく感じた。

手術が終わり、私たちはカンファレンスルームに向かった。昨日と同じ風景だが、空気感は少し違った。執刀医は、昨日の手術でミスがあったこと、18トリソミーだから旅也の血管の太さや向きが普通の人とはかなり違っていて、間違った血管をバンディングしてしまい申し訳なく思っている、と話した。

私は返す言葉もなく、うなずきながら話を聞いていた。主人は、執刀医が書き示している手術の経過や心臓の絵を食い入るように見つめながら、実際に血管はどのような太さだったのか、どのような向きを向いていたのかなど、何度も確認していた。

その後、NICUの旅也に会いに行く。再手術後の旅也は大理石のような青白い顔をして、美しいと感じるほどだった。その顔を見ると言葉も出なかった。亡くなるときは、こんな顔なのだろうか……。自分のそんな思いに、とても悲しくなった。

「先生、植物状態は嫌なんで……。来るときがきたら、しっかり看ますので」

私は思わず、横にいた主治医の茂原先生に涙ながらに訴えていた。


次の日、私は朝から点滴を受けていた。家の近くの小さな内科医院。先生は甲高い声で話す女医さんだが、診察の後に奥の畳の部屋に通されると、ふかふかの布団の上での点滴だった。きれいに整えられた庭が見える。年配の看護師さんにやさしい言葉をかけてもらいながら、2時間ほど過ごした。

点滴で力をもらった私は、その足で旅也の元へ向かった。旅也は昨日より顔色がいい。目を開けたまま眠っているけれど、わずかに目が動く、手が動く。少しずつ眠りの世界から戻ってきているようだった。

翌日、身体に鞭打って起き出し、長男と主人を送り出すと、私は家の押し入れの大掃除を始めた。掃除をしてスッキリすると、気持ちも少し晴れてきた。そして分かった。泣きたくなるのは、私のなかに怒りの感情が出切れずに残っているからだと。

私は旅也の手術のミスを怒っていたのだ。執刀医につかみかかりたいほど怒っていたのだ。手術前の評価はちゃんとできていたのか？　しっかり旅也を診ていたのか？　18トリソミーということで命が軽視されていなかったか？　いや、私のなかにも短命だから、どこかに仕方がないという気持ちがあるのではないか？　そうだとしたら許されない。

ただ、おそらく誰にも悪意はなかったはずだ。それでも私には怒りがある。その怒りを認めたら、少しスッキリした。心臓の手術の経過をめぐって何があったのか、私は知りたいと思う。でもいまは、生きている旅也のために時間を使ったほうがいいのかもしれない。旅也と私たちには、あまり多くの時間は残されていないかもしれないから。

掃除が終わり旅也に会いに行くと、ベッドの上には、昨日とは明らかに違う旅也がいた。起きていて、私の声に目を動かし、私のほうを見てくれた。口元をニヤッとさせ、笑顔をつくる。それは、感情ではなく反射かもしれないと分かっていても、うれしく、ありがたいと思った。

機械の音も少なく、人の出入りも少なかった。穏やかないい時間が流れた。旅也をまたお風呂に入れられる、母乳も入れられると思うと、力がわいてきた。

旅也、3か月お誕生日

2012年11月9日

旅也はじっくり時間をかけ、心臓の手術から確実に回復していた。2か月の誕生日の次の日、主治医の茂原先生たち医療チームと私たち家族で、カンファレンスが行われた。

茂原先生から、いまは落ち着いているけれど、急変が起きたときにどう対応するのかを話し合っておいたほうがいい、という話があった。急変時の蘇生の話は身にこたえたが、私たちの考えを伝えた。

「生かされているのか、生きているのかの境界線は、旅也がいろんな表情を見せること。いろんな表現をすること。それが見込めない場合、蘇生は必要ありません」

茂原先生は、何かあった場合、私たちどちらかが看取れるようにしたいが、病院に駆けつけるのにどれくらい時間がかかるのか、連絡方法はどうしたらいいか、なども確認された。主人は遠方に出ていたら1

時間くらいはかかるかもしれない。でも母親の私は30分あれば駆けつけられると伝えた。

「30分あれば何とかもたせることができる」

「いまは、何かあっても旅也の元へすぐ駆けつけられるように、病院から30分以内のところにしか移動しない生活をずっと送っています」

私が「30分ルール」と名づけたこのルールは、旅也が生まれてから自然とルール化していったもの。何かあったときに旅也を一人で空に還してはダメだと強く思っていたからだ。幸い、30分以内で病院に着く範囲は意外と広かった。

10月後半になると、旅也は激しく泣くことが増えてきた。はっきりした原因は分からない。ただ、長時間泣くと体力を消耗し、呼吸が不安定になり命取りになる場合もあるからと、トリクロ※で眠らせる方法が選択された。「泣くだけでお薬を使われるとは」と悲しくなるが、主治医たちは、旅也が少しでも楽に過ごせるようにと考え、看護師さんたちとも話し合って判断している。それだけ旅也は繊細で、要観察な赤ちゃんだった。

10月26日、びっくりすることが起きた。面会中ずっと泣き続けていた旅也を、私が縦抱きしていたときだ。バイパップのマスクが外れかけていたようで、サチュレーションがストンと50台にまで下がり、心拍まで80台に下がってしまった。「えっ!? うそ!?」と思っていると、旅也の動きがいつもと全然違う。表情は見えなかったが、動きがピタッと止まってしまう感じがした。

※トリクロ：トリクロリールシロップ。短時間型の睡眠鎮静薬。赤ちゃんや子どもの脳波検査などの前に投薬されることが多い。

近くにいた看護師さんがすぐに外れかけていたバイパップを元に戻したことで、サチュレーションも回復し、心拍が下がったのも一瞬だったが、「あの心拍の下がり方はなんだったのだろう」とびっくりしてしまった。

その夜、主人は、急ぎ話し合いたいことがあると茂原先生から声をかけられた。旅也が激しく泣き続けると、体力を消耗して命の危機に直結するので、少し鎮静をかけるためにフェノバール（フェノバルビタール）を使おうと考えている、とのことだった。

その話を聞いたとき、昼間の急変を見ていた私は、使ったほうがいいだろうと直感した。しかし〝鎮静剤〟と聞くと手放しでは喜べない。インターネットで「フェノバール」や「フェノバール×18トリソミー」を必死で検索した。

フェノバールはもともとてんかん発作を防ぐための薬で、脳の興奮状態をダウンさせるためのものらしい。18トリソミーの赤ちゃんたちに使われている例がいくつかあることも、お母さんたちが書いているブログで知ることができた。

主人は、NICUの認定看護師の中島さんに意見を聞いていた。「旅ちゃんが楽に過ごすために、フェノバールは使ったほうがいい」という話だったそうだ。

フェノバールの開始について、私は当初「旅也の治療は緩和ケアの領域に入るのかな」と誤解していた。しかし茂原先生から、緩和ケアの要素ではなく、旅也の急変やつらい時間が減り、QOLがアップすると考えている、と教えられた。これが、旅也がフェノバールを使い始めるきっかけだった。

フェノバールを使い始めると、覚醒時間が短くなるのではという私たちの予想に反して、旅也はしっかり覚醒し、機嫌もよく、何より楽そうだった。そのことが、鎮静剤を飲ませるという選択をしなければならなかった私たちの気持ちを安心させてくれた。

母乳の摂取量も少しずつ増え、10月末には1回20㎖の大台に乗った。いよいよ搾乳している母乳では足りなくなりつつあり、あせる母だった。

母乳20㎖×8回、体重1410g

旅也が3か月のお誕生日を迎えた朝、私は3時半に目が覚め、バースデーカードを作った。NICUへの持ち込みが唯一許可されたもので、毎月心を込め、こだわって作っていた。9時30分、いつもの時間にバスに乗り、旅也に会いに行く。その車中で、亡くなった母とそっくりな人を見かけてハッとした。

母が、長男の産後の手伝いをしながらしみじみと話していたことがある。

「お母さん、赤ちゃんに障害がないかどうか、すごく心配していたの。自閉症の研究者のところには自閉症の赤ちゃんが生まれたり、障害児に関わるお仕事をしているお母さんにはダウン症の子が生まれたりするでしょ。だから、障害のある子どもたちに関わってきたあなたが、障害のある赤ちゃんを産むんじゃないかと思って心配していたのよ。でも、赤ちゃんに何にもなくてよかった」

五人の子どもを産み育ててきた母に思いがけないことを言われて、そのときは少し驚いた。それは、障害のある子どもへの差別というよりも、私が苦労しないかどうかが一番気になっているという親心だったと思う。私のいまのこの状況を空から見て、母は何を思っているだろうか。もし母が生きていたら、心配しながらも最強の味方になってくれたはずだ。「あらあら……」と言いながら旅也を見て、それでもかわいいと感じてくれるような気がする。母の不在をとても重く感じた朝だった。

NICUに行くと、旅也は目をパッチリと開けて私を迎えてくれた。

「お母さん、おめでとうございますー」

担当の看護師さんもうれしそうだ。早速カードをわたすと、旅也は大きな目を見開いて、キョロキョロと眺めてくれた。その後、看護師さんたちに、体重測定や頭囲測定などをにぎやかにしてもらう。さらに、深夜明けなのに、お昼を過ぎてもまだ残っていた担当看護師の樋爪さんも入って、みんなでお祭り騒ぎのようにして旅也をお風呂に入れた。みんなにたくさんお祝いしてもらって旅也もなんとなくうれしそうだし、私も3か月という一つの節目を迎えることができて、とてもうれしかった。

お誕生日の三日後には、手術でロスしていた体重がようやく出生体重を超えた。１４８６g。最近は一日に10gずつ増えている計算だ。18トリソミーの子どもたちは、体重を1キロ増やすのに1年かかることもあるという話は、ウソのようだが本当のことのようだ。

これからはまだ見ぬ２０００gをめざす。２０００gになったら少しは身体が強くなるだろうか。果てしない道のりのようだが、一歩一歩進むしかないようだ。

この時期私は、ごくごく身近な人たちにしか旅也の病気を知らせることができなかった。そんななかでも同情の言葉が返ってきたりすると、ものすごく落ち込んだ。旅也のことをみんなに知ってほしいと思う反面、「かわいそう」とか「不幸」などのネガティブなイメージがつくことに対して、かなり敏感になっていた。

反対に、「がんばっているね」「旅ちゃんは、藤井家を選んで生まれてきたんだよ」という励ましの言葉も、なんとなく重く感じていた。私は旅也にほとんど何もできていない。毎日病院に行って、合間に搾乳をして、それでも親として24時間いっしょにいるわけでもないし、旅也を育てているのもＮＩＣＵの看護師さんたちのような気がしていた。

そしてNICUで過ごしていると、「赤ちゃんたちは、お父さん、お母さんを選んで生まれてくる」という話を否定したくなるほど、いろいろな家族がいるのが分かった。「ここは社会の縮図だな」と、私はいつも感じていた。

その「社会の縮図」で一番重症度の高い旅也の母親である私は、いつも旅也がいつ死んでしまうか分からないという恐怖に包まれ、不安いっぱいで張りつめていた。自分のことで精一杯で、周りの人に旅也のことを上手に伝えることなど、当分できそうになかった。

そしてこの時期、問題が出てきていたのはむしろ長男だった。落ち着いて保育園に行っていると思っていたが、両親が思う以上にいろいろなものをかかえていたようだ。保育園の行事のときに、気に入らないことがあって突然大泣きしたり、普段の言葉が少しずつ赤ちゃん言葉になっていった。

保育園から家に帰ると赤ちゃん言葉が始まった。それを聞くたびにイライラし、きつく叱ると、長男は黙り込む。無理に止めさせてはダメだと頭では分かっていても、イライラが止まらなかった。頭では、長男のケアをしっかりしなくてはと思うのに、行動がまったく伴わない。ゆっくり立ち止まることもできず、毎日が過ぎていった。

GCUへのお引越し

2012年冬

冬がやってきて、旅也の調子には相変わらず波があり、激しく泣くと体力を消耗しないようにトリクロが使われる日もある。それでも、トリクロやフェノバールによってしんどい時間が減ることで、体重は確実に増えていった。

私もさすがに手動式の搾乳機では追いつかず、赤ちゃん用品のレンタル会社から、メデラ社の電動搾乳機「シンフォニー」をレンタルすることにした。そしてハーブティーを飲み、『NICUに赤ちゃんがいるお母さんのための搾乳ダイアリー』（メディカ出版、2008年）などを参考にしながら、旅也に母乳を届けていた。

お風呂も赤いベビーバスに変わった。足も大きく伸ばせ、入ると旅也は目をキラキラさせていた。顔つきも少しずつ変わってきた。表情がしっかりして、ときどき精かんな顔つきまで見せてくれる。抱っこや体位変換など、身体を動かすことにもずいぶん慣れてきたようだ。抱っこしてあやすと泣き止んだり、逆に甘え泣きをして抱っこをせがんだりする情緒面の発達も見られるようになってきた。それは看護師さんたちと私の間でしっかり共有することができた成長の証だった。

そして初めてのクリスマスに、ずっと望んでいた旅也へのクリスマスプレゼントを一つだけ持ち込んでもいいという許可が出た。私は毎日浮かれながらプレゼントを選んだ。虹色の木製のにぎにぎは、旅也が初めて手にした自分のおもちゃになった。

年末になって、安定期を過ごすGCUに移る話が、引っ越しの直前に伝えられた。大晦日に、旅也はGCUの窓側にベッドごと移された。GCUは、日中はブラインドが少し開けられていて日光が入り、6床のNICUと比べると、多いときは赤ちゃんが一〇人以上もいる大所帯。年末で看護師さんたちの正月休暇もあるから、落ち着くまではNICUの看護師さんがケアに入ると聞いて、安心した。

年が明けて5か月のお誕生日を迎えた次の日、旅也の担当看護師さんが代わり、ベテラン助産師でもある小河原さんになった。小河原さんのことは、NICUからときどき姿が見えていたが、とても感じのいい印象だったので、私は安心した。

そして、カンファレンスが行われた。主治医の茂原先生からは次のような話があった。

「トリクロは、早めに使うことで一致した。やはり、もう少し先を見据えると、いまは我慢して使っていったほうがいい。経験上、体重が増えることで楽になることが多いので、次は2200、2300gをめざしたい。いまはアップアップしながら体重が増えている感じなので、もう少し楽にしてあげたほうがいい。お家に旅也くんが帰ることを見据えると、お母さんの前で使うこともある。厳しいかもしれないけれど、お母さんがトリクロを使うタイミングを見極めることができるようになることも必要」

次に、看護師長さんから思いがけないことが伝えられた。長男を実際に旅也と会わせることを検討していくこと、そして「旅ちゃんに着せたい服があったら、持って来てください」と。私は心の中で「やったー!!」と叫んだ。長男が旅也に会えるかもしれない。旅也のために買った服をようやく着せることができる。うれしい話だった。

私は早速、服の準備を始めた。行くだけで打ちのめされていたデパートの赤ちゃん服のコーナーに行き、おもちゃの柄やボーダー柄の肌着を数枚買った。サイズは50で、旅也に着せると肩の部分がダランとはだけてしまうが、どの服を着せても旅也はかわいかった。

さらに私は、以前から少しずつ温めていたバイパップ用の帽子の作成について構想を膨らませていった。バイパップ用の帽子は、少しずつ大きくなってきた旅也にとって、サイズの問題が出てきていた。さらに複数枚ないことから、頭に汗をかいているだろうに、なかなか交換できなかったのだ。自分なりに作ることができたら、旅也の成長に合わせてアレンジできるし、何枚か作っておくことで毎日洗濯することもできる。

私は以前から旅也の頭のサイズを手で測っていたので、布地屋さんで布を数種類買ってみた。1作目は被りが浅かった。2作目はうさぎの耳のようなものをつけてみたが、この遊び心は必要なかった。布地も若干、伸縮性に欠けていた。3作目でようやく、旅也にジャストフィットする熊のアップリケのついた帽子が完成した。もともと裁縫は得意ではなかったが、旅也のものだからとかなり綿密に作ったので、満足するものができた。

看護師さんたちにも「お母さん、いいねー」と好評だった。その後、バイパップ帽子が必要な赤ちゃんのお母さんたちに、未熟ながらも私の作り方が伝授されていったことも、うれしいことだった。

私が帽子作りで浮かれている頃、旅也には胃ろうの問題が出てきていた。旅也の動きも活発になりつつあり、穴のサイズの問題もあったようで、胃ろう部分の腹壁から胃の内容物が少し漏れることがあった。そのため、小児外科の先生との相談で、胃ろうをボタン式に変更することになった。胃ろうチューブがお腹から直接出ているのは、親の私でもあまり見たくなかったから、ボタン式になって、服の下に隠れて見えなくなったのはありがたかった。

さらに、旅也の胃から内容物が食道のほうに逆流して、胸やけを感じているのではないかという疑いも出てきたため、薬にガスターが加えられた。おそらく、胃ろうの手術の際に施されたバンディングがかなりゆるんできているのではないか、という話だった。

1月23日、忘れられない出来事があった。その日、朝から頭痛がしていた私は、ゆっくり目に家事を済ませ、11時頃に病院に着いた。

「旅也、おはよう!」

旅也はしっかりと私の目を見て、

「あっ、あっ、あっ!」

返事だ。3回も。何とかわいいのだろう! 私の目をしっかり見ていたから、お母さんだと分かってくれたのだろうか。すごくうれしい。その日の夕方には、旅也をベッドに座らせて窓の外をいっしょに眺め、穏やかな、とてもいい時間を過ごすことができた。

ミルク+母乳量36㎖×8回、体重1946g

6か月お誕生日

2013年2月9日

2月に入り、生後一七二日目、旅也は念願の体重2000g超えを達成。GCUの旅也のベッドサイドには、ときどき暖かな春の日差しも入るようになり、まぶしそうに眼を細めている旅也の姿も見られるようになった。

2月9日、旅也は6か月のお誕生日を迎えた。いつものように明け方からバースデーカード作り。6本のカラフルなろうそくを色紙で作り終えると、それだけでジーンときてしまった。長男も起きて来て、「たびや」とひらがなで書きたいと言い、何度か練習してカードに書き込んだ。

鴨川沿いを40分、春を探しながら長男と歩いて病院へ向かう。カード片手に、元気な姿を期待してベッドサイドに行った。しかし旅也は、朝からトリクロが必要だったとのことで、ぐったりしている。お風呂のときに起きた以外は目も腫れぼったく、不調だった。

この頃の旅也の体調は日替わりだった。体重を増やすために使われるトリクロは水薬だから、あまり身体にたまることはないらしいが、トリクロが入ると、旅也は起きていてもなんとなくボーっとしていることが多く、目も赤く腫れぼったくなっている。聞かなくてもトリクロが使われたと分かるほどだったから、体への影響はゼロではないだろうと感じていた。主治医や看護師さんたちの先を見据えたトリクロ使用の考え方と、日々「いま、ここで」の視点しかない私たち家族とで、そのあたりの思いは一致することがなかった。

6か月のお誕生日の数日後に、旅也をお家に連れて帰れるかもしれないという思いがけない話が出た。けれども2月中旬以降、旅也が泣くと心拍が180くらいに上がって、なかなか落ち着かない状態が続いた。これが長時間続くと身体への負担も大きいので、すぐにトリクロが使われる。すると1時間ほどで入眠するが、目ヤニをたくさんつけ、しんどそうに眠っている旅也を見るのはつらかった。

泣く原因の一つに、低圧持続吸引チューブのトラブルがあった。うまく入っていないと唾液や痰が引けず、旅也は苦しくなる。しかし、チューブを定位置に入れてしっかり固定するのが、実はなかなか難しい。口元の固定テープは、旅也の唾液などで粘着性が失われていき、剥がれてしまう。チューブの先端2か所が曲がってしまっていたこともあった。このチューブをどうにかしないと、お家に帰るのは難しい。

一方で、在宅生活に向けての準備は少しずつ進み始めた。私たち両親がケアに入れるように、看護師さんたちも工夫して、浣腸や吸引の方法などを少しずつ教えてくれた。

また、呼吸器を使って生活している近所の子どもさんの家で、実際の生活を見せてもらった。そこで訪問看護やヘルパーの利用の仕方、在宅に移る前に知っておいたほうがいい資料や参考文献などを教えてもらった。「人工呼吸器をつけた子の親の会・バクバクの会」や『医療従事者と家族のための小児在宅医療支援マニュアル』（メディカ出版、２０１０年）などを知ったのも、このお母さんからだった。

2月28日には、病院の地域連携室の退院支援看護師である光本さんを紹介された。光本さんはＮＩＣＵでも働いたことがある看護師で、頼りがいのある印象を受けて私は安心した。

病院の呼吸器から在宅用呼吸器に乗り換えていく作業も始まった。一日1時間からスタートして、2時間、4時間と、旅也の調子に合わせて時間の調整がされていく。最初に試した呼吸器は「トリロジー」だった。適応体重は3kgからだが、２０００g台の赤ちゃんに試した症例もあるらしい。トリロジーには、それなりに順調に乗れていた。

しかし課題となったのが、やはり口から入れている低圧持続吸引チューブの問題だった。入れ替えてもすぐに痰がつまったり位置が悪かったりと、ここにきてトラブルが続いた。小児外科の先生からは、「食道ろう※」を作る手術も視野に入れていくことが提案された。手術は嫌だった。でも、このままでは家には連れて帰れない。私たちにはあとどれくらいの時間があるのだろう。苦しい状況だった。

この「食道ろう」は後に、私たちも必要と判断して手術の日程も決まったが、旅也の体調悪化もあり、結局実現しなかった。

3月末には「あおぞら京都」の松井さんと会った。京都に立ち上がる予定の、小児中心の訪問看護ステーションの所長さんだ。松井さんから、お家に帰れば離乳食を胃ろうから入れることも可能になること、家族のレスパイト的な部分を担っていくことも可能だと聞いた。5月のサービス開始に、旅也も候補の一人になっているようだった。ありがたいと感じた。

長男との面会

2013年春

4月に入り、異動に伴って旅也の主治医も女医の鍋島先生に交代となった。鍋島先生は、旅也が生まれてからの経過を知っている先生だった。ただ、体制ができ上がるまで若い先生たちを束ねなければならない立場で、とても忙しそうだったから、ゆっくり話ができる時間がなかなかなかった。

そんななか、旅也の状態は明らかに悪化していた。呼吸状態があまりよくなく、トリロジーから流れる酸素濃度も40%台（大気中の酸素濃度は21%）にアップしていた。それでもサチュレーション80台を維持するのにアップアップしている。

鍋島先生は、「レバチオ」という肺高血圧症の薬を追加することにし、病院の呼吸器に戻すことを提案した。心臓循環器の先生はエコーを診ながら、心臓自体はそれほど悪くなっていないと話していたが、毎日見るモニターや呼吸器の数字が悪すぎた。

4月9日、旅也の8か月お誕生日に合わせて、長男の直接面会がようやく実現した。長男はとても緊張した面持ちで、入室前の感染症チェックを受けた。普段は子どもの入室が禁止され、特別な場合のみ許される。

ベッドサイドに行き旅也に会った長男は、緊張しっぱなしだ。一方で旅也は、なんとなく笑っている。長男をじっと見つめる。やはり兄弟と分かるのだろうか。長男は、旅也を抱っこしてみて、始めはすぐに「もういい」とベッドに戻そうとしていたが、すぐに二度、三度と抱っこをリクエストしていた。30分ほどいて「そろそろ行こうか」と言うと、「ううん、ずっとここにいる!」と言う。すぐに言葉にはならなかったけれど、長男なりにいろいろなことを感じたのだと思う。

会えてよかった。家に帰ればいっぱい抱っこできる、ごはんもいっしょに食べられる。早くそんな日が来てほしいと強く感じた一日だった。

母乳+ミルク52㎖×8回、体重2728g

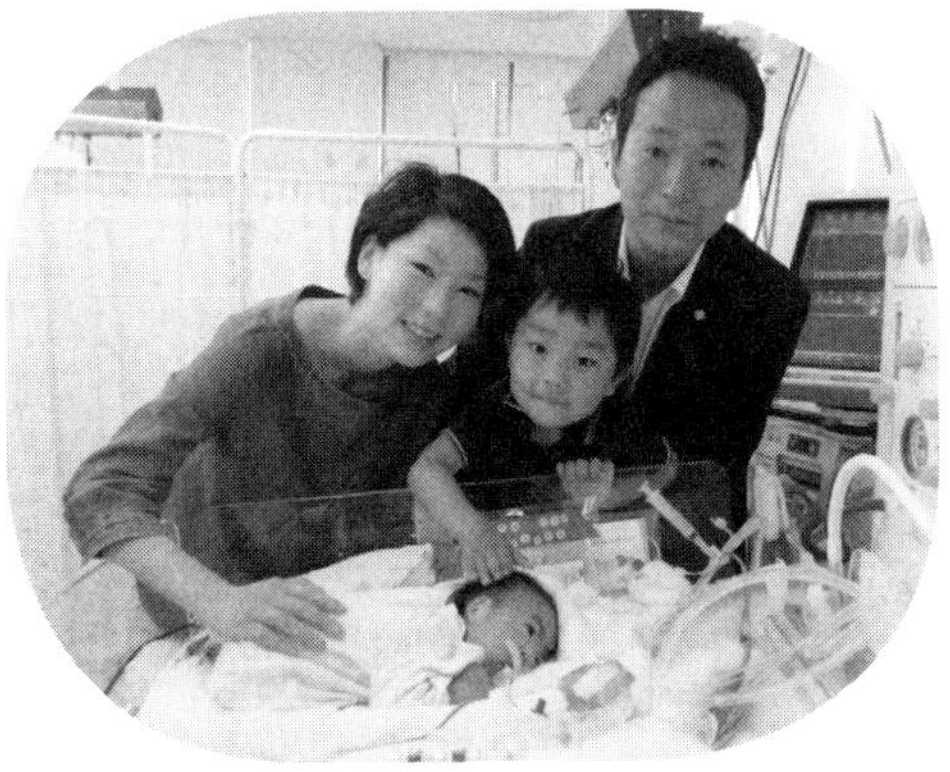

※食道ろう：一般的には首のあたりから食道に直接チューブを挿入し、栄養を注入する方法。旅也の場合は食道閉鎖症があり、食道が途中で切れていて唾液などの分泌物が胃まで流れないことから、食道先端部あたりに孔《あな》を開け、体外に装着するパックに分泌物が流れるようにする方法が検討された。

私は毎日、旅也のところでまず表情と酸素濃度をチェックする。それで一喜一憂しながら一日が始まる。酸素濃度が高いと半日ベッドサイドに張りつき、何か不快そうにしていたら早くそれを取り除かなくてはと思う。それが強迫観念のように私を縛りつけていた。

私にできることは浣腸、吸引、泣くと硬くなってパンパンに腫れてしまう鼠径ヘルニアの部分のマッサージ、そして背中をトントンすることだった。旅也が心地よく過ごせるためにはどうしたらよいのか、私は考え込んだ。そんな母親が張りついているそばには近づきがたい雰囲気もあったと思う。GCUはたくさんの赤ちゃんがいて、看護師さんたちは常にバタバタと動き回っていた。旅也が小さな泣き声で訴えてもなかなか届かない環境にいら立ちながら、私が可能な限りそばにいなくてはと険しい顔つきでいた。

夕方、病院から保育園に直行する。長男と手をつなぎながら家まで歩くその10分間で、私は日常に戻れる感覚を得てホッとしていた。旅也と向き合う時間も日常のはずなのに、この頃の私は病院に着くと〝戦闘態勢〟に入っていたような気がする。

主人も、仕事が終わって旅也に会いに行き、ある日、酸素濃度60％の数字を見て帰宅し、「一日一日なんだと思わないと……。先のことは考えられなくなってきた」と、落ち込みながら話すことがあった。

私たちは少しでも旅也が快適に過ごせるように、心地よいポジショニングを図や写真で残して看護師さんたちに示すこと、それをファイリングすること、そして一日の記録をつけ、看護師さんたちと共有できるようにしよう、と話し合った。このときから始まった旅也のベッドサイドでの毎日の記録は、その後の私たちの日課となった。

旅也の呼吸状態は予想以上のスピードで悪化した。激しく泣くと、酸素を80％流してもサチュレーションが戻ってこないときがある。あの手この手で旅也をなだめるも、以前のように泣き止んでくれることはなかった。1時間弱ほど顔を青紫色にして泣き、トリクロを入れてようやく力を抜いてダランとしてくるといったことが日々繰り返されていた。

さすがに主治医の鍋島先生も、このままでは厳しいから「手術で挿管がいずれ必要となるので、それを前倒ししてバイパップから挿管に移し、しばらく呼吸状態を安定させましょう」という話になった。

5月21日、挿管される直前に、旅也はかわいい声をたくさんあげた。

「あー、あー、あー、あー」

苦しそうではない。何か訴えたかったのだと思う。その声を聞いて、何もできない自分をふがいなく思い、一方では旅也のことを愛おしく思い、涙がジワッと出てきた。旅也の背中をさすると、「大丈夫だよ」という旅也の声が聞こえたような気がした。挿管することで、かわいい声が聞けなくなることはつらかった。

主治医たちが挿管の処置をしている間、NICUの出入り口前の黒いソファーで、背中をしゃんと伸ばして座ることを心がけた。私が落ち込んでいてはダメだ。

1時間半ほどで処置が終わった。私がベッドサイドに行くと、旅也は汗をいっぱいかいていたけれど、乗り越えた顔で私をじっと見てくれた。

「お母さんが来たし、心拍も下がって、サチュレーションが上がってきた」

と鍋島先生。確かに旅也は私をじっと捉えた。

その後、旅也は再びNICUに引っ越した。いまの状態では集中ケアが必要だからだ。お家へ帰る話は吹っ飛んだ。旅也の呼吸状態は、1週間後を想定して何かできるというレベルではなかった。主人が言う

「一日一日」なのだ。

その日の夜、私は主人と、延命のことや看取りのことについて話をした。二人で涙を流しながら話すのは、旅也が18トリソミーだと告知された日以来だった。

「もうこれ以上、旅也の身体に傷をつけたくないと思っている。看取る場がしっかりあれば、ずっと覚悟してきたことだし、ちゃんと看取りたい。苦しい思いはさせたくない」

主人も、私と同じ思いだった。


旅也がNICUに引っ越してすぐ、長男との2回目の面会が許可された。このとき私と主人には、今回の面会が長男と会う最後になるかもしれないという思いがあった。もしかしたら、旅也の死が近いから面会が許可されたのではないだろうか、と思うくらい旅也の体調は悪かった。もちろん長男にそんなことは話せない。できるだけいい時間をいっしょに過ごしたいと考えて、旅也に会いに行った。

前日までグターッと眠り込んでいた旅也だったが、長男を見ると目をしっかり開けて、とてもいい表情をしていた。旅也の周りには、前回と比べて鎮静剤の点滴なども増えていたけれど、それらがなるべく長男の目に触れないようタオルで隠されていた。看護師さんの心遣いがありがたかった。長男も、頭をなでたり手を握ったり、お土産のカードをわたしたりと、今回は少し余裕をもって旅也に接することができた。

「旅ちゃんって、手を4ってしてたね。あれって、親指が開かないの？」

家に帰ると長男が不思議そうに聞いてきた。

「そうだね、親指、開きにくいねんなぁ。だから、マッサージしてあげたりしてるんだよ」

「そっかぁ」

納得した長男だったが、このことを旅也の前では決して話さず心に秘めていたのだと思うと、その気遣いに少し切なくなった。

旅也はCT検査を受け、肺がかなりのダメージを受けて「すりガラス状」になっていることが分かった。肺には白っぽくなっている部分もあり、肺うっ血だろうから、サチュレーションの値は80台前半値を目標とし、酸素量は絞っていくという方針が立てられた。

看取るのか、家に帰るのか

2013年5月

5月23日の夜、旅也のカンファレンスがあった。

この日、旅也は発熱して「尿路感染」にかかっていることが分かったが、全体の状態として、肺はすりガラス状で線維化していて、右肺に無気肺があるという現状だった。これを踏まえ、今後考えられる選択肢として三つあるが、旅也の状況からも難しい選択肢になっている、と主治医の鍋島先生は説明した。

選択肢の一つ目は、バイパップと食道ろうで家に帰るのをめざすこと。これはすでに、旅也の肺の状態、呼吸状態から、かなり難しいと思われる。

二つ目は、気管切開をして呼吸器の設定を下げていく方向。点滴を内服に切り替えるのは可能だし、低圧持続吸引チューブも、気管切開して気道が確保されることで、これまでのように必需品ではなくなる可能性もある。気管切開については、挿管の状態で、病院の呼吸器に乗せて少し身体を休めながら、1、2

か月経過を見て実施するという選択肢もある。

三つ目は、家に帰るのをあきらめること。できる限りの治療はＮＩＣＵで行うが、それは家に帰る前提ではなく、いまの病院の呼吸器で、バイパップを使用していたときの設定になるべく近づけていくことをめざすもの。ただ、死が近い状態では、倫理的に抜管は不可能。人工呼吸器を取ることで苦痛になることは避けたい。しかし、いまのように呼吸器をつけたままでだらだらと過ごすことも避けたい――、というのが鍋島先生の意見だった。

「全責任がお父さん、お母さんだけにかからないように、ドクター、ナースと複数人が意思決定について意見を出していくようにします」

と鍋島先生。いまの旅也の状態は呼吸不全なので、呼吸器をつけていれば命は長らえるが、その内容がどうなるのか、いまのところは分からない、ということだった。

考えもしなかった気管切開の話が急に出て、私は戸惑った。18トリソミーの子どもたちには気管切開をしている子が少なからずいたが、旅也には関係のないことだと思っていた。いつか呼吸器は取れるものだと勝手に思い込んでいたのだ。

しかしここにきて、生体を傷つけないバイパップに戻るのは厳しいと言われ、首にもう一つ穴を開ける気管切開しか、家に連れて帰る方法はなくなった。

「カンファレンスの前に主人と話し合ったのですが、家に月単位で落ち着いて帰れるなら手術をしたいけれど、その見込みがあまりないなら、手術はせずに看取りのプロセスに入る、ということを決めていました。だから、気管切開をしても、その見込みがないなら、手術は受けたくないです」

鍋島先生たちは、うんうん、とうなずきながら話を聞いていた。結局、このカンファレンスではっきりした方向性は決まらなかった。旅也の状態がいつ急変するのか分からない状態でもあったので、決めようもなかった。

私が気になっていたのは、仮に看取りのプロセスに入るとして、その環境は整えられるのだろうか、ということだった。「死」はＮＩＣＵでは触れてはいけないテーマのようでもあった。生まれたときからの担当看護師だった樋爪さんにそのことを話すと、樋爪さんはひと呼吸置いて次のように説明した。

「ここは、赤ちゃんたちが成長していく場所なんです。だから、私たちは亡くなるということよりも、赤ちゃんたちが成長発達していくことを考えながら、いつもケアに携わっているんですよ」

しかし、旅也がまさに亡くなるかもしれないという局面にきていて、私は看護師さんたちと、きちんと「死」についての話がしたかった。少しずつ心の準備がしたかったのだ。

最期の場所についても気になっていた。ＮＩＣＵの奥には個室が二つあり、感染症の子が出たらそこで過ごせるようになっていた。誰か亡くなるときも、その部屋が使われているようだった。

でも、そのときになってそこが空いていなかったら、急変時のピンクのパーティションに囲まれ、周りに多くの人たちがいる状態で、旅也との最期のときを過ごさなければならないのだろうか。感情も素直に出せない場所で、旅也を空に還すことを思うとつらかった。

その頃、タイムリーに『ちいさなちいさなわが子を看取る――ＮＩＣＵ「命のベッド」の現場から――』（光文社、２０１３年）という本と出合った。著者は次のように書いている。

「ＮＩＣＵで閉じていく命が一定数存在するとき、その看取りが、当事者である赤ちゃんはもちろん、見守ってきた家族の心情に十分配慮されたものであってほしい。ここでいう、〝配慮された看取り〟とは、単に看取る瞬間だけを指しているのではない。看取りに至るまでの、医療スタッフとの十分な話し合い。治療方針の取捨選択だけでなく、『残された時間をどうすごすか』という議論も必要となってくるだろう。そして、何よりも、家族が子どもの看取りを受け入れるための時間的な余裕。結論を急ぐのではなく、医療者とともに悩み、考えていくプロセス。設備面でいえば、看取りの際の、ファミリールームなどのプライバシーが保たれる空間の確保。看取りが終わったあとの家族へのケア」

カンファレンスが終わった後、私は一晩考え、NICUの医療スタッフに手紙を書くことにした。NICUで一人ひとりのスタッフと話をするのは難しい。でも、自分たちが考えているこれらのことを、自分の言葉で伝えたかったからだ。

手紙への直接的な返事は数多くなかったものの、担当看護師の小河原さんから、看護スタッフが「重篤な疾患を持つ新生児の家族と医療スタッフの話し合いのガイドライン」などを読み込んで、さまざまなことを議論している、という話を聞くことができた。

5月27日は、旅也の体調悪化で実現しなかった食道ろうの手術の予定日だった。それは一種の敗北かもしれないと思いながら病院に出かけたが、旅也が久しぶりにとても穏やかに過ごしているのを見て、「旅也は自分で選んだんだなぁ」としみじみ感じた。その後、旅也は少しずつ落ち着いてきた。感染の数値も下がり、1週間で再びGCUへと戻った。

「旅也が手術をしないと選んだ」ということは、私に深い安心感を与えた。旅也はこれからも、こうやって自分で選んでいくような気がしたからだ。それを私は信じたらいい。子どもを信じることができるというのは、なんて幸せなのだろうと思う。「旅也はまだ生きる」――。なぜか、じんわりとそう感じることができた。

そしてこの頃、旅也は反射ではなく、感情と結びついた笑顔を見せてくれるようになっていた。それが私たちをさらに励ました。

その頃、鍋島先生から次のステップに進まなければならないだろうと告げられた。NICU、GCUがいつも満床であることも、少なからずその提案の背景にあったようだ。

そんななか、6月に入ってすぐに祖父母の面会が立て続けに許可された。始めに主人の両親が来てくれた。少し緊張した表情の両親だったが、主人の父はじっと旅也のことを見つめていた。母は、手足を触り「自分の母親にそっくりだわぁ」と言いながら、時折、涙を浮かべていた。

旅也が祖父母に会えてよかったと思いながらも、私は何かしっくりこないものをかかえていた。家だったら、家族が周りに気を使うこともなかっただろう。主人の母も、周りに気を使うことなくたくさん涙も流せたのに……。「やっぱり、家がいい。家で旅也と会わせたい」――その気持ちが大きくなってきた。

数日後、旅也に会った私の父は「やっぱり小さいなぁ」と言いながらショックを受けていたようだ。病院のカフェで私たち夫婦とコーヒーを飲みながら、父は「やっぱり家に連れて帰らないと」と強く言った。

この面会の後、私はすぐに動いた。以前紹介してもらっていた訪問看護ステーション「あおぞら京都」所長の松井さんに自宅まで来てもらい、気管切開についてセカンドオピニオンを求めた。

「お家に帰るためには、気管切開をしたほうがいいです。そのほうが、旅也くんも楽になるし、ケアする側も楽になるからです」

と松井さん。そして、旅也がお家に帰ってきた場合にどのような支援が受けられるのかも、詳しく聞くことができた。松井さんの話を聞きながら、主人と私の気持ちは固まっていった。松井さんは最後に言った。

「お母さん、今回はぶれたでしょ。これからもぶれると思います。だから、そのぶれに私たちは寄り添わないと、と思っているんです」

私は、松井さんの力強い言葉に励まされると同時に、旅也を家に連れて帰れるかもしれないという希望の光が少しずつ見えてきた。

さらにその頃、突然の訪問があった。東京の「あおぞら診療所」の前田浩利先生だった。一連の経過などをNICUトップの徳田先生から聞いて旅也に会った前田先生は、ニコニコしながら旅也を見つめ、うんうん、とうなずいていた。

「旅ちゃんは、やることをちゃんとやってもらってるねー」

このときが前田先生との初めての出会いだったが、その後も前田先生は節目ごとに旅也に会いに来てくださり、私たち家族も何度も救われることになる。

気管切開手術

2013年7月8日

旅也の気管切開の手術は7月8日に行われることになった。

その日は、長男の保育園の迎えとその後のベビーシッターを友人に頼んだ。私はその友人と長男の二人分の夕食を作り、午前11時過ぎに主人と病院へ向かった。旅也はいつも通りの表情で、きょとんとしている。正午より鎮静剤が始まるも、旅也も緊張しているのかまったく寝る気配がない。しばらくいっしょに遊んだりして過ごす。笑顔もたくさん見せてくれた。

結局、午後2時に手術室に移動するまで、旅也は眠らなかった。ベッドごと手術室に運ばれる間、旅也はじっと私のほうを見ていた。以前の手術と違って悲壮感はない。私は、前向きに声をかけた。

「がんばれ、旅也‼」

手術は午後4時に無事に終わった。面会の準備が整った後にGCUに行くと、すでに麻酔はほぼ切れていて、旅也は追視がしっかりあった。首元に呼吸器の管がしっかりついている。邪魔ではないかと気になったが、旅也は傷口が痛むようで、声をあげずに泣いていた。さらに、旅也が手術部を触らないように、私たちの目の前で手を拘束されてしまったのがつらかったが、私と主人は旅也が寝つくまで、手を握ったり肩をトントンしてそばにいた。

旅也が手術から回復する間、水面下では在宅生活に向けていろいろな動きがあったようだ。往診医が、NICUのOBで、開業している長谷川功先生に決まった。そして、東京のあおぞら診療所の前田先生にも、月1回、訪問してもらえることになった。訪問看護ステーションあおぞら京都所長の松井さんも、手術後の旅也の様子を見に来て「待っているからね」と励ましてもらった。

それらをすべて把握し、お家に帰る調整をしているのが、地域連携室の光本さんだった。光本さんとつながっている限り、旅也のお家までの道もつながっている気持ちにさせられる。だから、光本さんは私にとって女神のような存在になっていた。

7月14日、朝10時過ぎに家族で病院に向かう。鎮静剤、痛み止めもずいぶん減っている。朝からシャワーをしてもらったようで、髪の毛がさらさらと気持ちがいい。私が声をかけるとご機嫌な表情をしてくれる。肩のあたりをコチョコチョすると、目を細めて笑っていた。主人とも交代で会った。

午後からは家族で滋賀県大津市に向かい、「18トリソミーの会」主催の公開シンポジウムに参加した。いつもの〝30分ルール〟を破っての思い切った参加だ。このシンポジウムには「みんなで語ろう！　子どもたちの〝いのち〟について」というタイトルがついていた。

会場に着くと、人工呼吸器をつけた18トリソミーの子どもたちが何人かいる。初めて病院以外のところで18トリソミーの子どもたちに出会えて感激した。「こうやって、みんな病院を出て生活しているんだなぁ」と、遠巻きにドキドキしながら子どもたちを見ていた私だった。

主人はいち早くある男の子のところへ行って、その子のお父さんに人工呼吸器などの医療機器を載せているバギーについて質問していた。話を聞きながら、〝生きることを前提に〟心臓の根治手術をしたというその男の子の家族の姿勢に、とても勇気づけられた。

シンポジウムでは、滋賀県立小児保健医療センターの熊田知浩先生による、1歳を超えてからの18トリソミーの子どもたちに出てくる合併症についての話が、今後役に立ちそうだと感じ、私は必死でメモを取った。やはり、たくさんの症例を診ている先生の話には説得力があり、病院ではなかなか聞けない情報がとてもありがたかった。

気管切開の術後一〇日で、旅也は手術前の栄養・水分量と同量の母乳とミルク、56㎖×8回が注入されるようになっていた。その頃には、旅也のベッドサイドでみんなが笑顔になっていた。そのうちに抱っこも許可が出た。

「早く抱っこしたいー」

「誰が一番に抱っこする？」

「そりゃ、一番はお母さんでしょ？」

ずっしりと重量感のある旅也を抱っこさせてもらい、喜びに浸った。久しぶりのお風呂も、首元の回路さえ固定すれば旅也は楽なので、看護師さんと二人で入れられるようになった。栄養のためのポンプも在宅用のカンガルーポンプに替わり、早速そのセットの仕方を習った。着実にお家に帰る準備が進んでいく、充実の日々だった。

7月下旬になり、旅也の1歳のお誕生日が近づいてくると、私はそわそわし始めた。お誕生日はどうやって過ごそう、何ができるだろうかなど、いろいろな計画が頭の中を行ったり来たりする。何と言っても18トリソミーの旅也にとって、1歳は奇跡のバースデーなのだ。盛大にお祝いしたい。

そしてこの頃、旅也の感情表出が豊かになってきたと感じて、私はうれしかった。大きくなるとはこういうことなのか――。笑顔をたくさん見せる旅也や、泣いていても抱っこすると、私の胸に顔をうずめて泣き止む旅也を見ていると、深い幸福感を味わうことができた。

旅也、1歳

2013年8月9日

8月9日、旅也は1歳のお誕生日を迎えた。1年前と同じ、暑い暑い夏の日だった。いつものように、明け方から旅也へのバースデーカードを作る。

作りながら私は、自分のなかに執念に近い強い気持ちの塊があるのを感じていた。この1年、ただ単に日々を重ねてきたのではない。旅也も、医療やケアに携わっているスタッフも、そして私たち家族も、一日一日をたたかってきてようやくつかんだ1歳のお誕生日だ。旅也は本当によくがんばった。

本当は、長男も直接面会が可能になり、家族みんなでお祝いしたかったが、それはかなわなかった。それでも、在宅用の呼吸器の練習を始めていた旅也を、窓越し面会のスペースまで運んでお祝いする予定だった。

朝9時半頃に、長男と主人がGCUの窓の外に立った。私は旅也のベッドサイドへ行き、旅也を抱っこして窓のところまで歩く。なんとなく眠そうな旅也。でも、モニターの数字もとても安定している。主治医や多くの看護師さんたちが、旅也の移動を見守っていた。

長男は少し緊張した表情だ。旅也に画用紙でつくった冠を被せ、みんなで「ハッピーバースデー」の歌を歌い、記念撮影をした。長男は、窓越しの声が聞きとりにくくて、少し困った顔をしていたけれど、旅也のバースデーバルーンを大切そうに持ち、旅也を見守っていた。

お誕生日の前後から、旅也の退院準備は加速した。在宅呼吸器にうまく乗れるようになれば、両親が24時間ケアに携われるよう、GCUから小児医療センターに移ることになっていた。その申し送りも始まっているようで、担当看護師さんが決まり、8月下旬頃には移れそうな話になっていた。

行政関係の手続きも進めなければならず、障害者手帳の申請、小児慢性疾患の手続き、予防接種の手続きと、区役所や区保健センターに通うことが多くなった。

また、呼吸器の調整も両親ができるようにと、酸素量、圧の調整は、決められた範囲で可能になってきた。栄養も、体重を増やすための強化乳から、在宅でも購入可能な市販のミルクか未熟児用の高カロリーミルクに変更していくことになった。また、家に帰ったら離乳食を始めたいという私のリクエストに応じ、胃ろうのボタンもチューブの差し込み口が広いタイプに変更された。

一つ問題は、吸引だった。旅也は気管の吸引をするために、気管切開後も呼吸器を外さずに吸引できるトラックケアーを使っていたが、これは在宅医療物品として病院から支給されないものだという。病院では毎日新しいものに替えていたが、1本2000円ほどするとのこと。気管切開をしている子どもたちはたいていオープン吸引をするのだが、旅也の場合、呼吸器回路を外してオープンで吸引すると、どうしてもサチュレーションが下がってしまう。だからトラックケアーを使って吸引したほうが、旅也にとっては楽だった。

あまり時間は残されていないのだから、なるべく楽に過ごしてほしいと考えた主人は、「お金はなんとかするので、自費購入でお願いします」と病院に調整を依頼していた。一日1本2000円ほどで、1か月三〇日と計算するとかなりの金額になるが、いまはそんなことを言っていられない。旅也が生きる最後の日まで、できることはすべてしたかった。

さらに、トリクロを使うタイミングが、この時期になって

もまだ課題として残っていた。在宅用呼吸器に乗り換えても、やはり旅也はときどき激しく泣いてチアノーゼを起こしていたから、在宅でもトリクロはどこかで使っていかなければならない。毎日、使った、使わなかったと一喜一憂していては、私たちの気持ちももたない。主人と私から、毎日定時でトリクロを使うようにして、臨時では極力使わなくてもすむようにしたいと希望を出し、鍋島先生が検討することになった。

そしてもう一つ、私がしなければならない大切なことがあった。退職の手続きである。職場に向かうと、ありがたいことに上司から「いろんな制度があるから、籍を残すこともできるよ」との話もあった。でもここはいったん退職し、旅也のケアに集中したい。その思いを伝え、理解を得ることができた。

帰りの電車で、離れるのは寂しいけれど、いまは仕事よりもっと大切なものがあるのだ、と何度も心の中でつぶやいた。

コラム 3

各種手続き、経済的なこと

●医療費

京都市では乳幼児の医療費補助があり、NICUの入院費は、自己負担のオムツ代を除いて無料でした。この頃必要だったものは、搾乳器や母乳の冷凍保存パック、私たちが旅也に面会するために通院する交通費程度でした。

生後半年で「障害者手帳」の申請をし、「心臓機能障害、呼吸器機能障害」の2項目で1級がつきました（その後、18トリソミーによる体幹機能障害も追加）。在宅生活に移行する前に「特別児童扶養手当」と「障害児福祉手当」、「小児慢性特定疾患治療研究事業」の申請を行いました。これらにより、特別児童扶養手当と障害児福祉手当で毎月6万4000円ほどが支給されたほか、個室ベッド代を除く入院費用は基本無料になりました。

ただ、旅也の場合、吸引のための「トラックケアー」が在宅では自己負担で、一日1本2000円ほど必要でした。また、在宅移行直後は、気管切開部のケアのためのYカットガーゼや、吸引時に必要なカテーテル、呼吸器の加湿用の精製水など、さまざまな医療的ケア物品が自己負担で、これらの物品だけで月5万円ほどの支出になりました。

その後、病院の地域連携室の尽力により、かなりの数の医療的ケア物品が無料支給になりました。またトラックケアーも、衛生面でそれほど大きな問題はなかったので、数日おきに交換するなどして支出を抑えました。

●光熱費・交通費など

呼吸器はそれほど電気代がかからないと聞いていましたが、酸素濃縮器の電気代に加え、特に冬場は空気を汚さないためにオイルヒーターを使っていたので、電気代だけで月4万円ほどかかりました。そのため、在宅移行後3か月目で電気代プランを変更しました。

そのほか、長男の保育園の送迎のためのファミリーサポートの費用、通院など移動のための介護タクシー代、遠方から援助に来る父母の交通費、私たちの病院への交通費など、総額にするとかなりの金額になりました。

●福祉サービス

福祉サービスは、旅也の毎月の検査入院のための移動、パンダ園への通園と在園中のサポートに、それぞれヘルパーを利用しました。

ただ、子どもが呼吸器などの医療機器を必要とする状態は、制度の中で想定されていないため、利用に際しては個別対応の交渉が必要でした。ヘルパーステーションの担当者に交渉への同行や、家族の現状をよく知る行政の担当者の尽力のおかげで、必要なサービスを受けることができました。

現在、医療的ケアの必要な子どもたちとその家族への支援制度が少しずつできようとしています。当事者のかかえている課題や願いが、制度づくりにしっかり反映されることを願っています。

忍耐の日々

2013年8月～10月

誕生日の後、旅也はなんとなくぐずぐずした毎日が続いていた。そしてショッキングなことも続いた。同じGCUで旅也より年上の18トリソミーのお兄ちゃんたちが、立て続けに亡くなってしまった。お母さんたちと多くの言葉は交わさなかったけれど、いつも私の支えだった。18トリソミーの子どもたちがかかえる宿命を目の当たりにして、自分の無力感を否応なく感じてしまった。

それに追い打ちをかけるように、旅也が家に帰る話も延期になってしまった。感染していたのだ。どうやら在宅用呼吸器に乗り換えて疲れがたまっていたようで、病院用の呼吸器に戻ると本人はきょとんとして、機嫌が落ち着いた。抗生剤も始まり、いったん病院用の呼吸器で休みをとることにし、小児医療センターへの転棟は延期となった。

今回はどこにでもある黄色ブドウ糖球菌への感染だったようで、すぐに治まり、九日目に再び在宅呼吸器に乗り換えることができた。しかし、その後すぐにまた感染。点滴が始まった。

感染を繰り返したことから、主治医の鍋島先生は、点滴をなるべく使わず、予防も兼ねて抗生剤を内服する方法を考え、点滴が抜けると同時に午前10時と午後10時の使用が始まった。旅也の場合、食道閉鎖もあるので、唾液などの気管への垂れ込みにより肺炎になってしまう。だから、抗生剤を内服して予防するという考えのようだ。

さらに鍋島先生は、一度は抜かれていた口から食道先端までの低圧持続吸引チューブを、再び、今度は鼻から入れて常時吸引する方法を提案し、実行した。顔のチューブが増えることはつらいが、こんなに感染を繰り返していては在宅でも大変なので、いまのうちに「肉体改造」をしておくとのことだった。

次の「肉体改造」は、バルーン式のカフ付きカニューレを試し、リーク（調整した空気などの漏れ）も減らして、別の在宅用呼吸器を試すことになった。

そんななか、他の染色体異常で気管切開をしている同期のあおいちゃんが、先に小児医療センターで在宅のトレーニングを受けることになり、転棟が決まった。担当看護師も、旅也の予定だった看護師さんがスライドしてしまったようだ。あおいちゃんがお家に帰るまでは小児医療センターのベッドが空かないため、この点からも旅也のトレーニングは延期になった。

こうして旅也と私は、GCUですっかり孤独になってしまった。気持ちはあせるのに、再び悶々としながら待たなくてはならない、まさに忍耐の日々だった。

その頃、私はわが家に新しい命がやってきたことを知った。搾乳量がかなり少なくなってきて、いよいよストップしそうだと思っていたが、その原因が新しい命だと気づいたとき、私はあわてた。確かに、旅也が短命という宿命をもって生まれてきてから、いつかはもう一人産みたいと思っていた。しかし、それがこんなに早いとは思ってもみなかった。

搾乳は、長男の断乳と同じ1歳1か月頃まで続けたが、私の父親ががんの手術を受け、泊まりで見舞いに行ったのを機にストップした。

旅也は、調子が悪いと病院の呼吸器、上向きになると在宅用の呼吸器という形で、二つの呼吸器を何度も行ったり来たりしていた。私はその日々をイライラ、ハラハラしながら過ごしていた。一方、主人は、旅也の退院に向けて職場でスタッフを雇い、10月から水曜日にも休めるように調整してくれた。

10月9日、旅也は1歳2か月になった。身長57㎝、頭囲39㎝、胸囲37・5㎝、体重4290g。しっかり大きくなっている。この頃旅也は、ベッドサイドに吊り下げた唯一のおもちゃであるミッフィーちゃんのマスコット人形に手を伸ばし、バシバシたたくという遊びを自ら考え出して遊んでいることが多かった。また手足を動かす体操をすると、満面の笑顔を見せてくれることもあった。しっかりと私たち両親に反応してくれることも増え、情緒面の発達もしっかり見せていた。

10月17日、新しい呼吸器がやってきた。「ニューポートHT70」というもの。以前試したベネットより一つ型が古いそうだが、見た目は水色と白の配色でタッチパネル式だし、家に置くにはこちらのほうが好印象だった。

念のためトリクロを使い、ミルクの時間に重ならないように早めにミルクを飲んでから、新しい呼吸器に乗せる。最初の設定では、モゾモゾと起き出して不快そうな表情を見せたが、2回目の設定ではウトウトと気持ちよさそうに寝ていた。体内の二酸化炭素の量も、55%から48%までダウンし、酸素量も普段の40~50%から、30%台まで落とすことができた。

旅也は少しずつニューポートに乗る練習をし、毎日時間を増やしていった。これまでは調子が悪くなると病院用に戻っていたが、これからは酸素や圧を調整して、どれくらいしのげるのか評価していくことになった。私たち両親も、酸素量や圧の調整をすることができるようになったので、それはとても助かった。

ニューポートに24時間乗れるようになったとき、退院支援看護師の光本さんより、再び小児医療センターへの転棟の話が舞い込んだ。しっかり整えて11月13日に転棟する方向、という話だった。

ニューポートに2週間続けて乗れていた10月28日、急変時用にベッドサイドに置いてあった病院の呼吸器の電源が落とされた。心細くも感じたが、退路を断たれ、親子ともども前に進むしかないことを実感した。旅也も、前向きな気持ちになってくれているのか、たくさんの笑顔を見せ、落ち着いて過ごせた一日だった。

いよいよ、お家での生活が視野にはっきりと入ってきた。私たちも、呼吸器の回路交換や酸素ボンベの扱い方、パルスオキシメーターの使い方、アンビューバックでのバギングの仕方と、次から次へと習得しなければならないことがあった。主人は、「そんなに難しくないわ」と言いながら習得していくのに、私は仕事をしばらくしていないせいもあってか飲み込みが遅く、一人で後から取り扱い説明書を読み込む毎日だった。

準備するものも多かった。旅也のベッドや布団、医療物品を入れる棚、空気洗浄機、聴診器や低体重児用ミルクは、試験外泊前に揃えなければならなかった。家のどこかのブレーカーが落ちても酸素濃縮器の電源は確保したいので、電気配線の工事に入ってもらう予約を取ったり、地域の保健センターに高圧吸引器の助成の申請に行ったりと、旅也の帰宅準備に向けて毎日何かしら動いていた。

そのなかでも、最後まで買うタイミングを見ていた旅也用のバギーがわが家に届いた。カトージの「hugme」シリーズの大型バギー。光本さんのお薦めで、旅也の病院の呼吸器キッズたちはたいていこのバギーに乗っているのだが、何しろ値段が高い。7万円ほどするバギーを買うのは、旅也がちゃんとお家に帰れる見通しがついてからにしようと最後まで保留していたのだ。それがわが家の玄関に置かれていることに、私はフツフツと沸いてくるうれしさを噛みしめていた。

私の父は、退院のお祝いに、リットマンの小児用の上等な聴診器を買ってくれた。ベッドはしばらくコットタイプのものをレンタルする予定にしていたし、ベビーバスは長男が使っていたものを再び旅也に使うようにと準備した。

カニューレ交換や酸素量や圧の調整、投薬やミルクの注入も私たちはマスターし、お家に帰る準備は着実に進んでいた。課題だった鎮静については、フェノバールを一日3回に分けて使用すること、一日のリ

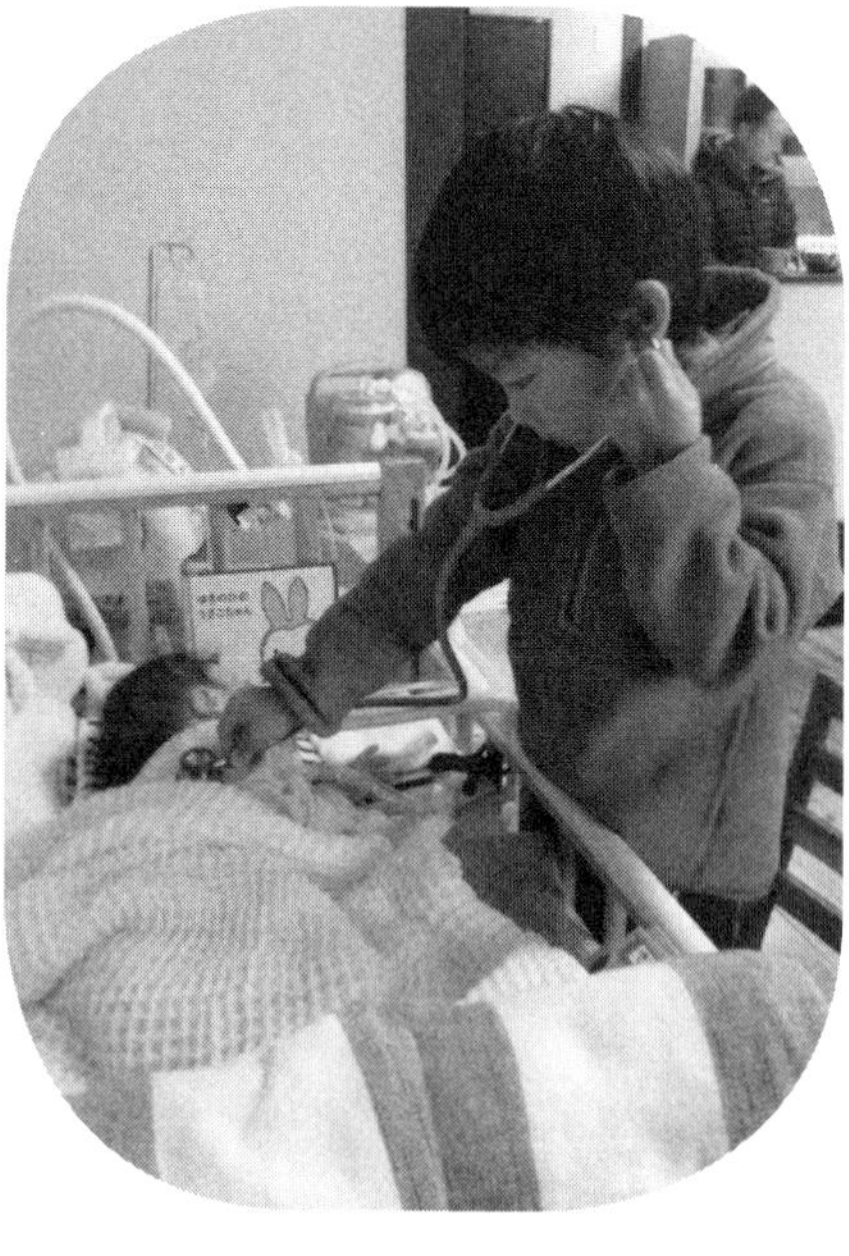

ズムをつくり、疲労をためないようにトリクロを夕方~夜に1回、夜中に少量を1回使うことで調整が進んでいた。

旅也もどこかでお家に帰れると感じていたのか、この頃の記録に「激しく泣いた」という記述はほとんどなく、手遊びをしたり、抱っこでいっぱい笑ったことがたくさん書かれている。

11月7日、いよいよGCUに旅也のバギーを持ち込み、移乗、移動の練習をした。鍋島先生も看護師さんたちも私も、旅也のバギーへの移乗は初めてで、移乗だけで40分もかかってしまった。それでも、バギーを押してGCUを1周した後、お隣の分娩室まで動けたときには感無量だった。旅也もずっと笑っていてご機嫌だった。

その晩、旅也は生まれたときの担当看護師だった樋爪さんにたくさん遊んでもらったそうだ。ずっとご機嫌で過ごしたことを聞き、とてもうれしかった。樋爪さんの愛情に本当に感謝する。

11月12日は、GCUで過ごす最後の日になった。大好きなKさんと担当看護師の小河原さんにたくさん声をかけてもらいながら、とてもいい表情でお風呂に入る旅也。小河原さんからは、小河原さん作の「退院のしおり」を受け取り、いよいよという気持ちが高まった。小河原さんと二人でしおりを見ながら、これからのことを確認し、また、これまであったことをたくさん振り返り、小河原さんに支えてもらったことに本当に感謝した。

ベテラン助産師でもある小河原さんは、命の不思議をたくさん見てきた経験もあって、深い話をたくさん聞けた。看護師・助産師としての立場だけではなく、一人の人間としても、小河原さんは旅也と私たち家族に向き合ってくださっていた。私たちは本当に恵まれている。

ＮＩＣＵ・ＧＣＵからの卒業

２０１３年１１月１３日

今日は、旅也がＮＩＣＵ・ＧＣＵを卒業する日だ。

旅也にも外の世界を、紅葉した木々を、限りなく広がる空を見せたい。おいしい食べ物のにおいをかいだり、果物やごはんの味を確認したり、鳥のさえずりを聞いたり、ひんやりと澄んだ空気も感じてほしい。そして、旅也の帰りをずっと待っていた長男や、近所のたくさんのお友達にも旅也を自由に会わせたい――。ようやく、そんな願いを一つずつかなえられるスタート地点に来たのだ。今日から私たち両親のどちらかが旅也といっしょに夜も眠る。ずっといっしょだ。それがうれしい。

妊娠５か月を迎えた私はお腹が少し出てきたが、しばらく続いていたつわりもこの頃には少し収まり、とても助かった。妊娠を告げたときに、医療スタッフはかなり驚いていたが、それでも旅也を連れて帰りたいという私たちの気持ちはまったくぶれることなく強かったので、サポート体制がみんなで検討された。

もちろん私は、旅也を産んだ後なので、次の子にも異常が見つかったらと何度も考えた。旅也くらい重度な疾患の子どもが生まれてきたら、二人も育てることは無理だと思ったし、旅也のためにもそのときはあきらめるしかないのか、とも考えていた。ちょうどこの年の４月から新型出生前診断も始まり、議論も高まっていたが、私は旅也の疾患を妊娠４か月で見つけた産院の先生の経験にかけていた。その先生の毎回の「異常なし」の言葉で、私は妊娠５か月を過ぎて安心感を手に入れることができた。

朝、私は新しく買った旅也のロンパースとウールのカーディガンを持ち、ＧＣＵに入った。廊下には、「おめでとう！」のバルーンと旅也にわたすミッフィーちゃんの絵本を抱えた長男と主人が待機。小児医療センターに移る道中、長男は旅也としばし面会できるはずだと思い、保育園を休んで連れて来ていた。旅也はいつもと変わらず穏やかな表情で眠っている。記録ファイルには、夜勤の看護師さんたちのコメントがたくさん書いてあった。

小児医療センターの移動式ベッドに旅也を移し、たくさんの看護師さんたちに見送られて、そろりそろりとGCUを出た。たくさんの医療スタッフに囲まれ、長男が緊張して固まってしまったが、主人に抱っこされるとベッドの旅也をじっと見ていた。

私は一番最後から、お世話になった認定看護師の中島さんとゆっくり歩いた。

「一歩一歩進んでいって、そのときはその一歩しか見えていないのだけれど、気がついたら、こんなに進んでいたって思えるときがくるから、いまはいまを大切に」

以前聞いた中島さんのこの話を思い出しながら、そのことをずっと心の支えにしてきたことを涙ながらに中島さんに伝えた。

「うんうん。お母さんも旅ちゃんといっしょにがんばってきたよね」

答える中島さんの目にも涙がたまっていた。

夜、大きなベッドに寝転ぶ旅也の横に私も寝転んで、口に手を持っていきながらウトウトする旅也を見ていたら、とてもうれしくなった。夜中は、旅也のことが気になり、周りの音ですぐに目が覚めていた私だったが、旅也はうつぶせ寝でかなり熟睡していた。寝ているときはサチュレーションも安定し、酸素も絞れた。

朝になって起きると、旅也は私の顔を見て目を大きく見開いていた。一日、いろいろな確認作業、清拭やミルクのセッティングをして、バタバタと過ごした。

呼吸器や酸素ボンベを担当している業者さんの手配で、旅也の場合は酸素がかなり必要だからと、小さめの400ℓのボンベ3本ほどに加えて、災害時に酸素濃縮器が止まった場合に備えた1400ℓの酸素ボンベも置くことになり、とてもありがたかった。

五日後には試験外泊をし、自宅で在宅チームと病院チームのカンファレンスを行うことが決まった。試験外泊がうまくいけば2週間ほどで退院できる予定だ。

次の日も朝から、胃ろうボタンの交換、在宅用の高圧吸引器の「パワースマイル」の試用、お風呂、カニューレ交換、シナジス接種と大忙しだった。旅也は、環境の変化にも比較的スムーズに慣れてくれた。少し病棟が落ち着くお昼過ぎに病棟のメリーを借りて回すと、とてもうれしそうな表情も見せた。他の子どもたちが寝静まった後も、旅也は一人穏やかに手をしゃぶったりしていた。私は旅也の変化を注意深く観察しながら、ミルク注入時はどうしてもサチュレーションが下がってしまうので、酸素量を何回も微調整していた。

試験外泊の前日は、アンビューバックのトレーニング、バギーへの移乗・移動の練習をした。また訪問看護師さんの訪問があり、さらに、地域の保健センターの保健師さんと区役所障害福祉課の相談員さんの揃っての訪問もあった。これまで、保健センターと区役所の間であまり連携はなかったそうだが、旅也がお家に帰るのに際し、今回初めて情報を共有し、サポートする体制ができたそうだ。試験外泊時のカンファレンスにも参加できるとのことで、とてもありがたかった。

家にもベッドや布団、空気清浄機などが届き、電気配線の工事も無事に完了、必要なものは少しずつ揃っていった。

11月19日、いよいよ旅也が生まれて初めてお家に帰る試験外泊の日だ。病院の正面玄関に介護タクシーが停まり、旅也を乗せる。訪問看護師さんも二人同乗。主人は先に自宅に帰り、迎え入れの準備をする。退院支援看護師の光本さん、病棟の主治医、看護師さんたちに見送られ、静かに介護タクシーが出発した。道中、旅也はいつもの感じで過ごしてくれた。

家に着くと、準備していたベッドに旅也を、私たち夫婦と訪問看護師さんたちの四人で、慣れない手つきで移乗する。旅也のベッドは玄関からすぐの部屋に置いていた。その部屋の床にブルーシートを敷き、バギーごと運び入れた。呼吸器の業者さんもいたおかげでなんとか移乗でき、呼吸器のセッティングもできると、ひと仕事終えた感じがする。

でも、緊張を緩めてはいけない。旅也の様子を誰か一人はちゃんと見ておくことに注意しながら、一つひとつ整えていった。旅也も帰ってすぐは、なんとなく緊張した表情をしながら、慣れないベッドに横になっていた。呼吸器のチェックも終わり、訪問看護師さんたちも帰ると、私は緊張しつつ、ミルクの準備をした。

夕方、長男を保育園に迎えに行き、家に帰って急いで手洗いとうがいをさせると、早速、長男は旅也のベッドサイドに椅子を運んだ。

「たびちゃーん！」

うれしそうに旅也を触っている。旅也は長男をキョロキョロと大きな目を開いて見ている。そうこうしていると、近所の友達もやって来た。

「旅也、おかえりー!!」

会ってほしい人と好きなときに会える。私は家に帰ってきた自由を噛みしめた。

しかし、旅也は寝なかった。午後10時頃もしっかりと覚醒していて、機嫌は悪くないものの、痰の吸引がたびたび必要だった。いっしょに寝たいという長男のリクエストに応え、旅也のベッドの横に布団を敷いて長男を寝かせるも、旅也といっしょになって長男も起きているため、「これからどうやって生活のリズムを整えようか」と考えてしまった。

午後11時過ぎにようやく二人が入眠し、私もいっしょに眠った。0時半過ぎには痰が詰まってサチュレーションアラームが鳴り、起こされた。吸引し、すっきりしたように見える旅也の顔を見ながら胸に聴診器を当てると、何か変な音がする。規則正しいけれど汚い音なので、気になって何度も聴診器を当てるがなくならない。不安が一気に高まるが、旅也の表情を見ていると、そんなに大きな変化はなさそうだった。

呼吸器の回路をたどっていくと分かった。回路の途中に結露がかなりたまっていて、それがジャブジャブと音を立てていたのだ。その水をウォータートラップまで動かすと、旅也の胸の音もきれいになった。

安心はしたが、緊張が高まったので、それから私は眠れなくなってしまった。見守りつつ、呼吸器の回路内の結露を払いつつ、上げた酸素量を下げながら、時間が過ぎていく。

朝5時にはミルクが始まる。6時には興奮して起き出した長男とともに旅也も目を覚まし、二人で遊んでいる。朝のケアを主人に交代してもらい、私は2時間ほど仮眠した。旅也が帰ってきたうれしさで私も興奮していて、疲れを感じているわけではなかったが、これを長くは続けられないなと感じていた。

10時になって訪問看護師の松井さんとSさんが来て、みんなでお風呂に入れることになった。ベビーバスを可動式のバススタンド（レンタル）に乗せてキッチンでお湯を入れ、それを旅也のベッドサイドまで運ぶという方法にした。それが、旅也にとっても一番楽に入浴できる方法だったし、なにか急変が起こっても、ベッドサイドに医療機器が揃っているので、一番対応しやすいと考えたからだ。

バススタンドは1か月500円ほどでレンタルできた。旅也はお風呂が大好きなので、ゆっくり入れて気に入ったようだ。表情がとても穏やかだったし、しっかり温まったことで、その後、自然に入眠することができた。

その日は午後6時半からわが家でカンファレンスを行った。私たち夫婦と初めて会う、往診の長谷川先生、NICUの主治医の鍋島先生、NICUの担当看護師の小河原さん、退院支援看護師の光本さんと、訪問看護師の松井さんとSさん、そして地域の保健センターから保健師のSさんが参加した。

病院のスタッフは、旅也がお家のベッドで穏やかに眠っている姿を見て、とてもうれしそうだった。酸素もしっかり絞れていたので、調子がいいのは一目瞭然だった。

ただ、今後の旅也のケアをどうしていくかという話になったとき、みんなの顔が引き締まった。やはり旅也の予後はあまりよくないし、看取りも視野に入れての帰宅だったので、今後どんなことが起きるのか予想しながら話をしなければならなかったからだ。私のお腹には妊娠5か月の三男もいたので、旅也のケアをしつつ、家族全体を支える体制をつくるのは容易ではないと想像できた。

ケアの中心を担うのは訪問看護師さん、往診は週1回、大学病院側ともしっかりと連携を取りながら在宅チームが動く、という方向性で決まった。

次の日、旅也は病院に帰り、その後は再び急ピッチで退院までの準備が進んだ。退院は11月26日になりそうだった。医療物品も揃っていき、NICUの看護師さんたちも、いよいよお別れだからと旅也に会いにやって来た。

しかし、前日の25日に受けた肺炎球菌の予防接種で、旅也はやられてしまった。夜中に熱が出始めていて、さらに夜中のケアで旅也の注入用のミルクが漏れていて、服がびしょ濡れになった。担当の看護師さんが旅也の服を着替えさせようとしていたところに私が気づいて起きる。

「眠ってしまった私がいけなかった。ちゃんと早く気づいてあげるべきだった」

私は半泣きになりながら、私の服を握って泣き続ける旅也を抱っこしていた。そのうちに旅也の身体に熱感を感じ、計ると38・4度まで上がっていた。こぼれたミルクはほぼ1回分だった。熱もあるし脱水も怖いので、ミルクは入れ直してもらった。翌日のお昼頃も38・4度あり、その日の退院はなくなった。

熱の原因は予防接種の可能性もあったが、念のために採血することになった。そこで再び修羅場となった。結局、なんとか採血して心拍が130台に戻るのに1時間以上もかかってしまった。検査結果で感染の値は出ず、夜には熱も下がり、酸素も絞れていつもの旅也に戻ったが、私は夜中からの出来事に続いて、旅也に相当の負荷をかけてしまったことにかなり落ち込んでいた。

「旅ちゃん、明日はお家に帰ろうね」

そう言いながら、明日が無事にやってくるのを祈るような気持ちで一晩を過ごした。

コラム4

たかが肌着、されど肌着……

奥村由乃

私は、小さく生まれてきた赤ちゃんのために、小さなサイズのベビー肌着を作っています。

それは息子、蒼介の誕生がきっかけでした。蒼介は1153gという小さい体で生まれてきました。私は、蒼介を大きく産んであげられなかった罪悪感や、失ってしまうかもしれない恐怖心で、常に不安でした。なんで私だけ……、心の中は真っ暗でした。

蒼介は長い期間NICUにいました。はじめはオムツ姿で保育器に入っているのですが、容態が落ち着いてくると赤ちゃん用のベッドに変わり、肌着を着せてもらえるようになります。

まだまだ保育器だろうと思っていた蒼介がベッドに寝ていた時は、うれしくてたまりませんでした。それまでオムツ姿だった蒼介が初めて着た病院の白い肌着は、小さいながらも立派な赤ちゃんに見えました。でも病院には標準サイズの肌着しかなく、蒼介には大きすぎてブカブカでした。私は、肌着に埋もれている姿を見るのがつらく、洋裁が得意な母に肌着を作ってもらいました。小さくてとてもかわいい肌着です。

その肌着を着た蒼介のかわいさは、私の心に火を灯し、ほわっとあったかくなっていくのを感じました。肌着が変わるだけでこんなにも気持ちが変わるんだと思いました。

それからは「今日は何色にしよう」など、着替えを考えるのも楽しみになり、緊迫したNICUのなかで「あれ？　この肌着小さくなってきたね」と笑顔で成長をよろこび合えるツールにもなりました。

私は少しずつ前向きになれ、蒼介のためにできることを精一杯がんばろう、蒼介といっしょに過ごす毎日を楽しもう、そう思えるようになったのです。

蒼介は、家族にたくさんの笑いと勇気や希望をもたらし、大好きな人たちに囲まれ1年7か月を一生懸命生き抜きました。

私が前向きにがんばれたのも、肌着のおかげだと思っています。肌着には、色柄を選ぶ楽しみや、心を和ませたり幸せにしたり、毎日に彩を添え、気持ちを明るくしてくれる力があるように思います。

私が元気になれた分、今度は誰かが元気になれるようにと思い、お世話になったＮＩＣＵに、お礼の気持ちを込めて肌着を作り、寄付させていただきました。これからは全国のＮＩＣＵにお届けできればと思います。そして、お母さんたちが笑顔になれるお手伝いをしたいと思っています。

医療的ケアが必要な子どもたちに欠かせないグッズはたくさんあります。それらは、お父さんやお母さんが忙しい合間を縫って手作りしているのが現状ですが、なかなか時間もなく、気持ちに余裕がないこともあるでしょう。そんなお父さんやお母さんに代わって、私が作ってあげられたらと思っています。

子どもたちが使う医療的ケアグッズをかわいくしてあげたい。洋服も大きいものしかないなら小さい服を、着脱がしにくいならしやすい服を、ないからとあきらめないで作っていきましょう。

もっと毎日の生活を楽しめるように、もっと豊かな生活ができるように、いろいろなもの作りを提案していきたいと思っています。そしてこれからも、子どもたちとそのご家族を応援していく活動を続けていきます。いっしょにがんばりましょう。子どもたちのために……。

©「ススリレ」 https://www.sousourire.jp/

3 お家に帰ってから

お家での生活が始まる

2013年11月27日

生後四七五日目、旅也は正式にお家に帰った。

秋が深まり、霞がかったような空気感。今回は移乗・移動に少し余裕があり、訪問看護師のSさんとともにリラックスして介護タクシーに乗り込む。退院支援看護師の光本さんや主治医の先生、病棟スタッフに見送られて病院を後にした。

旅也がお家のベッドに落ち着き、Sさんとバイタルチェックや医療機器のチェックをして安全を確認すると、今後の訪問についての打ち合わせをした。ケアは基本午前中に行い、入浴やガーゼ交換なども午前中の訪問で済ませてしまう。夕方の訪問では、保育園に長男を迎えに行く時間帯なので、その間のお留守番をしてもらう方向で話し合った。

この日から、旅也のケアの主体が私たち家族に移った。旅也がお家にいるうれしさがこみ上げてくる一方で、24時間ケアをどう日常の生活としていくのか、長男の生活や主人の仕事とのバランスをどう取っていくのか、最初の頃は手探りだった。手探りだから主人ともよくぶつかり合った。

帰ってすぐは、病院と家の環境の違いにも戸惑った。冬に向かっていたので外気温は1ケタというなか、部屋ではオイルヒーターを使っていた。乾燥させないためだが、マイルドに温まるため20度ほどにしかならない。NICUは旅也にとって暑過ぎるくらいだったが、家ではやはり朝晩の冷え込みが気になった。

オイルヒーターを24時間つけっぱなしにした状態で、ブランケットをかけたり靴下や手袋で手足の冷えを防ぐ。それでも一生懸命呼吸している旅也は頭が暑くなりがちなので、頭の下にはアイスノンを敷くなどの微調整が必要だった。寒いと思って肌着と服を着せると心拍が上がってなかなか下がらない、暑いと思って薄着にすると手足が冷え切っている、ということもしばしばだった。

家に帰った二日後に、東京のあおぞら診療所の前田先生の訪問があった。遠路はるばるやって来た前田先生を、満面の笑顔で迎える旅也。その姿もうれしかったけれど、呼吸器の設定や旅也の様子を見た前田先生のひとことに、私たちは舞い上がらんばかりになった。

「お父さん、お母さん、旅ちゃん大丈夫よ。看取りっていうレベルじゃないよ。次のお誕生日をめざそう」

東京近辺で約二〇名の18トリソミーの子どもたちを診ている前田先生の言葉は力強く、経験にもとづいた指摘だと思えたので、私たちはとても前向きな気持ちにさせられた。

12月に入ると外気温はいよいよ下がってきた。往診の長谷川先生にインフルエンザの予防接種をしてもらうなど、旅也に風邪がうつらないように私たちも注意した。

「退院時のサポート体制」

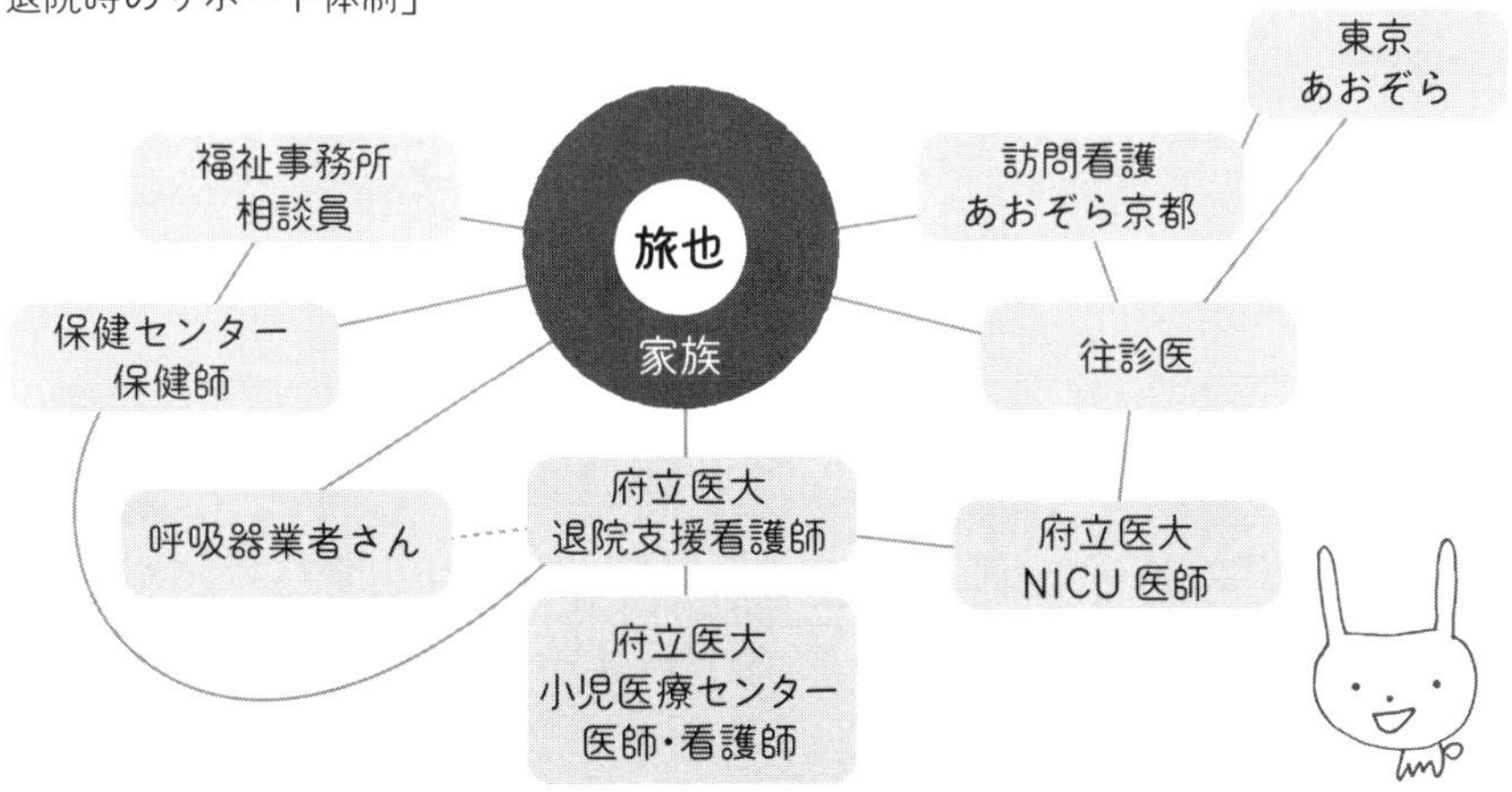

それでも、黄色い鼻水が出たり痰が多い日もある。機嫌がよく熱もなければ大丈夫のサインだが、なんとなく寝ている時間が多い日は体調が気になった。室内は20度くらいを保ち、空気洗浄機でも加湿して、24時間なるべく室温と湿度に大きな変化がないように工夫した。

一方で、旅也のベッドサイドにクリスマスツリーも飾った。夜にはライトをつけて長男と三人でツリーの前で過ごすなど、楽しい時間もたくさんもつことができた。そういう時間はしみじみと、旅也を連れて帰ってきてよかったと思う。

「旅ちゃん、抱っこしたいー」

長男も旅也がかわいくて仕方がないようで、毎晩のようにリクエストした。旅也も、長男に抱っこされたりほっぺを触られるとすぐに笑う。多少体調が悪くても、長男に対しては笑顔を見せる旅也だった。

私がずっとしたかった旅也とのお散歩も、家に帰ってすぐに実現した。主人と長男もいる土曜日の訪問看護に合わせて、自家用車への移動を練習する予定だったが、旅也をバギーに乗せたところで突然、

「お散歩に行っちゃいましょうか」

という話になったのだ。そこに偶然、呼吸器業者のAさんが酸素ボンベを持って来た。

「いまからちょうどお散歩に出かけようとしていたところです」

「じゃあ、気になるので、私もいっしょに行きます」

こうしてAさんも、酸素ボンベが入ったカートをコロコロ引きながら散歩に加わった。

旅也のバギーは、うれしくて仕方のない長男が押す。バギーが大き過ぎて長男の力ではなかなかまっすぐ前に進まない。看護師のSさんがヒヤヒヤしながら何度も修正した。Aさんからは、「外出するときは、外の音にアラームの音がかき消されることがあるので、呼吸器もモニターもアラームの音量を上げておい

てください」とのアドバイスも聞けた。

家から歩いて5分ほどで鴨川。残念ながら紅葉は終わっていた。茶色の落ち葉の上をカサカサと音を立てながら、長男が押す旅也のバギーが進んで行く。それを見ていると、なんとも言えない幸せな気持ちに包まれた。葉っぱの落ちた木の下で家族写真を撮る。旅也は冷気に触れて、少し驚いた顔をしていた。

この12月には、長男の七五三と旅也のお宮参りをした。主人の両親、お姉さん、いとこたちといっしょに氏神神社に行く。祈祷の際、旅也の状態を見た神主さんにバギーのままの昇殿が許された。長男は紙風船のついた素敵な笹飾りを、旅也はお食い初めセットの入った祝いの品を、それぞれもらった。

その後も吸引や酸素流量の調整などがたびたび必要な毎日だったが、旅也も慣れてきたのか機嫌よく過ごす時間が増えてきた。たくさんの人たちが帰りを待っていたのでお客さんも多かったが、旅也は穏やかな笑顔を見せて、みんなの笑顔を引き出していた。

クリスマスとお正月

2013年冬

12月22日、旅也は生後五〇〇日目を家で迎えた。体調もとても安定し、入院中には考えられなかった流量まで酸素を絞れるようになって、私たちを驚かせた。退院直後は訪問看護師さんに日曜日も来てもらっていたが、この頃には私たちも旅也のケアに慣れ、日曜日は家族だけで過ごせるようになっていた。

この日はちょうど冬至だったので、家族三人で旅也をゆず風呂に入れた。そして旅也の初めての離乳食に挑戦してみた。小豆がゆを茶こしでこしたものを5㎖、これから私たちと同じものを食べられますようにとの祈りを込めてお腹に入れた。さらに長男とケーキを焼き、五〇〇日記念のデコレーションをして、旅也と記念撮影をした。

クリスマスに旅也は、大好きなミッフィーちゃんのメリーをもらった。音楽も鳴るので楽しめそうだ。早速、長男が組み立てて、ベッドサイドに設置した。最初は不思議そうにしていた旅也だが、次第に慣れてくると、うれしそうに見つめるようになった。

夜は近所のお友達家族とクリスマスパーティーをした。旅也はペコちゃんキャンディーをもらってうれしそうにペロペロしたが、アイスケーキは冷たいのが嫌だったようで、泣き出してしまった。すぐに泣き止み、メリーを見ながら機嫌よく過ごし、みんながまだガヤガヤしているなか、自然入眠した旅也だった。

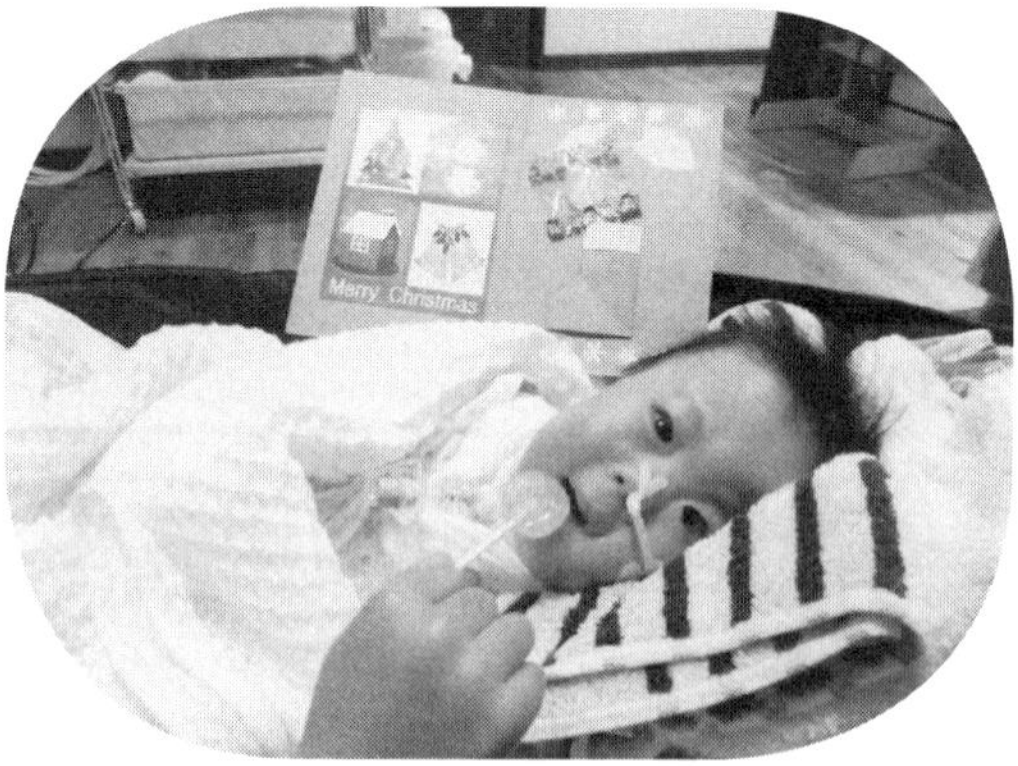

1年前のクリスマスはNICUでトリクロの力で眠っていた旅也だったので、この1年の変化は大きい。退院しても余命3か月ほどかと言われていたのに、年賀状の準備もしっかりできたし、次のお誕生日が現実になるのではと思えるほどだ。

家は温度も湿度も一定ではないし、菌やウイルスも入りやすい。でも、痛い採血や不快なレントゲンはない。我慢しなくてはいけないのは週2回のカニューレ交換と、ときどきの予防接種、汚れたり旅也が自分で抜いてしまったときの低圧持続吸引チューブの交換くらいだった。お風呂も毎日入れるし、大好きなお兄ちゃんもいる。好きなときに抱っこしてもらえるし、遊んでもらえる。それが旅也の調子のよさにつながっているようだった。

年末が近づき、お正月の間に必要になりそうな旅也関係のミルクやトラックケアー、Ｙカットガーゼなどを早めに注文した。年明けの検査入院のための介護タクシーも予約。さらにＮＩＣＵの主治医に電話をして近況を伝え、呼吸器の設定、ミルクの調整、やめていきたいと考えていた夜のトリクロのことなどを相談した。

いまのところ旅也の調子がいいので、この状態を維持したい。ちょっとした変化に気を配りながら過ごす毎日だった。

お正月の朝、旅也は4時頃まで主人といっしょに起きていたらしい。5時半に私と交代し、主人は2階で長男といっしょに眠った。1階では旅也のミルクが始まる。お腹の三男は動きがなく、眠っているようだった。

今年はどんな1年になるだろう。春には三男も生まれて、長男は年長さんになり、旅也は暖かくなって外出できるだろうか。旅也と一日でも多く過ごすために、しっかり観察とケアをしなくては、と自分に言い聞かせた。

長男と主人が起きて来ると、旅也も合わせるかのように起きる。枕元のお年玉の袋を、新しいものだと気づいたようで、キョロキョロ見ていた。お昼前に家族だけでお風呂に入れ、ご機嫌な旅也は、おせち料理を味わった。朝はまた寝てしまったので時間をずらしたのだ。黒豆を味見し、白みそのお雑煮も味見。旅也は不思議そうな表情をしつつも、口をモグモグ動かしていた。

4日は訪問看護師のSさんの仕事始め。

「旅ちゃんとお留守番しておくから、初詣に行ってきてください」

3時間、私たちが外出できるように時間が組まれていた。長男を連れて氏神さんに初詣に行き、さらに時間があったのでデパートまで行った。主人が旅也にプレゼントしたいと、おもちゃ売り場で大きめのミッフィーちゃんを買っていた。

長男のときから、わが家はあまりキャラクターものを買ってこなかったが、旅也のミッフィーちゃん好きは、そんな私たちのくだらないこだわりもぶち壊した。ミッフィーちゃんを見ると、なぜか安心した表情になる旅也を見ていると、ついつい買いたくなる。そしてその晩の旅也は、ミッフィーちゃんを見ながらニヤニヤして過ごしていたのである。

年明けの往診でも、長谷川先生から「順調ですね。呼吸も大丈夫そうです」と言われ、なんとなくあった風邪の症状もどうにか家で乗り切れた印象だった。


1月8、9日は、以前から予定のあった定期検査入院だった。NICU同期のあおいちゃん、そして旅也と、呼吸器をつけた子どもたちが在宅に移行するなかで、大学病院も月1回の検査受診を「入院」として病棟にベッドを確保し、そこですべての検査や処置ができるようになっていた。

血液検査の結果、旅也はとてもよい状態らしい。鉄分を示すフェリチンが少し不足気味なので、離乳食ならホウレン草や鶏のささみなどを注意しながら入れていくことなど、病棟主治医から説明があった。採血やシナジスの注射も心拍110台から上がらず、じっと耐える、成長した旅也を見ることができた。

この頃には私も主人も、訪問看護師さんの監督のもと、回路交換やカニューレ交換も自分たちでできるようになっていた。主人は特に回路交換に熱心で、交換にかかった時間をタイマーで計り、その時間を短縮しようとイメージトレーニングに励んでいた。バギングしていれば旅也は特にしんどい表情もなく機嫌もいいが、どうせなら楽しくと、交換のたびに毎回盛り上がった。

しかし、カニューレ交換は、痛みを伴う処置でもあったので、心が痛んだ。旅也はカフ付きカニューレを使っているため、バルーンの中のエアーを抜いたときに、どうしてもカフ部分が硬くなってしまう。そのため、カニューレの挿入部に傷をつけ、出血することもある。痛くないよう保護用ジェルをたっぷりつけて行うのだが、そのときの首の伸展の仕方や旅也の動き、力の入れ具合によって、成功するかどうかにばらつきがあった。出血もなく旅也がほとんど泣かずに交換できると、達成感も大きかった。逆に出血もあって旅也が大泣きしてしまうと、罪悪感にさいなまれた。

1月下旬には、病院で旅也のケアに携わっていた主治医や看護師さんたちが訪ねて来た。

「旅ちゃん、表情が全然違う!!」

ベッドで機嫌よく過ごしている旅也を見て、みんな驚いていた。一人ひとりにたくさん抱っこしてもらい、旅也もとてもうれしそうだった。大勢の「チーム旅也」のメンバーの訪問に、長男まで大はしゃぎ。たくさん遊んでもらい、楽しい一日を過ごすことができた。

この頃から、離乳食も本格的になりつつあった。離乳食を作るのは、私たちが晩ごはんを食べる頃。その食事のなかで、茶こしでこし、ペースト状にして、シリンジに入りそうなものを選んで試していった。大根やお豆腐の入ったお味噌汁や白米のおかゆ、高野豆腐やお野菜を炊いたもの、お魚の炊いたもの、炊き込みごはんをおかゆ状にしたものなどを、10㎖ずつくらいペースト状にして、少しずつ増やしていった。

できれば自然のものを食べさせたい、私たちと同じものを食べさせたいという思いが、手間がかかっても離乳食を進める原動力だった。胃ろうからペースト食を入れるのと同時に、可能なものは口でも味見する。雑貨屋さんで見つけた旅也用の小さな小さな木のスプーンを使い、小さなお皿にペーストを乗せ、ちょんちょんと旅也の舌に乗せる。それを旅也はいつもおいしそうに食べていた。

●ミルク80㎖×4回、90㎖×2回、夜のミルクに合わせ離乳食10〜15㎖、体重5010g

人為的なミスからの救急搬送

2013年2月

2月5、6日は定期検査入院だった。旅也の調子もよく、練習していた自家用車での移動を試すいい機会だと思い、私たちは病院まで自家用車を利用した。

「旅ちゃん、大きくなったねー」

小児センターに入ると、医療スタッフから声がかかる。今回も調子がいいので、シナジスと肺炎球菌ワクチンの接種、そして心臓のエコー検査だけで検査入院は終わり、またお家での穏やかな毎日に戻るはずだった。

アクシデントは、旅也が病院から家に帰り着いてから起こった。

訪問看護師さんのSさんが旅也を見ている間に、私は急いで保育園に長男を迎えに行った。長男と帰宅した直後、呼吸器の業者さんが、以前から頼んでいた新しい酸素濃縮器（5ℓ）を運んで来た。たまたまその日は、いつものの担当のAさんではなかったが、私はあまり気にしなかった。酸素濃縮器を7ℓの大型から5ℓのタイプに替えられることがうれしく、ウキウキしていた。

業者さんが酸素濃縮器を動かそうとしたとき、Sさんが呼吸器の酸素を、酸素ボンベに付け替えた。普段は緊張感があるこの作業もダブルチェックすることなく、私は酸素濃縮器を置いていたスペースを掃除しかかっていた。雑巾をかけているときだった。

「旅ちゃんが、あー！って言ってる!!」

長男が突然言った。私は旅也がおしゃべりして声が漏れているだけと思い込んで、反応が遅かった。長男は何度が同じことを言った。Sさんが先に反応した。

「旅ちゃん!!」

その大声で私も急いで顔を上げると、チアノーゼで顔が赤黒くなっている旅也がベッドの上にいた。モニターを見るとサチュレーションが23。

「え!?　何が起こったの!?」

慌ててアンビューバックを残量のある酸素ボンベにつなぎ替え、そのボンベを開けてバギングを行う。サチュレーションは上がっていく。頭の中はクエスチョンマークでいっぱいだけれど、「旅也自身は大丈夫だ」と呼吸器につなぎ変えた。すると、旅也のサチュレーションはまたまた落ちていく。

「え!?　何!?」

私とSさんは再びバギングを始めた。

呼吸器の数字をチェックしても、いつもとあまり変わりがない。確かにここ数日、呼吸器の数字に微妙なずれがあったこともあって、業者さんに点検してもらったところだった。しかしいまの呼吸器の数字は、普段とほぼ変わりがない。Sさんは、回路異常かもしれないからと回路変更を試みたが、近くにあった回路一式が入っている袋は未開封で、いらない部品もたくさん入っていて、お手上げになってしまった。

旅也は、バギングさえしていればサチュレーションも90台を保つことができる。表情も普段の旅也に戻って、穏やかになっていた。

「旅ちゃん、大丈夫だからね」

長男が、私に抱っこされている旅也のそばに来て旅也の手をギュッと握り、声をかけた。

しかしSさんも私も、どうしたらよいか分からなかった。酸素濃縮器の交換に来た業者の二人も、初めてわが家に来て何が何だか分からずに呆然と立っていた。

「救急車で病院に運ぼう!! お母さん電話して!!」

Sさんが決断した。私たち二人ではどうしようもない。原因は旅也にはなさそうだったが、ずっとバギングを続けるわけにもいかない。原因が分からないまま過ごすことは、旅也の命を保証できないということだ。そして、何よりも手がなかった。Sさんと私二人では、この状況を打破できないと思えた。

私はSさんとバギングを交代し、震える手で「119」に電話をかけた。あせる気持ちを落ち着かせながら状況を伝える。その間に救急車がこちらに向かったようだった。サイレンの音が近づき、電話を切って準備を急いだ。

「早く、早く!!」と心の中で叫びながら、旅也をときどき見つつ、病院セットを準備する。医療機器をたくさん使いながら生活している旅也は、病院に行く荷物が半端なく多い。それらを大型のトートバックに詰めながら、到着した救急隊員さんに応える。

救急隊員さんたちはさすがにプロだった。みんな冷静で、わが家の状況を把握しようとしていた。Sさんが看護師と分かると少し安心したようだった。旅也を温かくブランケットに包み、Sさんがバギングしながら救急車に乗り込んだ。荷物は救急隊員さんたちが積み込んだ。悲しいアラーム音を立てている呼吸器もいっしょに。

長男は病院に連れて行けないと判断し、急いで近所の友達に電話をかけて預かってもらうことにした。ちょうど帰ってきた友達に心配そうな表情の長男を預け、私も救急車に乗り込んだ。

病院の救急室まで運ばれ、酸素も病院の配管から得られることになり、少しホッとした。先生たちも、数時間前に退院したはずの旅也に会いにやって来た。代わる代わるバギングするなか、検証のために普段の呼吸器につなぎ変えると、旅也はきょとんとしている。サチュレーションが落ちることもなかった。

「え？　なんで？」

私はまたまた謎に包まれた。旅也は大丈夫そうな様子だったが、主治医から「原因が分からないので、とりあえず入院しましょうか」という話になった。

はっきりした原因が判明しなかったため、次の日の夜、私は時系列に退院時からのことを書き出していった。するとあることに気づき、「あっ！」と声をあげてしまった。

私が酸素濃縮器のあった場所を掃除していたあのときだ。Sさんが呼吸器の酸素を酸素濃縮器から酸素ボンベに付け替えたとき、酸素がボンベから流れていなかったのではないか。私たちは、呼吸器が数日前から調子が悪いと思い込んでいたので、呼吸器の数字や回路にばかり目が行っていたけれど、そもそも酸素が流れていなかったから、旅也のサチュレーションはあんなに落ち込んでしまったのだ。そして、酸素が流れている別のボンベにつながったアンビューバッグでバギングをしたとき、旅也はしっかりとサチュレーションを上げてきたのだ。

呼吸器から酸素が送られていなかった——。酸素が常時必要な旅也にとって、これは私たちが犯した致命的なミスだった。私たちは帰宅後すぐ、バタバタした雰囲気をつくってしまい、二人ともが旅也から目を離すという絶対にしてはいけないことをしてしまった。第一発見者が長男という、長男にとっても、ものすごく酷なことをしてしまったのだ。

私は恐ろしい気持ちに包まれた。責任は私とSさんにある。あったことを二人できちんと振り返り、これからはこういう人為的なアクシデントは絶対ないようにしなければいけない。旅也は小さなミスでも命を失う可能性がとても大きいのだから。次の訪問の時にSさんと話をしよう。つらいけれど、ずっと旅也のケアについて議論を交わしてきたSさんだし、家族の思いにずっと寄り添っていたSさんだから、起こったことについてはきちんと話をしよう。そして、旅也の命をいっしょに守らなくては。

家に帰った日は、旅也の1歳6か月のバースデーだった。その日は呼吸器業者のいつもの担当のMさんとAさんが来て、呼吸器と酸素濃縮器がていねいにチェックされた。

次の日、午前中の入浴が終わると、私はSさんと今回のアクシデントの原因の検証をした。私はSさんに思い切って伝えた。

「呼吸器に酸素が流れていなかった可能性があると思います」

言いながら涙が込み上げてきた。突然のことに、Sさんも呆然とした表情で私の顔を見返す。話し合いが終わってSさんは言った。

「事務所に帰ってから検証してみます」

事務所に戻ったSさんは、同期の看護師のHさんと、今回のことを念入りに検証したそうだ。そして、二つの大事なことを見つけた。

一つ目は、看護師さんたちと私たち家族の酸素ボンベの扱いが少し違ったこと。私たちは旅也の退院前に業者さんから習った通り、酸素ボンベを使い終えたら流量計をゼロにした後、さらにボンベ内の圧を抜き、元栓を閉めていた。一方、看護師さんたちは、いつでも酸素が流せるように元栓を閉めていなかった。私たちが使った元栓の状態では、次に酸素を使うときに流量計だけ動かしても酸素は流れない。その扱い方の違いがミスにつながったのかもしれない。

もしくは二つ目に、SさんとHさんが実証実験をしたのが、流量計のダイヤルの合わせ方だった。たとえば3ℓの酸素を流したいとき、流量計のダイヤルがきちんと目盛りの3に合っていれば酸素は流れるが、2と3の間など、目盛りとずれていると流れない仕組みになっていた。ダイヤルは容易に動くから、ずれてしまうこともあり得る。酸素ボンベにつなぎ替えたときに、このダイヤルがずれていた可能性も考えられた。

いずれにしろ、酸素の配給源を替えるときは二人でチェックし、その後しばらく旅也のサチュレーションが落ちることはないか、チェックすることが必要なのだと痛感した。

このアクシデントで、私たちは多くのことを学んだ。Sさん、主人、私の三人で、旅也の安全のためにできることは何でもしようという意思を共有した。そして急いで、旅也のベッド周りの見直し、訪問看護師さんたちとの医療機器の扱い方の共有、チェックリストの作成などに取りかかった。

まず、救急車を呼ぶときに電話が手元にないことに困った。たまたま今回はSさんがいたから、旅也のバギングを交代して携帯電話に手を伸ばせたけれど、私一人だったらと思うと恐ろしい。そこで、いつでも手が届くよう、ベッドサイドのケアグッズの棚の一番上に、電話の子機を置いた。

それからベッドサイドの壁に、大きな字でプリントした救急連絡先一覧を張った。「119」をダイヤルしてもあせって話せなかった経験から、伝えることを文章にして書いておいた。大学病院、往診の先生、訪問看護師さん、病院の退院支援看護師の光本さん、呼吸器の業者さん、各医療機器の業者さんなど、旅也が頼らなくてはならない場所はたくさんあった。

アンビューバックは、独立して残量の十分ある酸素ボンベにつないでおくことにした。

今回Sさんが困った呼吸器回路の新品袋は、必要なものだけを取り出し、ほぼ回路が出来上がっている状態で袋に入れ直し、片手がふさがっていても手が届く範囲に常備しておくことにした。

それから、多量の入院グッズの準備が大変だったので、救急搬送もしくは災害時に1週間は旅也がなんとか過ごせるように、いつも飲んでいるお薬を1週間分、トリクロをシリンジに吸ったもの、カニューレ交換セット一式、回路交換セット一式、吸引グッズ一式、浣腸セット一式、オムツ、着替え、水のペットボトルなどを〝緊急時リュック〟として、常に玄関に置いておくようにした。これは、入院でも外出のときでも、玄関からヒョイッと背負って出かけられるので、その後も重宝した。家族のお出かけのとき、このリュックを背負うのは長男の役目だった。

訪問看護師さんとは、酸素ボンベの扱い方を統一し、それを徹底するようにした。また、これまでは私たち両親が行うことが多かった回路交換も、メインで訪問する看護師さんにマスターしてもらうことになった。

また、病院入院時と帰宅時の安全チェックシートを作成し、病院スタッフ、在宅スタッフがみんなでそれらを共有できるように整えた。

それでもその後、マイナートラブルはときどき起きた。伝達ミスで、出かけた先で吸引器のバッテリーがなく、Sさんがカテーテルを通して口吸引で痰を取ったこともあった。宿泊先のホテルで、加湿器の温度センサーのプラグが入っておらず、旅也に苦しい思いをさせたこともあった。私たちは一つひとつのミスに学び、そこから対策を考えていったのだが、旅也には何度もしんどい思いをさせてしまったと反省している。

恐ろしや、アデノウイルス

2013年早春

春を迎えようとする頃、旅也の調子に波が出てきた。吸引を嫌がり泣いてサチュレーションを落としたり、手足の冷感が出たりと不安定だ。

同じ頃、主人も風邪の症状が続き、長男も左目を赤くしていた。周りにアデノウイルスに感染している子どもが何人かいたので不安だったが、眼科に連れて行ってもすぐには原因が分からなかった。とりあえず、感染予防のために長男は隔離し、旅也のケアも手袋をはめて行うことにした。しかし甘かった。

旅也は、ミルクの時間に酸素をいつもより多くしないと乗り切れなくなり、さらに機嫌よく過ごしていると思っても、急に泣き出すことが増えた。

2月24日、午前中には目ヤニも多くなり、こんこんと寝ている時間が多かった。訪問看護師さんとお風呂に入れるも顔色が悪い。酸素を5ℓにしても改善しなかった。熱はなかったものの手足が冷たく、湯たんぽを入れなければならないほどだった。

お昼過ぎに往診に来た長谷川先生が、「もしかしたら」とアデノウイルスの検査をしたところ、まんまと陽性。これから熱が出るかもしれない。38・5度以上の熱が出たら座薬を使うこと、点眼薬を一日3回使うこと、二日後に改善が見られなければ、抗生剤やステロイドを使う必要があるかもしれない。その場合は大学病院を受診する必要が出てくる、と長谷川先生。とりあえずは家で様子を見ることになった。

その日の晩は大量の汗をかいたので着替えを頻繁にし、ミルクの一部をお腹にやさしいものにして、みかんを口に乗せるとチュッチュッとおいしそうに食べていた旅也だった。点眼薬も、抱っこして慰めるとなんとか激しく泣かずに乗り切ってくれた。しかし、顔が赤く肌が乾燥している。体全体の熱感もあり、目がかなり赤かった。

次の日には熱が下がり酸素も絞れていたので、家で乗り切れると思っていたが、その後、再び熱が上がり、2月26日に入院となった。しかも、かかりつけの大学病院にベッドの空きがなく、自宅から車で40分もかかる初めての病院になり、心細くなってしまった。

旅也も、いよいよ身体がしんどくなってきたようで、顔を青くしながらぐずぐず泣いている。甘え泣きもあるようで、抱っこしてベッドに戻すと、またすぐにぐずぐずと繰り返し泣いていた。熱の波はなかなか治まらず、座薬を入れるタイミングを計りながら毎日が過ぎていく。私たちにできるのは、泣いている旅也の背中をさすることだった。

培養検査のために、鼻水や喉の奥の分泌液を採る処置やレントゲン検査で、旅也はチアノーゼを強く出しながら泣いた。一度泣くと、私は妊娠9か月の大きなお腹を抱えながら旅也のベッドに這い上がり、抱っこしてなだめる。泣き止むとホッとし、ベッドの上にしばらく放心状態で座り込んでいた。アデノウイルスの感染力は恐ろしく、私も目がボコボコに腫れて充血した。

旅也は入院五日目にようやく回復の兆しを見せた。ミッフィーちゃんを見つめたり、私の姿を追うようになってきた。声をかけると笑顔も見せてくれる。それだけで救われた。

そして入院七日目でようやく炎症反応値が下がった。目の赤み、浮腫はまだまだひどいが、日にち薬でもあるので家に帰ることになった。アデノウイルスとのたたかいは長かったが、退院四日目には調子がいいときの酸素流量に戻すことができて、ようやく私たちも胸をなでおろした。

この頃、旅也の身長が伸びてきたことや、何度もピンチを乗り越えてたくましく生きている旅也の姿を見て、もしかしたら長生きしてくれるかもしれないという期待も込め、旅也の新しいベッドを購入した。今度は広めのベビーベッドだ。私たちがケアをしやすいように、そして生まれてくる赤ちゃんが旅也の大切な医療機器をさわらないように、NICUのベッドと同じくらいの高さのものを選んだ。マットレスはホテルのベッドのようにふかふかだ。

レンタルしていたコットベッドを返却するとき、たくさんの医療機器とともに暮らしている旅也を見て業者さんが驚かないかなと心配したが、回収に来た人は、

「うちも実は心臓病で、ずっと入院していたのでよく分かります」

こうやって心を寄せてくれる人たちの存在に、私たちは支えられているのだと思う。

旅也、お兄ちゃんになる

2014年4月7日

三男の出産にあたり、私が入院している間は、大学病院を退職したばかりの私の父が来て、主人と訪問看護師さんたちといっしょに旅也のケアにあたる予定で話が進んでいた。

直前になり、訪問看護ステーションあおぞら京都さんから、レスパイト入院についての提案があった。確かに旅也に何かあったら大変なので、検討することになった。大学病院に打診すると、「レスパイト入院」ではなく、いつもの入院と同じように、旅也をケアできる人の24時間の付き添いが必要だという。また、

年度始めで病棟が忙しく、予定日より早めの入院を求められた。そのため、病院側とはいろいろともめてしまった。結局、旅也にとって家が一番居心地のいい場所だから、私の入院中も家で過ごすことになった。

旅也が生後六〇〇日を迎えた翌日の4月5日、午前中に旅也のヘアカットをした。髪の毛が伸び放題の旅也だったが、ヘアカットは難しいといつも思っていた。そこで美容師の友人に頼み、ベッドサイドで髪の毛を切ってもらった。ヘアカット用のエプロンをつけて、ちょっと緊張気味の旅也。その姿がとてもかわいくて、何枚も写真を撮った。

お昼前には、ずっと楽しみにしていたお花見に出かけた。訪問看護師さんも訪問の枠内でいっしょに行くことになっていた。いつものようにバギーにゆっくりと旅也を乗せ、歩いて10分ほどの鴨川に向かった。川岸の桜が見えてきた頃に、河川敷の小高いところに、近所の子どもたちがずらりと並んで見ているのに気がついた。

「たびやー!!」

その子どもたちが大声で呼ぶ。

「たびやが来たー!!」

大騒ぎである。車が行き交ってもその声は私たちにはっきり聞こえ、私はうれしさで心が揺さぶられ、涙が出てきた。訪問看護師さんの目にも涙。子どもたちにもみくちゃにされながらお花見の場所に到着し、ちょっと眩しそうに景色を見る旅也だった。

子どもたちは代わる代わる旅也のほっぺたを触り、不思議そうに眺めている。それを近所のお父さん、お母さんたちが穏やかな表情で見守っている。とても温かな光景だった。いつも支えてくれる仲間の存在は本当にありがたい。

夜には、私の父親も到着した。いよいよ、旅也がお兄ちゃんになる日が近づいてきた。

ただ、入院の前日、主人と父が旅也のケアの方法でぶつかって、ヒヤヒヤさせられる場面もあった。父は医師としてのプライドもあり、その一方で、超重度の病気をかかえる旅也のケアに携わるのには緊張もしたのだろう。主人は、ていねいに積み上げてきた旅也のケアの方法を簡単に変えられたくなかった。それで初めて、二人は感情的にぶつかり合ったのだ。

次の日、私は二人を気にしつつも、朝早く一人でタクシーに乗り込んだ。

産院に着くと陣痛室に通されて、早速、点滴を入れられた。静かな部屋で一人、天井を見ながら過ごす。しばらくすると助産師さんが、別のお産が入ったので、帝王切開の手術は午後になりそうだと伝えに来た。家ではいつも旅也のケアに追われてバタバタとしているので、一人で時間を過ごすのは久しぶりだった。

午後、三男は2674gと小さめだったが、元気な産声をあげた。助産師さんが少し離れたところで三男の身体を全部チェックしている。私は手術台の上でお腹を縫われながら、その様子を見ていた。「どうか何も問題がありませんように」と祈りながら。タオルに包んで三男を私のそばに連れて来た助産師さんの表情から問題がないことが分かり、私は心底安心した。

分娩室から個室に戻る。主人が保育園に長男を迎えに行き、二人で三男に会いに来た。助産師さんに抱かれ、何もモニターをつけていない三男を見て、長男は一瞬きょとんとしていた。旅也との違いに驚いたのかもしれない。

出産から四日目、旅也が産院に来てくれた。介護タクシーを2時間貸し切り、自宅から車で15分ほどの産院に、主人、長男、訪問看護師さんといっしょに見舞いに来てくれたのだ。久しぶりに会う旅也は私の顔をジーっと見つめ、不思議そうな顔をしていた。三男を見せると、これまた不思議そうな表情。旅也と三男を比べると、旅也のほうがしっかり大きい。私と主人は、それを見てうれしくなった。

家族で記念撮影をする。長男が自然に三男と旅也、自分の手をつなぎ、旅也は私に抱かれてすました表情で写真に写る。兄弟三人のうれしい勢揃いだった。

「お母さんも、すぐ退院するから、おりこうにして待っていてね」旅也に声をかけて別れる。旅也は介護タクシーの中でも、目をしっかり開けて外の景色を楽しんでいたそうだ。

家では、ウンチをすっきり出せずにいた旅也に「ミキプルーン」を入れたらすっきりして主人のテンションが上がったり、長男の保育園でインフルエンザが流行り始めてヒヤヒヤしたという。そんななか、父が訪問看護師さんと毎日旅也の入浴をし、留守番をするなど、主人が仕事に出かけている間、大活躍だったようだ。

私は産後1週間で退院。家に帰るとすぐに旅也のケアに入った。三人の子どもたちの子育てはめまぐるしく休む暇もなかったが、本当に幸せだった。

旅也1歳8か月、体重5120g

3兄弟の生活が始まる

2014年春

三男が生まれてから、生活はやはりドタバタ感が増してきた。父が帰った後、家事ヘルパーやファミリーサポートをフル活用して、何とかしのいだ。

この時期、旅也の検査入院の付き添いも、主人といっしょに行く私の代わりを探さなければならなかった。数あるヘルパーステーションのどこかは可能だろうと思っていたが、これが見当違いでとても難航した。

旅也ほど重度な障害があり、医療機器とともに生活している子どもは見たことがないというステーションばかりで、一度引き受けても「やっぱりうちでは無理そうです」と断られた。私たちもヘルパーの利用は初めて。外出時の手順をまとめたレジュメやチェックリストを作ったり、予行練習をしてみたりと試行錯誤した。

サポート体制が整うまでは、訪問看護師さんのボランティアでの付き添いにとても助けられた。しかし、いつまでも甘える訳にはいかない。なんとか自分たちでサポート体制を整えなくては、と気持ちはあせっていた。

旅也は元気に過ごしていた。お風呂に入ると足をピョンピョン伸ばし、足がバスタブに当たると、ニヤーっとうれしそうな表情を見せた。また首を左右に振り、それを60～70回連続でするので、自然とベッド上を動くことにつながった。午後7時半からの夕食は全量を離乳食でカバーしていた。体重もしっかり増え、栄養バランスも問題なかった。
5月には初めて、家族だけでの外出にチャレンジした。これからは家族だけで外出や旅行もしたいし、半分ボランティアの訪問看護師さんの厚意にいつまでも甘えている訳にはいかないからだ。ただ初めてなので不安も大きく、行き先を旅也の古巣のNICUにした。懐かしいスタッフさんたちに会い、病院横の河川敷の芝生広場でゆっくり過ごす計画を立てた。

自家用車での移動は、主人も私もかなり慣れてきていたので問題なかった。病院の駐車場で折りたたみ式の旅也のバギーを組み立て、旅也を乗せてNICUに向かう。長男も旅也の緊急時リュックを背負い、予備の酸素ボンベのキャリーをコロコロと引いてついて来る。私は三男をベビーキャリアに入れて前抱きにした。

NICUのインターホンを押すと、なじみの先生や看護師さんたちが旅也に会いに出て来た。やはり古巣はいい。みんなの笑顔に旅也も笑顔を見せ

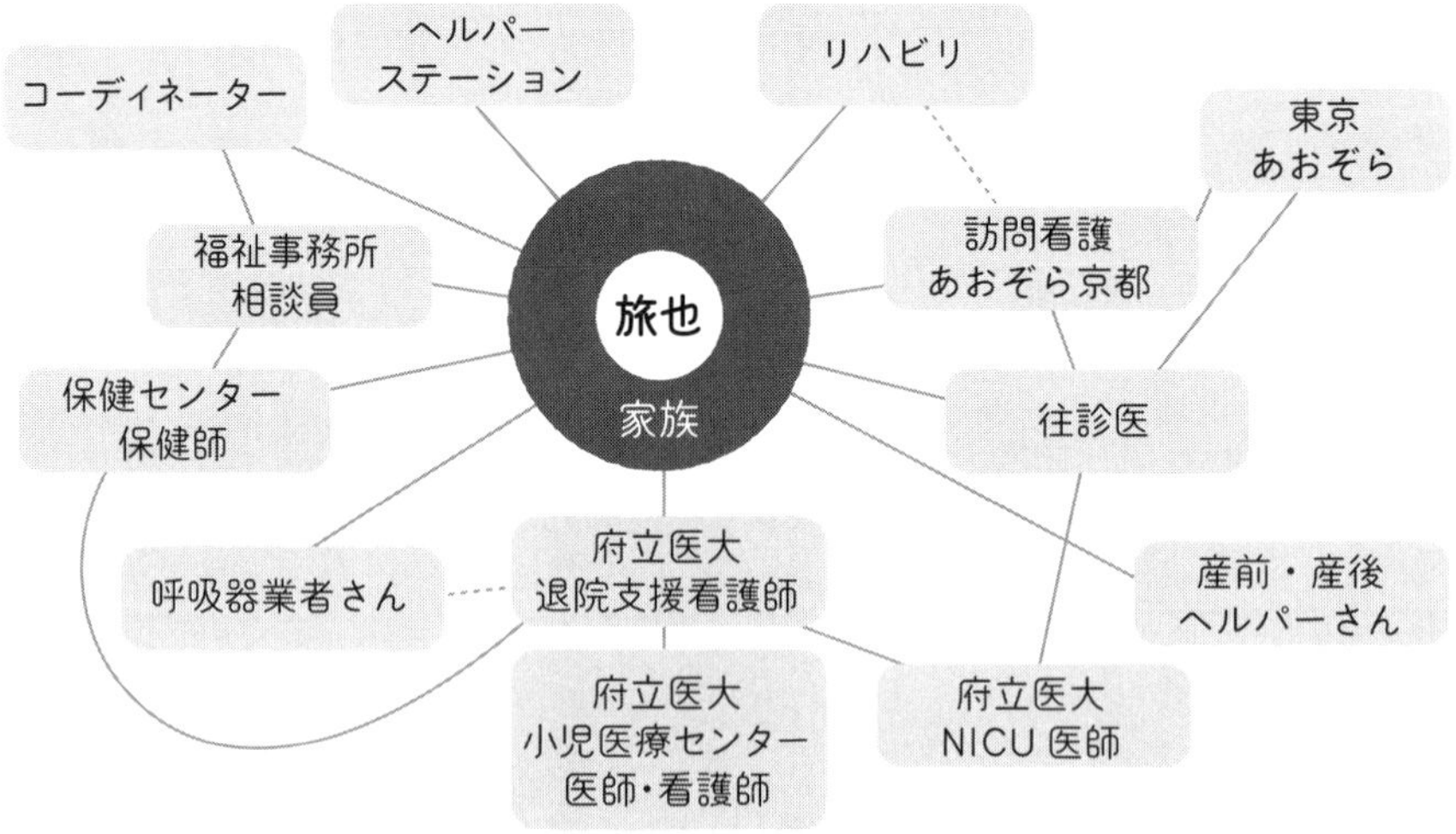

「弟の誕生とともに」

て、私たちも家族だけの外出に達成感を感じて自然と表情がほころんだ。

その後、病院の売店でお弁当を買い、河川敷に出る。5月の緑がまぶしい。私たちはお弁当を食べ、旅也もミルクをお腹に入れた。

そして私たちは、ずっとしてみたかったことを、また一つ実現させた。それは、旅也を大地に寝かせること。白いワッフル地のバスタオルを芝生の上に敷き、旅也をバギーから降ろす。

「旅也、大地だよー」

目を細めていた旅也は、ゆっくりと身体を大地に預けた。長男が旅也の頭上からその顔を覗き込む。二人の横に半分泣きかけの三男を並べた。3兄弟、5月の大地の上。私と主人はうれしくて何枚も写真を撮った。

訪問リハビリ始まる

2014年6月

5月下旬になり、訪問リハビリの芝原先生がやって来た。旅也の入浴や胃ろうの注入の様子、普段の過ごし方をじっくりと観察し、初めての抱っこは恐る恐るだった。この先生は30代の男性作業療法士だが、仲間といっしょに「訪問看護ステーションひのき」を立ち上げたばかりだという。在宅に移るときは「もって3か月くらいだろう」と言われていたから、将来を見据えて何か新しいことを始められるのは、とてもうれしいことだった。

この頃、主人と私たちは旅也を連れての外出がどんどん楽しくなっていた。三男のお宮参り、川べりでのピクニック、神社の境内の芝生広場……。旅也にいろいろな体験をさせたいし、自然の空気をたくさん吸わせたい。子どもたち三人を連れての外出は大荷物で緊張もするしエネルギーがいったが、休日になると、体調さえよければ準備をしてあちこちに出かけた。

6月、いよいよリハビリが始まった。毎週水曜日の午前10時から1時間。旅也の身体を慎重に触りながら胸を広げる動作、腕を肩のあたりから広げる動作が、ゆっくりやさしくスタートした。リハビリには、呼吸リハビリ、拘縮しがちな旅也の身体をやさしくほぐすリハビリ、さらに遊びの要素も含まれているようだ。

バウンサーはもちろん、もっと後には座位保持椅子への移行も可能になり、ベッド以外の場所で過ごせるようになるだろう——。芝原先生と話していると夢が広がる。いつか旅也も、家族の食卓でいっしょにごはんを食べる日が来るだろうか。楽しみだ。

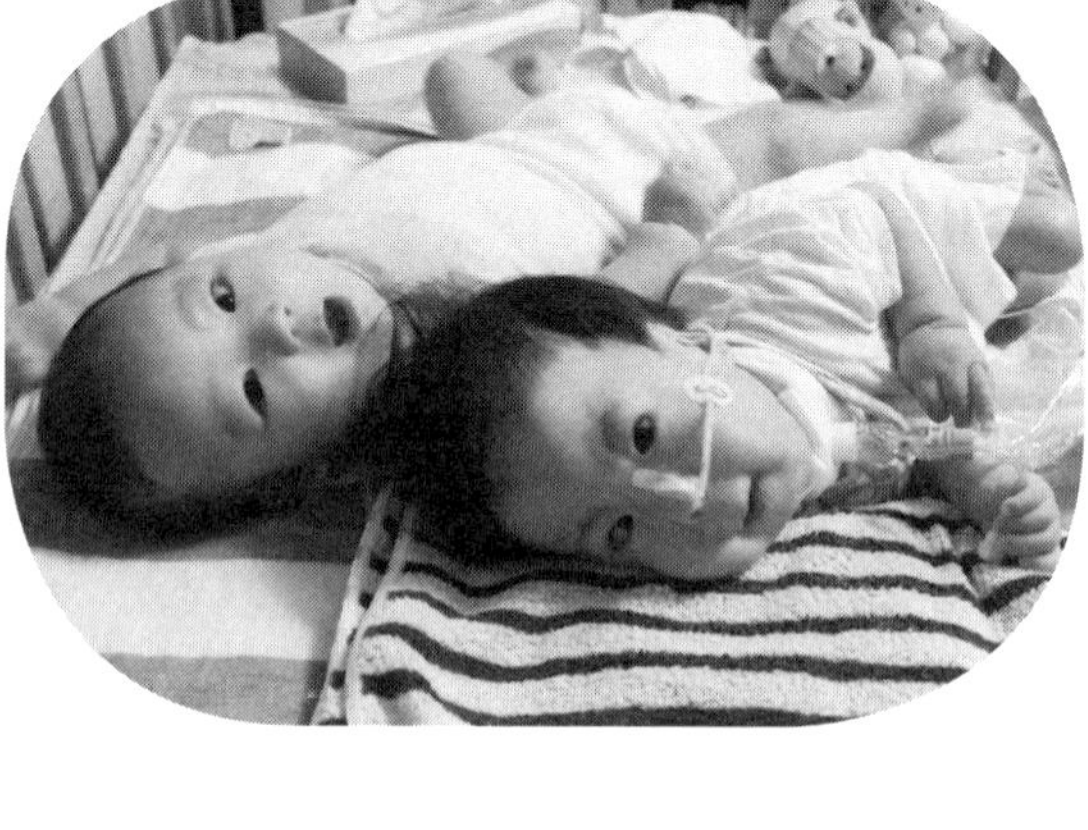

弟には1か月半で体重を抜かれたが、旅也のベッドに三男も寝かせると、その寝顔をとてもやさしい表情で見つめる旅也の姿が見られた。旅也は三男の登場をどんなふうに感じているのだろうか。とても不思議だが、旅也からにじみ出てくるものは、やさしさしかなかった。三男が長谷川先生に予防接種をしてもらって泣き出すと、何もされていない旅也まで泣き出すというエピソードもあった。

18トリソミーの子どもたちは、意味のある言葉を発する子がとても少ないので、自己表現が少ないとか、喜怒哀楽がないなどと誤解されることもしばしばで、精神的、情緒的発達が顕著に遅れていると説明されることがある。私はこの時期、決してそうではないと強く感じていた。

生まれたばかりの三男と旅也を比べると、情緒的な面でははるかに旅也のほうが年上で、「お兄ちゃん」としての〝余裕〟さえもち合わせていた。18トリソミーの子どもたちは限りなくピュアで、やさしさや思いやりに満ちている。怒りや悲しみだって、言葉がなくてもいっしょに過ごしていれば、私たちは知ることができ、感じることができた。

この時期、訪問看護師さんのSさんと私は、旅也のカニューレ交換について試行錯誤を続けていた。旅也は食道閉鎖なので、気管への唾液などの垂れ込みを防ぐためにカニューレはバルーン式で、バルーンに1㎖のエアーを入れて使っている。カニューレを挿入するとき、そのバルーン部分が気管切開した口をひっかいてしまい、いくらジェルなどを使用しながら交換しても、いつも少量の出血があるなど、旅也に怖くて痛い思いをさせていた。

カニューレ交換のときは、まず旅也を一度座位にし、Sさんがしっかり目を見てカニューレを交換することを話す。酸素は普段より1・5〜2ℓ多めに流しておく。そこから旅也を仰向けにし、ロール状にしたタオルを首の後ろに挟み込む。Sさんが旅也の頭と体を持って、首の伸展をしっかり保持した後に、私がカニューレの抜き差しをする。

挿入するとき、カニューレのエアーをすべて抜いてしまうとバルーン部分が硬くなってしまうので、0・3㎖のみエアーを入れてやわらかい状態にしておく。東京のあおぞら診療所の前田先生が交換するのを見た際に、カニューレを少し回転しながら出し入れするとスムーズにいくと発見したので、それも取り入れる。

交換が終われば、旅也が安心できるようにサチュレーションが戻るまで私が旅也を抱っこする。うまくできれば旅也も安堵しているが、うまくいかなかったときは怒りの表情を見せた。そういうとき、私たちは平謝りするしかなかった。

もう一つ、さらに旅也の嫌な処置があった。持続吸引のために鼻から食道の先端部に入れているチューブの交換だった。鼻の孔からチューブを13㎝入れるのだが、旅也の鼻の孔はとても小さくて屈曲しているから、入れて数㎝で行き止まり感があることもある。そこをクリアしても、その先の食道部へはチューブをゴクリと飲み込ませないといけない。

気持ち悪いチューブが入るのだから、旅也は不快で身体を硬くする。すると穴も小さくなる。チューブはそれ以上入らない。泣き出してしゃっくりをしたすきに入れるか、10分ほど出し入れをしながら旅也が力を抜いた一瞬のすきに入れるか――。

チューブを入れるのは主人か私の担当で、酸素流量の調整もあり、急変に備えて必ず二人いないとできない処置になっていた。旅也がなるべくつらい思いをしないように、夜にトリクロで寝かけたときに処置することもあったが、寝込みを〝襲われて〟旅也には本当につらい思いをさせていたと思う。

旅也に、痛くつらい思いをさせた後、私はなるべく旅也を抱っこして、状態が戻るまで旅也に話しかけていた。よくがんばったと声をかけ、たくさんほめる。そして、旅也が落ち着いてくると再びベッドに寝かせた。

初めてのホテル外泊

2014年6月21日、22日

6月には、私の家族が、母の2回目の命日、父の退職祝い、祖母の米寿の祝いを兼ねて京都に集まることになっていた。その機会に、旅也もホテルに一泊してみることになった。

市内なので、酸素濃縮器やボンベなどの手配はいつもの業者さんのお世話になった。何かあったらいつでも来てもらえる。急変時は病院に受診することを医療スタッフとも確認した。ホテルにも、ベビーベッド、呼吸器を置くための台や延長コードが借りられるかどうかなどを念入りに確認した。

6月21日、旅也のお昼ごはんが終わると、いよいよホテルへと向かった。片道30分ほど。三男が生まれて車も狭くなったから、七人乗りのワンボックスカーを購入していた。運転席に主人、助手席に長男、2列目、3列目にチャイルドシートを一台ずつ設置し、2列目に旅也、3列目に三男が乗る。私は2列目と3列目の間にシートを固定し、二人の顔を交互に見ながら移動した。

ホテルに着いて、頼んでいたカメラマンに家族写真を撮ってもらった。実は、旅也のNICU同期のあおいちゃんのお父さんだ。

風はきつかったけれど、緑の山々をバックに家族が並んだ。旅也も嫌いな風を我慢して、しっかり写真に納まっていた。

夜は中華レストランでの会食。空調が効き過ぎていたこともあってサチュレーションが乱高下していたが、旅也はうれしそうにふかひれのスープを味見したり、みんなの顔を見て過ごした。旅也と同じ年齢のいとこが旅也をよしよししていたり、私の兄から「顔の表情でちゃんと自分のことを表現しているね」と変に感心されたりしつつも、ニコニコと笑顔を振りまく旅也だった。夜もホテルのベッドでいつものように穏やかに眠り、私たちも安心して眠ることができた。

朝が来て、長男の希望だった旅也との泡風呂を、半分寝ぼけている旅也と実現させた。お風呂の後でとてもいい表情をしていた旅也を朝食へ連れて行く。ビュッフェのメニューを見ていると、おかゆ、コーンスープ、ヨーグルト、オレンジなど、旅也が好きなものがいっぱいだった。まずはコーンスープの味見で目をキラキラ輝かせたので、同じものを胃ろうから注入。コーンスープはカロリーが高めなので、おかゆで中和。その後、ヨーグルトやオレンジなど、大好きなものを次々と味わった。

こうして旅也は、初めての外泊を難なく楽しんだ。そしてそれが、私と主人のお出かけ好き魂に火をつけた。これからいろいろなところに泊まりで出かけられる。夢がどんどん広がっていく。

この頃の旅也は、覚醒時やごはんの時間も酸素が絞れるようになっていて、酸素の使用量を体調のバロメーターとしていた私たちは、毎日気持ちが軽かった。いよいよ、2歳のお誕生日が射程距離。今度こそお家で、みんなで祝いたい。希望がぐんぐん大きくなってきた。

それからすぐ、私からの提案で在宅支援チームのカンファレンスが開かれた。これまで、在宅支援サービスに関して私はどちらかというと受け身で、コーディネートは大学病院の退院支援看護師の光本さんと、担当の訪問看護ステーションだった。しかし、ヘルパーステーション探しは基本的に保護者の責任だったし、情報共有に関してもあり方を検討したかった。

往診医の長谷川先生、訪問看護ステーションの松井さんと担当のSさん、リハビリの芝原先生、病院からNICUの徳田先生と光本さん、福祉事務所の相談員さん、保健所の保健師さん、新しく福祉サービスの拠点からコーディネーターさんが、わが家に集まった。

カンファレンスのなかで訪問看護師のSさんから、「見通しシート」に沿って今後チャレンジしていきたいことが発表された。それには、「プールに入る、海に入る」「おじいちゃんのお家に帰省する」など、何やら楽しそうな項目がたくさん入っていた。

病院側からは、三男の出産のときに利用できなかったレスパイト入院についても、今後、問題を避けずに向き合っていきたいとの話があった。

保健師さんからは、旅也が利用できそうな「訪問保育士」についての提案があった。

旅也はチームに恵まれていた。病院側も、退院したらおしまいではなく、病院の外まで先生や医療スタッフが出かけて在宅チームといっしょにサポート体制をつくっている。チームの一人ひとりが私や主人とじっくり話し合い、一つひとつの問題を解決して次につなげていくという、とても前向きな信頼関係ができ上がっていたこともかなり大きい。

旅也ほど重度の子どもが在宅で生活する例はほとんどないらしい。だから、みんな真剣だった。そして、それにしっかりと応える旅也。死という重くてズシリとしたものが私たちの生活から消えることはないが、まだまだ旅也は生きてくれそうな気がする。そういう前向きな気持ちを再確認できるカンファレンスだった。

旅也の体調は安定していて、気管切開して声を失ったはずなのに、ケタケタと声をあげて笑うようになった。

「旅ちゃん、何がおかしいの？」

そのうち私たちまでばか笑いになってしまう。

リハビリの成果も出て、しっかりとバウンサーに座れるようになった。夜は長男や三男に囲まれて音楽を聴いたり絵本を見たりと、バウンサーの上で過ごすのが習慣になってきていた。バウンサーは揺れるのがおもしろいのか、手足を動かしながら、ときには体操選手のように全身できれいな90度を作っていることもあった。

旅也、2歳になる！

2014年8月9日

8月9日のお誕生日までは、毎日が楽しいカウントダウンだった。7月下旬に風邪を引いて1週間入院するハプニングがあったが、退院後の調子はすこぶるよかった。初めて口にしたフルーツのグミキャンディーをとても気に入り、歯茎で噛んで離さなかったり、ケタケタと声を出して笑ったり、生きる力に溢れていた。

大嫌いな週2回のカニューレ交換も、交換後に一瞬泣くもすぐに泣き止み、私に抱っこされていると落ち着いていた。一日2回の離乳食も次第に離乳食ではなくなってきて、ササミチーズカツフライなど、家族と同じごはんをペースト状にしたものを胃ろうから摂取し、しっかりと消化していた。

お誕生日の前日には体重がようやく5000gになり、一時のマイナスを取り戻していた。私はお誕生日パーティーのため、三〇人分ほどの食材と格闘しながら準備を進めた。

当日は、台風が近づいていたものの外は小雨だった。窓の外には、植えた朝顔の葉にやさしい雨が降りそそぎ、緑がきれいに映えていた。朝からバルーンなどの贈り物が届き、旅也のベッドサイドはにぎやかになった。旅也もはりきって起き、目がキラキラしている。みんながやって来る前にさっぱりさせようと、お料理の合間を縫って9時からお風呂に入れた。旅也は準備万端。

お料理も何とか間に合った。チラシ寿司、旅也の好きなコーンスープ、エビフライとタルタルソース、手羽中の甘辛煮、中華風ワカモレ、ポテトサラダ、スイカのフルーツポンチ、オーブンの鉄板サイズのバースデーケーキ。

午前中から近所のお友達、子どもたちがたくさんやって来る。旅也を囲んでごはんを食べ、プレゼントをたくさんもらった。午後からは、医療スタッフが続々とやって来た。バウンサーに乗った旅也はプレゼントをわたされてきょとんとしながらも、チュッチュッと口で音を立てながらプレゼントに見入っていた。2時過ぎになると疲れてきたのか、お客さんのざわめきのなか、バウンサーの上でウトウトしたりとマイペースだった。

夕方から夜にかけてもお客さんは切れ目なく、最後のお客さんが帰ったのが夜の9時だった。私たちもにぎやかな一日を終えてホッとひと息つき、順番にお風呂に入ると眠りについた。旅也もさすがに疲れたのか、一度も起きずに朝の6時まで熟睡だった。

夏の暑い毎日、室温26度くらいを保っていたので私たちは暑くなかったが、常に一生懸命呼吸している旅也にとっては暑く感じることもあるようだった。ちょっと油断すると、熱がこもって体温が上がり、頭に汗をかいている。とはいえ、何もかけずに眠ると手足が冷え切ってしまうことがあるから、注意が必要だ。

起きているときは、バウンサーで過ごしたり、なるべく身体を動かすように気をつけながらの毎日だった。リハビリの先生からも、腹臥位を取ったり、股関節の外転を意識してのストレッチを日常生活に取り入れてほしい、と言われていた。

リハビリが始まってから、先生のアドバイスで運動することを意識していたら、旅也の動きも大きくなっていた。座位で頭を正中に保つこともできるようになってきたし、左右に首を振る仕草が頻繁に見られる。しっかりと、自分の興味のあるものにアプローチする姿も増えていた。

私たち家族も「チーム旅也」の医療スタッフも、旅也の成長発達をしっかりと実感でき、日々のケアのやりがいも感じることができる。いい循環を旅也が生み出してくれているような気がしていた。

8月下旬には、近所のお友達家族とみんなでハンバーガーパーティーをして、その夜に花火大会をした。パチパチときれいな炎を上げる花火に旅也も見入っている。酸素のヘビーユーザーの旅也の近くには、あまり火を近づけないようにと注意しながらも、みんなで夏の終わりの花火を楽しんだ。

子どもたちは旅也もいっしょに何かするのを自然に受け入れている。なかには旅也のことがかわいくて、ずっと横について見ているお姉ちゃんもいる。看護師さんや私たちに質問して、旅也のことを知ろうとする。

「みんなといっしょに」は、私たちにとっても旅也にとっても「ちょっとがんばること」ではあるが、一つのことをやり遂げられたときの満足感はとても大きかった。

9月に入ると、訪問保育がようやく実現した。ベテラン保育士のO先生の、地域の子育て支援の拠点保育園からの訪問だ。手遊び、歌遊び、太鼓などひと通り遊んだ後、O先生に聞かれた。

「旅ちゃんを抱っこしてもいい?」

私は一瞬、返事に詰まった。医療スタッフ以外で、自ら「抱っこしてもいい?」と聞いた人に、これまで会ったことがなかったからだ。私は驚きながらもうれしくて、O先生に旅也を預けた。旅也はなんとなく笑い、穏やかな表情でO先生を見つめていた。

O先生の登場で恩恵を受けたのは、旅也と私だけではなかった。ずり這いを始めた5か月の三男も、O先生が持って来るおもちゃに手を伸ばし、毎回思う存分遊ばせてもらった。

そしてO先生との音楽の時間が楽しかったので、夜になるとバウンサーに旅也を座らせ、その周りに長男と三男が集まり、家中の楽器を持ち出して合奏をした。名づけて「旅也音楽隊」。旅也のお気に入りは「おもちゃのチャチャチャ」。曲が始まると顔をクシャクシャにして笑い、持っているカスタネットを長男のサポートを受けながら鳴らしていた。

旅也、海へ行く

2014年9月13日〜15日

旅也は9月初めに黄色い鼻水や痰が出てヒヤリとさせられたが、長谷川先生の抗生剤による早めの対応で大事には至らなかった。おかげで9月中旬、和歌山の主人の実家に行ける見通しが立った。市内のホテルでのお泊りを無事に終えてから温めていた計画だ。

旅也にとって初めて京都府外に出る。さすがにいつもの病院から離れるのには勇気がいる。それでも、旅也がいるからできないではなく、旅也がいても家族いっしょにいろいろなことにチャレンジしたい、私たちがもともと送っていた〝普通〟の生活がしたい――。それが私と主人の一致した考えだった。

この旅のために、家族だけでの外出を重ねてきた。また、帰省先で万が一のことがあった場合の対応先を、お世話になっている呼吸器の業者さんに手配してもらった。それから、急変時の搬送先の候補をあげ、大学病院の主治医の先生に対応可能かどうか問い合わせてもらった。さらに先生には、急変が起こった場所に最寄りの病院で対応してもらえるよう、宛名を空欄にした紹介状も準備してもらった。

車に積み込んだ酸素ボンベは400ℓが7本。多すぎる気はしたが、何かあってボンベが足りないでは話にならない。また吸引器パワースマイルも、故障したときに備えてもう一台自費で購入した。低圧持続吸引器の乾電池は予備の予備まで準備し、いつもベッドのマットレスの上に敷いている涼風マットの〝そよ〟も積み込む。旅也の大量の荷物に加えて、三男の着替えやオムツもまだまだたくさん必要だったので、車は荷物で後部の視界が悪くなるほどだった。

主人の実家までドアツードアで2時間。幸い、三男は出発後すぐに眠った。途中、パーキングエリアで休憩し、旅也の体位変換をする。チャイルドシートの足の部分の片側に、タオルなどを挟み込むことでも圧が分散されるので、1〜2時間ごとにそうして体位変換をすると楽に移動できる、とリハビリの先生から聞いていた。しかし、チャイルドシートは、どうしても熱がこもってしまう。アイスノンなどを多用し、旅也の表情を見ながら微調整を続けた。

無事に主人の実家に着いて旅也を定位置に寝かせ、医療機器のセッティングが終わるとホッとした。主人の実家には現地の業者さんから、酸素濃縮器と予備のボンベがきちんと届いていた。

主人の実家に滞在中、旅也はいとこたちとも再会し、にぎやかな食卓に参加した。終始ご機嫌で、調子もよかった。主人の両親が退職してから始めた畑にも出かけた。まだまだ夏の日差しが続いていて、旅也にとっては暑過ぎるかと心配したが、主人の両親が大切に育てているいちじくをもぎ取って味わったり、さつまいも掘りに参加したり、畑を飛び交うバッタと記念撮影をした。旅也が〝普通〟にそこにいることがとても不思議な気がしたが、ここまで成長して私たちといっしょに夏の思い出をつくれることが、とてもありがたかった。

そして、主人と私は、念願だった海を旅也に見せることができた。空も海も真っ青が続くお天気のなか、私たちは海岸につけた車から旅也を降ろしてバギーに乗せ、ビーチに下りた。私が旅也を抱っこし、三男をおんぶしている主人が呼吸器とボンベを抱えた。旅也は太陽の光が眩しくて目をキューッとつむり、身体もキューッと小さくして私に抱かれていた。

旅也の足をちょんと水につけ、海から上がった。

「旅ちゃん、海に来れてよかったなぁ!」

マイペースに貝を拾っていた長男もうれしそうだった。主人の背中の三男は、何の騒ぎか分からないまま、いつものようにおりこうにしていた。

旅也との旅はものすごくエネルギーが必要だが、無事に家に帰ってくると、大きな達成感が待っている。そして、次の目標が見えてくる。こうして私たちは、旅也といっしょにどんどん自由になる。それがたまらなくうれしい。

秋の訪れと安定しない体調

2014年9月下旬～10月

秋の訪れとともに、旅也はなんとなく体調が不安定になってきた。

感染症の季節はもう少し先だというのに、心拍数が高い。熱を計ると発熱していた。座薬を使いながら家で様子を見るも、熱が下がらず受診。すると、「尿路感染」にかかっていて、1週間ほど入院した。退院してもすぐにまた熱が続く。こうして旅也はこの時期ぐずついていた。

生後間もない三男のこともあり、なるべく入院は避けたいと思ったが、その見極めが難しかった。往診の長谷川先生は、感染症の疑いがあると抗生剤などで早め早めに対応し、私も家で可能なことはいろいろなことを試してみた。

この頃には、旅也の食事も私たちと同じものをペースト状にすればよいと分かってきていたので、風邪の引き始めにリンゴくず湯を作って注入したり、鼻水や痰が多くなり始めたら、塗り薬のヴェポラップを胸に塗ってマッサージしてみたり、抗菌作用の高いアロマオイルを焚いてみたりした。

長男のときにこだわっていた自然療法を旅也にも実践していたのだが、西洋医学に支配されている旅也にどれだけ効果があったのかは分からない。完全に私の自己満足だったかもしれないが、旅也が少しでも不調や不快感から這い上がれるようにと必死だった。

食道閉鎖や鼻のチューブが、旅也の分泌物を増やす原因にもなっているとのことだった。それにしても、鼻水や痰が次々出てくる状態に、「頼むから、止まって！」と心の中で叫ぶこともたびたびだった。痰を出そうとオエオエと嘔吐く旅也は、本当に苦しそうだった。

体調が悪いと、ほぼ数分おきにサチュレーションアラームが鳴る。鳴ったら駆けつけて吸引する。吸引物をためる容器がすぐいっぱいになり、いつもなら1週間に1回程度なのに、ほぼ毎日捨てていた。

体位変換にも気をつけないと、痰が胸のあたりにたまってくる。すると、聴診器にキーキー音や、ゴロゴロ音が鳴り響く。うつぶせ、半側臥位、抱っこでゆらゆらさせるなど、身体をなるべく動かして痰を動かす。これには技術が必要で、訪問看護師さんやリハビリの先生がするのをじっと見ながら体得した。

身体が不調なときに動かされるのは、旅也も苦痛だっただろうが、入院を避けたくて必死だった。旅也も家のほうが好きだというのは伝わっていたから、私は鬼になって吸引をする。体調が悪くなると、こうして一気に臨戦態勢に入るわが家だった。

それでも不安要素が消えず、家では無理かもしれないと感じたら、雨風の中でもたくさんの荷物を積み、長男と三男を連れて夜の大学病院を受診した。救急受診室で採血や感染症のチェック、レントゲンなどの検査をひと通りしてもらう。鼻や喉から分泌物を採るという、旅也にとってかなり苦痛を伴う検査もあるが、急変時を想定して、とりあえず病院の酸素につなぎ替え、私がぴったりと横にいる。旅也が苦痛を感じて呼吸状態が悪くなったときに、すぐに対応するのは自分の仕事だと思っていた。

医療スタッフにとっては、ただでさえ緊張を伴う採血などの処置の際に、張りつめた表情の母親が横にいたら、邪魔な存在でしかなかったかもしれない。それでも私は、旅也から離れることができなかった。簡単な人為的ミスや、「知らなかった」で起きてしまった何度もの修羅場が、私をそうさせていた。

苦痛を伴う処置に対してトリクロを積極的に使うのは、この頃は私たちにも定着していた。あらかじめトリクロを使い、眠りに入ったり意識がはっきりしていない状態で検査や処置をしたほうが、旅也の身体への負荷を確実に減らせる。ＮＩＣＵの茂原先生があきらめずに何度も私たちに伝えたことを、私たちはようやく理解していた。トリクロを上手に使ってきたことで、2歳を超えるところまで生きてこられたと言ってもいいくらい、トリクロは旅也の生活において重要だった。

救急受診をして問題がないと分かると、「家に帰れます」と言われることもあった。再び山盛りの荷物が載ったカートと、疲れて半分眠ったようにしている旅也のバギーを押しながら、うれしくてはしゃぐ長男と、いつも背中にいる三男とともに、私たちは家に帰る。

私たちは、病院の先生たちから揃って言われる次の言葉に救われていた。

「お母さんが、ちょっと変だな、大丈夫かなと思ったら、いつでも受診してもらっていいですよ。お母さんのその感覚が大事ですから」

この頃、もう一つ難しい課題が、家族の中で発生していた。遠方で独居生活を送っていた90歳になる私の父方祖母が、軽度の認知症になっていたのだ。6月に会ったときには気づかなかったが、秋になって、祖母から頻回に電話がかかってくるようになった。1週間に1回程度だったのが、次第に毎日になり、一日に数回かかってくることもあった。

母が亡くなる前は、母が祖母の精神的なキーパソンだった。母が亡くなってからは、なんとなく、私を一番頼りにしているような雰囲気があった。私も最初は、年相応の物忘れだろうと思っていたが、だんだんと認知症に違いないと思うようになってきた。

夕方に長男が保育園から帰り、私は三男をおんぶしながら夕食を作る。そして、たびたび鳴る旅也のアラームに対応しているところに、祖母からの電話がかかってくる。一度出ると、10分や20分ではなかなか切れない。コードレスの子機を耳に当て、旅也の吸引器を操作しながら、背中で泣く三男をなだめるのに身体を揺らす。そうこうしていると長男の「ちゃーちゃん、おなべが！」の声。急いでキッチンに戻って火を止める。それを毎日のようにしていると、だんだん自分が何をしているのか分からなくなってくる。

なんとかしのいではいたが、早く祖母に、しっかりしたサポートが入ることを願う日々だった。

「18トリソミーの子どもたちの写真展IN名古屋」へ

２０１４年10月17日、18日

以前から気になっていた「18トリソミーの子どもたちの写真展」が名古屋に巡回してくることを知って以来、名古屋行きを次の目標にしていた。

写真展を主催するのは、「ＴＥＡＭ18」という18トリソミーの家族チームだ。私はあるお母さんのブログでその存在を知った。２００８年から写真展を開催し、それを機に、家族同士のつながりが広がったそうだ。家族の情報交換の場であり、家族に囲まれて幸せに暮らしている子どもたちや、空に還ってしまったけれど、家族からの愛情をたっぷり受けて、家族の心に生き続けている子どもたちの姿を、医療関係者や一般の人たちに知ってもらう、貴重な場となっている。旅也も写真を出展し、２０１４〜15年シーズンの一員として参加していた。

出発の日の夕方、主人が帰宅すると急いで荷物を積み込み、京都に来ていた名古屋在住の友人をピックアップして、高速道路へと急いだ。秋だから日の入りも早く、6時には暗闇に包まれる。旅也のモニターのライトが、暗い車内で光っている。途中から渋滞にも巻き込まれた。

移動時間が2時間を過ぎると、旅也のサチュレーションモニターのアラームの鳴る頻度が高くなった。酸素を3ℓに増やすも、なんとなく落ち着かない。車での移動中に酸素3ℓとなると、残量が気になって、私も落ち着いていられなくなる。結局、動いている車内で、酸素ボンベを新しいものに取り換えた。

名古屋市内に入ると、友人と運転を交代。おかげで、道に迷うこともなく、写真展会場に到着した。友人の奥さんも駆けつけて、久しぶりの再会を喜んだ。

「旅也、よく来たねー」

奥さんに頭をなでてもらうと、穏やかな表情を見せる旅也だった。

友人夫婦と別れ、ドキドキしながら盛り上がっている懇親会に参加する。入り口付近に、18トリソミーの子どもたちが集まってバギーに乗っていたので、旅也もそこに加わった。

初めは、誰が誰だか分からず、どさくさに紛れていたが、映画「うまれる」（http://www.umareru.jp/）の、虎ちゃんのお父さんに気づいてうれしくなった。虎ちゃんはどこに行ってもヒーローだ。もちろん映画に出ていることもあるが、それ以上に、虎ちゃんのなんともいえないフォトジェニックな表情や雰囲気が、みんなを魅了する。お父さんとお母さんは、しっかりと自分たちの軸足をもって虎ちゃんを育てている。会えてますます、虎ちゃんファミリーが好きになった。

ドタバタとした懇親会への参加だったが、最後の集合写真に納まると、会場を後にして、ホテルにチェックインした。

ホテルに泊まる大きな楽しみが朝ごはんだ。翌日の朝、私たちは朝ごはんを食べにレストランに向かった。旅也はバギーで眠っていたが、大好きなコーンスープも並んでいる。ウエートレスさんにペースト状にできるか聞いてみると快諾。おかゆやお野菜がきれいにペースト状にされて運ばれて来た。サチュレーションを見ながら少しずつ注入していき、旅也のお腹を満たしていく。私たちもしっかり朝ごはんを食べていた。

一人の男性が私たちのテーブルに近づいてきた。

「18トリソミーのお子さんですよね?」

男性はそう声をかけ、まだ半分眠ったままの旅也を見つめている。

「はい、そうです」

返事をしたものの、私たちは次の言葉に迷っていた。

「私のところにも18トリソミーの女の子がいて……。本当は名古屋にいっしょに来る予定だったんですけど……。先日亡くなりました」

私たちは完全に言葉を失ってしまった。

「そうですか……」

なんとなく気まずいまま会話は終わってしまった。

前夜の懇親会でも、わが子が空に還ったというお母さんやお父さんたち何名かと言葉を交わせたが、その場ではとても明るい人が多かった。もちろん、胸の中は深い悲しみや苦しみ、言葉では表現することのできないものが渦巻いていたはずだ。「現役ちゃん」と呼ばれている存命の18トリソミーの子どもたちを前に、どんなにわが子に会いたいと思ったことだろう。けれども、それを胸中に納め、子どもたちがつくってくれた〝縁〟に感謝しながらその場を楽しんでいる、そんな雰囲気があったのだ。

しかし、この男性は、まだ深い悲しみのなかにいて、それを誰にどうやってぶつけていいのか、どうやったら深い悲しみから少しでも這い上がれるのかを探しあぐねているような、とても重いものをかかえていたように見えた。

その後、私たちは写真展会場に向かった。大病院の一角の会場は、風船や飾りできれいにデコレーションされ、たくさんの来場者で熱気が溢れていた。懇親会で会った家族にあいさつしながら旅也のバギーを押して、私は落ち着き場所を探した。

「旅ちゃんの写真あったよー」

長男がうれしそうに報告に来た。たくさんの18トリソミーの子どもたちの写真を見ていろいろなことを想像し、添えられている紹介文を読んで、家族の思いを知った。子どもたちや家族の数だけ、ストーリーがあり、それらは愛情で満たされていた。

帰りは酸素の残量を気にする必要もなく、私は安心して旅也と三男の寝顔を交互に見ながら、主人と「いつか京都でも写真展やりたいねぇ」などと話しながら家をめざした。

奈良親子レスパイトハウス

2014年11月9日

ＮＩＣＵで同期のあおいちゃんのお母さんから、奈良親子レスパイトハウス（http://nara-oyako.org/）にいっしょに行こうと誘われた。

あおいちゃんは旅也より3か月後の11月生まれ。お母さんは普通に妊婦健診を受けていたけれど、病気や障害があることは、生まれるまで分からなかったそうだ。あおいちゃんは、希少な染色体異常のもち主で、同じタイプの子に出会わないほどミラクルな女の子だ。

あおいちゃんのお母さんは、他のお母さんとは話がしにくいＮＩＣＵの雰囲気に、息が詰まりそうだったらしい。ある日偶然、ロッカールームで私といっしょになると、すぐに声をかけられ、質問攻めにあった。話をするなかで、「このお母さんも私と同じような体験をしているんだな」と、ものすごく親近感を覚えるようになった。お兄ちゃん同士が同じ年齢でもあり、きょうだいの問題についても共有することができた。

心臓や気管切開の手術など、あおいちゃんと旅也は同じような試練を乗り越えた。生後6か月で旅也がＧＣＵに移ってからは、長い間、ＮＩＣＵにいるあおいちゃんとガラス戸１枚を隔ててベッドが隣同士だった。そのガラス戸が「限りなく分厚いよねぇ」などと話すこともたびたびだったが、お互い切磋琢磨しながら、家に帰ることをめざしていた。

是が非でも家に連れて帰りたいと考えている私たちがいる一方、あおいちゃんの両親はとても慎重だった。二人ともお家に帰れることが見えてきた頃、病院以外の場所で会えることをお互いに夢見た。そして、感染症でぐずぐずしている旅也の先を越して、まずあおいちゃんが家に帰った。その1か月後にあおいちゃんが踏み固めた道を歩んで、旅也も家に帰ることができた。先は長くないだろうと思われる旅也と、未来のことは未知数のあおいちゃん。いつもよきライバルであり、同志である。

そんなあおいちゃんのお母さんが新聞で見つけた「奈良親子レスパイトハウス」は、東大寺福祉療育病院院長の富和清隆先生が中心となって設立された。難病や重い障害のある子どもと家族が、ボランティアスタッフとともに、おいしい食事をはじめ、さまざまな経験ができるようにプログラムが組まれている。〝普通の場所に普通に行く〟のを大切にしていた私たちだったが、そんなこだわりを一瞬で打ち消すような、すばらしい場所だった。

その日はあいにくの雨模様だったが、奈良公園の敷地に入ると紅葉がすごかった。昔は東大寺の宿坊だった木造の建物が、日帰りレスパイトの拠点となっている。駐車場から縁側を通ってお部屋まで、まったくバリアフリーではない。呼吸器とボンベと低圧持続吸引器がいっしょの旅也は、付き添いで来ていた先生たちを含め、大人四名で運ばれた。バリアフリーではないから、こういう支え合いが生まれるのかもしれない。「御一行様」と名づけられたこのグループワークは、ときに信頼関係が生まれる貴重な体験だ。

お部屋に入ると、あおいちゃんと旅也が横になれるお布団が敷かれ、十分なスペースが確保されていた。私たちは付き添いの主治医の先生、看護師さんたちと、ゆっくり近況を話し合った。二人のお兄ちゃんたちは富和先生に畑に連れて行ってもらい、お昼ごはんの材料の収穫を手伝っている。キッチンからは、ボランティアさんたちが作る昼食のおいしそうな匂いがしていた。

お昼ごはんは圧巻だった。いや、豪華という部類ではない。一つひとつに思いが込められているのがすぐに分かるお料理ばかりだった。お豆のカレー、洋ナシの生ハム巻き、ピクルス、サラダ、じゃがいものポタージュに、地元のお店から提供されたという穴子寿司。どれも美しく盛りつけられておいしそうだった。

みんなでテーブルについて食事が始まる。旅也もミキサーでペースト状にしてもらった。離乳食が始まっていた三男も、ポタージュをおいしそうに食べていた。これまで病院でお世話になっていた先生や看護師さんたちといっしょに時間を過ごせるのもありがたい。私たちをさりげなく迎えてくれたボランティアさんたちも素晴らしかったし、お兄ちゃんたちが富和先生たちに大切にされたのもうれしかった。あおいちゃん家族も私たち家族も、とてもいい時間を過ごすことができた。

昼食後は小雨の中、レスパイトハウスの前の芝生まで、鹿のえさやりに出かけた。鹿せんべいを求めて顔のすぐそばまで鹿が近づいてきたが、旅也は不思議そうにきょとんとしていた。その後、あおいちゃんはお部屋でゆっくりすることになり、旅也は正倉院に向かった。人はたくさんいるのに、なぜか静かな時間だった。正倉院の前で記念撮影をすると、このときは満面の笑みで写真に納まる旅也だった。

お別れの時間が来て、みんなで集合写真を撮る。お土産に穴子寿司まで。また「御一行様」で旅也を車に乗せ、それぞれが帰路についた。

楽しかった一日が終わる頃、旅也はベッドの上でとても穏やかな表情をしていた。ここ1～2か月、体調不良でヒヤリとすることがあったが、ようやく安定してきたのだろうか。

旅也2歳3か月バースデーは、本当に素敵な一日だった。

感染、感染、感染

2014年11月中旬〜12月中旬

冬の初め、家族が順番に引いていた風邪が、最後に旅也にうつってしまった。黄色くドロッとした痰や鼻水がとめどもなく出てくる状態が続く。こうなると、どうしても詰まってしまうのが、鼻から入れている低圧持続吸引チューブだ。入れたままの洗浄は難しくなり、新しいチューブを入れ直す必要がある。

家で行う処置で旅也が一番嫌いなのが、このチューブを入れる作業だ。酸素を5ℓマックスで流し、サチュレーションを維持しながら格闘する。負担が大きすぎると感じるときは、前もってトリクロを使っていた。

風邪を引いたときは分泌物も多いので、一日50ccくらいは水分を多めに摂るようにとの主治医のアドバイスもあり、風邪の症状によさそうな蓮根くず湯などを注入する。体温調整も難しく、手足が冷えないように靴下を2枚履かせたり、湯たんぽを入れたりした。

この時期、旅也はお風呂上がりの急激な温度変化に、とても敏感に反応していた。ある日、お風呂上りに大泣きしたことから訪問看護師さんと話し合い、いろいろ工夫をしてみた。着替えをするベッド上に小型のヒーターを置いて温め、お風呂上りに旅也の身体を包むバスタオルや着替えも、あらかじめベッドサイドのオイルヒーターの上にかけて温めた。

お風呂から上がり、旅也は暖かいベッド上で温かいバスタオルに包まれる。まさにＶＩＰの入浴。このプロセスを踏むと、旅也も機嫌よくお風呂上がりの時間を過ごすことができた。旅也が穏やかに過ごせることが何よりも最優先だったので、冬の間はこの入浴方法を実施した。

旅也の風邪がなんとなく落ち着いてきたと思ったら、今度は三男が発熱した。「ヒブ」か「肺炎球菌」の疑いがあった。旅也にうつさないために隔離したいところだったが、何しろ昼間は私一人なので、二人が目の届く範囲にいる必要があった。長谷川先生は予防的処置として、旅也に抗生剤を処方した。抗菌作用のある空気清浄器をつけていても、感染症にかかるときはかかるだろう。ひたすら見えない敵とたたかう、感染症の季節だった。


一方この頃、心臓病の子どもたちのための週2回のデイケア「パンダ園」の見学に、旅也といっしょに行くことができた。春の入園を視野に入れていたのだ。

パンダ園を知ったのは、旅也を産む前だった。切迫早産で大学病院に入院していた私は、患者さんたちがいなくなり静かになった小児科のチラシラックの中に、かわいらしいパンダのイラストが載ったパンダ園のパンフレットを見つけた。「心臓病の子どもを守る京都父母の会」によって運営されているという。その頃、旅也は心臓に疾患があることは確実だったので、「こんなところがあるんだぁ」と大切に病室に持ち帰ったのだった。

旅也が18トリソミーだと分かり、その命が長くないことを知った私は、パンダ園のことをすっかり頭から消していた。旅也がお家に帰り、家族とたくさん外出できるようになってきた頃、それがよみがえってきた。近所に住む呼吸器をつけた6歳のお兄ちゃんも、パンダ園に通っていたことがある。そのお兄ちゃんとお母さんがつくった道があったから、小さな旅也もパンダ園の先生たちに受け入れられた。

「ぜひ一度、見学にいらしてください」

問い合わせた電話に、代表の佐原先生の言葉は温かかった。

パンダ園の先生や子どもたち、お母さんたちの歓迎も、とてもとても、温かいものだった。子どもたちは興味深そうに旅也の顔を覗き込む。その雰囲気は言葉に表現することが惜しくなるほどの愛情とやさしさに溢れていて、私は心の底から感動した。

想像はしていたが、旅也はパンダ園の子どもたちのなかで、見るからに最重度だった。常時、呼吸器といっしょに生活している子はいない。気管切開している子は目に入ったが、呼吸器が常に必要なわけではなさそうだし、みんな動き回れていた。

お母さんたちに話を聞くと、何度も手術をするなど、生と死の間をさまよったことのある子も多かった。心臓だから外見では分からないけれど、みんなそれぞれ大変な思いをしているのだと知った。

旅也は、始めは不思議そうにキョロキョロしていたが、歌遊びでは笑顔を見せていい表情だった。女の子が旅也の手を握っていっしょに楽しんでいる。その様子がとてもうれしかった。歌が終わる頃にウトウトと入眠し、私たちは春になったら入園したい旨を伝えて、パンダ園を後にした。

旅也ほど重度の子どもを受け入れるのは、勇気がいることだと思う。どうやって旅也を子どもたちの活動に入れるのか、見当がつかないかもしれない。でも、10ある活動の1でも0・5でも、旅也が参加できれば意義がある。歌遊びの笑顔がそれを証明しているような気がした。同じくらいの年齢の子どもたちと関わり、しっかり社会に出てほしい。春の入園を楽しみに待つことにした。

そして、クリスマス。今年のクリスマスは昨年よりもさらに楽しいことがたくさん待っていた。夜に植物園のイルミネーションを見に行ったり、お友達とのクリスマスパーティーにも何度か参加することができた。

旅也は、クリスマスプレゼントにキーボードをもらった。クリスマスの朝、兄が包みを開けると、黄緑と黒色のカシオのキーボードが出てきた。旅也を座位にさせ、早速、弾いてみる。不思議そうな表情をしていた旅也だったが、ＢＧＭをかけるとうれしそうに、手を持ってくれる兄といっしょにキーボードを弾いていた。

最近、音楽に興味をもち始めた旅也なので、「旅也音楽隊」に一つ楽器が加わって、充実してきた。少しずつでもいいから、旅也が自分の手や指を動かして、弾けるようになる日が来るだろうか。そのためには、座位保持椅子や、キーボードを安定して置ける、高さの合った台など、環境を整えなくては。また新しい目標ができてきた。

新しい年がやってくる

２０１５年１月

２０１５年の新年は主人の実家で迎えた。

おじいちゃん、おばあちゃん、主人の姉一家と私たちで、お正月のお料理を囲む。旅也もしっかり、おばあちゃんのおせち料理を味わった。普段は家事、子育て、旅也のケアにてんやわんやの私だが、「ゆっくりしていたらいいよ」との義母の言葉に甘えさせてもらった。旅也のケアに集中できるのは、本当にありがたい環境だ。

お年玉の袋を握りしめておもちゃ屋さんに行く長男に、旅也もつき合った。感染症が怖くて普段は人ごみを避け、お店に行くことは滅多にない。でも、駅前のこぢんまりしたおもちゃ屋さんには連れて行ける気がして、おじいちゃんといっしょに出かけた。おもちゃ屋さんという空間に旅也がいることがとてもうれしかった。ほしかったものが手に入り満足顔の長男と、また一つ新しい場所に行くことができた旅也。とてもいい散歩だった。

久々にゆっくりと過ごした三日間が終わり、2日のお昼頃には、再び大荷物をまとめて帰途についた。その道中は大変だった。高速道路の電光掲示板に、雪による通行止めや渋滞情報が次々と表示されていく。京都の大山崎から滋賀の大津までが大渋滞らしい。まさに私たちのルートが含まれていた。

かなり迷ったが、大阪の茨木で高速道路を下りた。何かあっても一般道なら、途中の病院に駆け込むことができるだろう。積んである酸素ボンベは十分。あとは旅也の体位変換をしっかりすることだ。

京都に近づくにつれ、雪であたりが真っ白になってくる。不安のなか、いつもなら2時間の道のりを4時間かけて家にたどり着いた。暗くてはっきりは見えなかったが、近所の家々に積もった雪は初めて見る量で、別世界のような錯覚さえ覚えた。

さらに驚いたのは翌朝だった。一面の銀世界。15～20㎝の積雪は、京都市内で60年ぶりだったらしい。さすがの雪で車がほぼ通らない家の前に、近所の家族が続々と出て来る。大人も子どもも大雪合戦が始まった。キャーキャー言いながら雪合戦をした後は、大きな雪だるまやソリ山を作って遊んだ。

旅也も調子がよかったので、バギーの中に毛布で包み、湯たんぽも入れ、呼吸器の回路もブランケットで温めながら外へ出た。1時間と少し、みんなの雪遊びに参加。さすがに、写真撮影では寒そうな表情が見られたが、アラームをほとんど鳴らすことなく、みんなの輪に入っていた。

こうして旅也の新しい年が始まった。寒い冬でも家族での外出は、できそうなタイミングで積極的にした。長男の「サッカーしたい！」というリクエストに、家族全員で広い公園まで出かけ、長男のサッカー練習に三男や旅也もつき合った。公園までの砂利道をバギーで通ると、旅也はガタガタするのが面白いのか、ずっと笑っていた。温かいブランケットに包まれて、幸せそうで穏やかな表情だった。

三男の保育園問題勃発！

２０１５年２月

年が明けてから、新年度に向けての準備が本格化してきた。春には、三人の子どもたちがそれぞれ新しい生活を始める予定だ。長男は小学校に入学する。旅也もパンダ園への入園を考えていた。そのために、新しいヘルパーステーション「ＮＰＯ法人み・らいず」が、サービスに入ることになった。

三男は、長男が通った保育園に入園する予定だった。しかし、落とし穴が待っていた。２月３日に担当の区役所から電話があった。

「三男さんの○○保育園の入園は、申し訳ないのですが、無理そうです」

私は耳を疑い、うろたえた。

「いや、無理だと困るんです。あ、あの、一度家に来てもらって、うちの状況を見てもらえたらと思うのですが……」

「はい、おっしゃることは分かるのですが……、今年から制度が変わったので、特例は厳しいかと思います」

京都市ではこの年から、点数制で保育園入園の可否が決まることになっていた。旅也がNICUを退院し、在宅に戻る際、私は医療法人の常勤の仕事を退職していた。だから、長男の保育園の利用理由は「家族の介護・看護」の枠に変わった。

新しい点数制で、常勤の自宅外勤務は40点、私が当てはまる「身体障害者手帳1・2級の交付を受けている親族を介護又は看護している」は35点だった。その他、主人の通勤時間が1時間以上、小学生以下の子どもが三人以上いるなどの数点を加算しても、40点には届かなかった。

園児の入園に関して、これまでは保育園にある程度の裁量があったが、点数制の実施で、保育園には決定権が一切ないという。保育園の主任の先生も困惑していた。

「お母さん、すみません。私たちで何とかできたらいいのですが、来年度の入園からは一切無理そうで……。お母さんのところの状況を知っているのに、心苦しいのだけど……」

三男の入園が難しくなっているのは、その保育園が駅前の立地であることも影響していた。わが家から最寄りで、大人の足だと5分もかからない保育園だが、とても人気があって、定員がすぐに埋まる。そのため、地元に住む子どもたちがわざわざ遠い保育園に通い、他の地域の子どもたちが、保護者の通勤途中に電車を途中下車して通う、というおかしな状況も生まれていた。

しかし、三男が春から保育園に通えないとなると、旅也と三男を私一人で同時に連れ出すことは無理なので、1歳という歩き始める時期に三男が家の外に出られるのは、主人がいる週末、もしくは訪問看護師さんがいる平日の1時間ほどに限られてしまう。いまも旅也のお風呂やカニューレ交換の際は、動き回っていて危険な三男をおんぶしている。それをずっと続けなくてはならないのか……。私は暗澹とした気持ちになった。

仕事から帰ってきた主人と相談し、「上申書」を書いて、区役所に提出することにした。また、訪問看護ステーションと往診の先生にも、客観的な視点に立った意見書を依頼した。

主人はインターネットで自治体のホームページなどを検索した。東京都江東区では、「全介護を必要とする者を介護する場合」と「月二〇日以上、一日8時間以上の居宅外就労」を同じ点数で扱っていた。

私たちは上申書に、旅也が生まれてからの経過とともに、旅也のケアの内容、ケアが24時間にわたること、両親が睡眠を3～4時間連続でとれることは週に一、二日しかないこと、旅也は感染症にかかりやすく、一度かかると重症化しやすいため、入院がたびたび必要なこと、心臓機能障害、呼吸器機能障害、18トリソミーによる体幹機能障害と1級に該当するものが3項目あり、特段の事情として考慮してほしいこと、訪問看護師さんの夕方1時間の訪問を利用してのお迎えになり、また、旅也の急変時にすぐ駆けつけることができるように、自宅の最寄りの保育園を希望すること、などを記載した。江東区の例も盛り込んだ。

訪問看護ステーションと長谷川先生の意見書も添え、主人が区役所に提出。私たちは、指数表の一番下に1行だけ記された「その他：保護者、世帯又は申し込み児童の状況から、福祉事務所長が特に保育が必要であると認めるもの」というあいまいな枠に希望を託すしかなかった。

三男の入園許可が出たのは3月に入ってからだった。「藤井さんのところが保育園に入れなかったら、（点数制の弊害として）問題になると思う」との指摘が、同じ区役所内の福祉課の相談員さんからあったようだった。旅也と家族の状況を何度も見ていた相談員さんだからこそだと思うとありがたかった。

保育園の問題は、障害や病気をかかえた家族だけの問題ではなく、社会問題となっている。医療的ケアを必要としながら自宅に帰る子どもたちが増えてきた現在、行政には個々のケースやニーズをじっくり見極めてほしい。24時間医療的ケアが必要な子どもをかかえ、体力の限界を感じながら必死に子育てをし、必要なサポートを求める声をあげることのできないお母さん、お父さんたちに目が向けられ、しっかり支える仕組みができていくことを願う。

きょうだいはもちろん、医療的ケアを必要とする子どもたちも当たり前に保育園に入ることができ、お母さんやお父さんたちが望めば、自分のキャリアを捨てることなく、仕事を続けることができる社会になってほしいと切に願うとともに、自分にもこの仕組みづくりに関わっていく責任があると感じている。

「パンダ園」への入園

2015年3月〜4月

旅也の風邪の症状は、3月中旬までぐずぐずと続いた。「急性上気道炎」により、アデノウイルスで別の基幹病院への1年ぶり、五日間の入院もあったが、なんとか長男の卒園の頃には、体調も落ち着いてきた。

3月28日、長男は6年間通った保育園を卒園した。その間を振り返ると、私は先生たちに感謝してもしきれない思いだった。

その1週間後の4月4日には、三男の入園式が同じ場所であった。入園からすぐに慣らし保育が始まり、保育園の先生と訪問看護師さんたちの細やかな調整で、三男は無事に保育園に通うことができるようになった。

4月8日には、長男の小学校入学式が、春の嵐の中であった。緊張しすぎてすっかりハイテンションだったが、少しずつ小学校に慣れていくだろう。

そして、4月10日、旅也のパンダ園の入園式があった。

この日のために、大阪を拠点とするヘルパーステーション「NPO法人み・らいず」と、その京都支部「と・らいず」の支援を受け、旅也が自費ではなく、制度の中でパンダ園に通えるように、区役所の相談員さんと相談していた。

パンダ園は、火曜日と金曜日の週2回、それぞれ午前中の保育だが、それに定期的に通うための移動支援サービスとして、現状の制度では、ヘルパーを利用できない、という問題に直面していた。移動支援サービスは、人工呼吸器を使用している子どもへの適用が想定されておらず、病院への不定期の付き添いなどには問題がないものの、デイケア施設などへの定期的な付き添いは対象外だった。

相談の結果、旅也は母親一人での移動・移乗が無理なため、イレギュラーで、ヘルパー付き添いによる「通年、定期」での通園許可が出た。

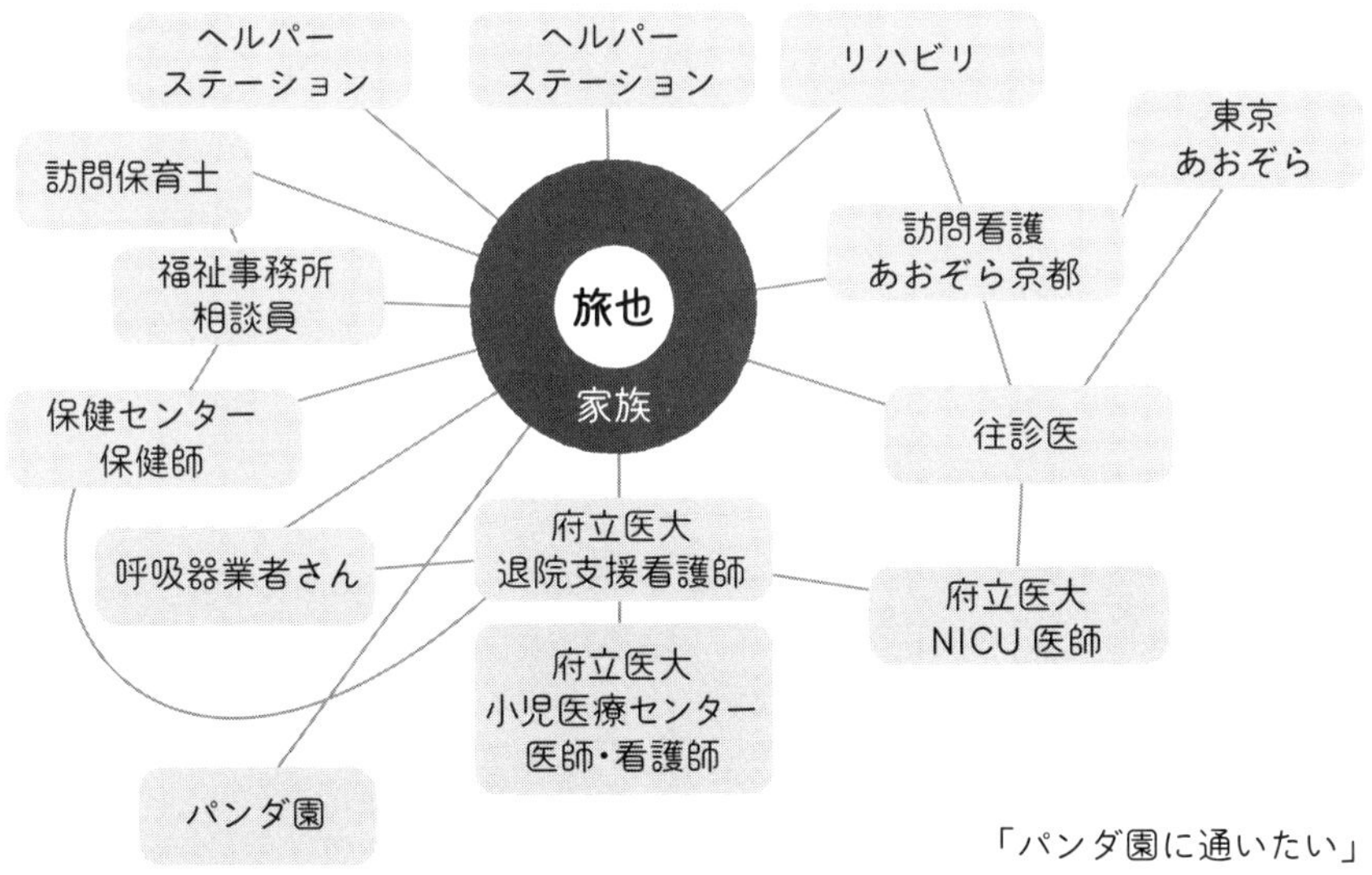

「パンダ園に通いたい」

「み・らいず」にとっても、旅也ほど重度で医療的ケアが必要な子どものサポートは初めてだという。スタッフも若く、どんどん新しいものを吸収していこうという勢いが感じられた。また、体調の都合などで通園しない日は、自宅での入浴介助など、身体介助に入ることになった。

入園式の朝、私と主人と二名のヘルパーさんで旅也を連れてパンダ園に出発した。パンダ園は窓辺の「入園おめでとう」の飾りが目を引き、その下に赤やピンクのお花がかわいらしく咲いた小さな鉢がたくさん並んでいた。その横には、パンダのマスコットつきの黄色いカバンが、新入園児の人数分かわいらしく並んでいる。いずれもパンダ園のボランティアさんの手作りだという。壁のお誕生日紹介カードにも「ふじいたびやくん　8月9日」とあった。

園長先生と佐原先生のお話の後、黄色いカバンが一人ひとりにわたされた。旅也も受け取り、首にかける。旅也がパンダ園のお友達の中にしっかり入れたうれしさが込み上げてきた。その後、歌遊びや手遊びがあった。

入園式が終わると、長年、パンダ園で大活躍のキッチンボランティアさんたちによる、おいしいごはんが待っていた。旅也のごはんもミキサーにかけてもらう。このミキサーかけは今後、ヘルパーさんの作業になる予定だ。

パンダ園に通う楽しみの一つは、このおいしいお昼ごはんだった。先生たちの愛情溢れるやさしさに加え、さりげなく、でも信念をもってパンダ園を支えている多くのボランティアさんの存在が、パンダ園を幸せ溢れる場所にしていた。いつ行っても温かい。いつ行っても誰かに笑顔で迎え入れられる。いつ行ってもおいしいごはんやおやつがある。そんな場所に定期的に通えることが、本当にありがたいと思った。

忙しい春の日々は、こうしてうれしい行事とともに過ぎて行った。旅也を連れて、お花見にも2回行った。一度は、家族だけで、競技場の桜を見に行った。はりきってサッカーをする長男を横目に、桜の木の下に旅也のバギーを止めた。旅也は上から降ってくる桜の花びらに手を伸ばす。歯茎を見せながらうれしそうな笑顔で、何度も何度も桜の花びらが舞う空に手を伸ばしていた。

行ったり来たり

2015年5月

春先の行事続きの疲れが出たのか、5月に入ると私がまず、38度の熱でダウンしてしまった。近くの内科を受診すると「溶連菌」にかかっていることが分かった。嫌な感じの悪寒に襲われる。「旅也にうつしてしまったら、どうしよう」と、そればかりが心配だ。

三男にも感染しているかと思われたが、小児科に行くと陰性だった。旅也に熱が出たら要注意と思っていたら、数日後、発熱してきた。すぐに受診すると溶連菌はマイナスだったものの、炎症値が6・72と高かったため、即入院となった。

ゴールデンウイークを病院で過ごし、生後一〇〇〇日記念の子どもの日に無事退院できたが、旅也の溶連菌は時間差でやってきた。退院後すぐに発熱が三日間続いた。長谷川先生は、抗生剤を使っているから溶連菌ではないはず、との見立てだったが、熱がなかなか下がらないので、再び大学病院を受診すると、ばっちり「溶連菌プラス」と出た。どぎついオレンジ色の粉薬を受け取って、家に帰った。

溶連菌騒ぎの合間にも、旅也は体調が少し安定しているすきを狙って、パンダ園の遠足やいちご狩りに参加できた。体調が万全ではないから、いつもポワンと寝ぼけたような感じだったが、パンダ園のお友達や先生たちといっしょに新しい体験をしていた。

そして、食べることには何ら問題がなかったので、遠足のおやつや、いちご狩りのいちごは、しっかりミキサーにかけて味わっていた旅也である。

2歳9か月で体重は5790gと、6kgも視野に入ってきた。

また、旅也の歯がしっかり2本生えてきたことから、訪問歯科のサービスを入れることも検討された。なかなか訪問歯科が決まらないので、私は友人の歯科医の夫婦に、一度、旅也を診てもらうことにした。

「旅也、小さいのにがんばってんなぁ」

友人夫婦は、医療機器に囲まれて生活している旅也に改めてびっくりしながら、頭をなでていた。そして、かわいらしく生えた2本の歯と、口が小さくて上顎が〝海溝〟のようになっている部分の掃除について、アドバイスをもらった。

旅也は食道閉鎖があるから、歯はなかなか生えてこないかと思っていた。あるときレントゲンで見ると、旅也は歯茎の中に、たくさんの歯を隠し持っているようだった。これからたくさん生えてくるだろうか。歯が生え揃ったところも見てみたい。

さらに、旅也がまだまだがんばれそうだということで、新しい呼吸器を試してみようという話も出てきた。新しい呼吸器はフクダ電子の「クリーンエア　アストラル」というもの。

「お母さん、これ旅ちゃんにどうかな？　NICUの徳田先生も、旅ちゃんには試せそうだって言ってたんです。旅ちゃんのところ、お出かけも多いし……」

世界最軽量の3・2kg。呼吸器業者のMさんが、ビジネス鞄のようなものに入れて持って来たそれは、本当にコンパクトだった。

「これだったら、山、行けますね！」

「うんうん、行けるかもしれない」

また夢みたいな話をしてしまう。でも、旅也が最新式の呼吸器の乗り換えにチャレンジできるくらい、まだ、未来への希望があるということは、単純にうれしかった。

よし、この「アストラル」にしっかり乗り換えて、山登りにチャレンジしよう。私と主人は、またおぼろげながらに、次の目標を描き始めた。

検査入院からの入院、入院、また入院

2015年初夏

5月末の検査入院は、新しい呼吸器「アストラル」に乗り換える予定で、二泊三日の日程だった。一日目は、小児外科の先生に胃ろうボタンを、ペースト食を注入しやすいタイプに交換してもらった。きれいな胃ろうボタンでごはんを食べ、夜は旅也といっしょにゆっくり眠った。

二日目は、呼吸器「アストラル」に乗り換える。乗り換えるとすぐに酸素が絞れることが分かり、うまくいきそうだと、先生や看護師さんたちと喜んだ。しかし、その後の耳鼻科の検診で、旅也は鼻の中にファイバースコープを突っ込まれて大泣きし、さらに気管切開部も泣きながら診察され、かなりのダメージを受けてしまった。

そして三日目の朝、「今日はお家に帰ろうね」と話しかけながら旅也のおでこを触ると、熱がある。「このままでは、退院は無理」と主治医から言われ、感染部屋に移って退院は流れてしまった。

この検査入院から、その後、誰も予想しなかった展開となってしまう。すぐに治ると思っていた肺炎が、なかなか治らなかったのだ。旅也の炎症値は上がったり下がったりで、下がったと思って退院しても、数日後に家で熱が出る、ということを繰り返した。私たちは、旅也の状態に一喜一憂しながら、病院と自宅を何度も行ったり来たりした。

旅也の入院が続くと、家族全体の生活が変わってくる。旅也の入院中、小学校に入学したてで、新生活に戸惑っている長男と、よちよち歩きを始めた三男は、家で待っていた。

長男は、新生活への不安をかかえるこの時期、母親と離ればなれになるのがつらいようで、それを少しでも軽減するために、「交換日記」をつけることにした。病院の1階のコンビニで自由帳を2冊買って、長男と私が1冊ずつ持ち、それぞれ毎日のことを文章や絵にして、次に会うときに交換する。私も旅也のそばにいながらも、長男に気持ちを込めて交換日記を書く時間が楽しかったし、長男も小学校で習ったばかりのたどたどしいひらがなで、いろいろなことを書いていた。

一方、三男は、旅也の入退院が続き、私と離れている間に自然と卒乳していた。旅也がいつ入院しても生きていけるように、三男は生まれたときから混合乳にしていたから、それでたくましく育っていたが、母乳に対して何の執着もないのには、それはそれで切なかった。

また、長期の入院が続くと家庭が回らないので、主人の母に、片道2時間かけて何度も来てもらっていたが、母も疲れが出て体調を崩すなど、家はギリギリのラインで回っていた。ファミリーサポートも利用して何とかしのいでいたものの、旅也の入院が決まるたびに心が折れそうだった。

旅也の体調はアップダウンを繰り返していた。ベースは肺炎だったが、薬が効いて炎症値が下がってくると、酸素が絞れて、笑顔も多く見られた。エコー検査でも、心臓の動きは悪くないと、何度も言われていた。NICU時代に主治医だった茂原先生にも励まされた。

「そこまで重症じゃない。旅ちゃんは、3歳を迎えられると思うよ」

3歳の壁は分厚く高いけれど、しっかり治すことができれば、私も超えられるような気がしていた。調子がよくなるとごはんもしっかり入り、体重も6kgを超えていた。

しかし、3回目の入院中だった7月10日頃、事態はそんなに甘くないという状況になってしまった。酸素6ℓを流しても、サチュレーションの下限を維持できない状態になったので、徳田先生もシビアさを実感したようだ。呼吸器の設定を再び上げ、強めの抗生剤を使って、今回はしっかり治してから家に帰る、という方向で先生と意見が一致した。

食事もしばらく絶食となった。ドクターサイドから病院の呼吸器に乗り換えることも提案されたが、そうなると退院も遠のく。月単位での入院になるだろうとのことだった。旅也には楽になってほしい。でも、月単位の入院では、家族が機能しない。旅也もストレスがたまるだろう。何がよいのか、だんだん分からなくなってきた。

混乱と不安の気持ちをかかえながら過ごすなか、さらにショックなことが起きた。ある日、少し旅也が落ち着いていたので、看護師さんに見守りを頼み、私は病棟内のシャワーを浴びに行った。病室に戻ると、旅也が真っ青な顔をして、サチュレーションが30台になっていた。すぐにドクターが駆けつけ、総出で痰吸引とバギングを繰り返したが、サチュレーションが70台に戻るのに、1時間以上もかかってしまった。

原因は分からなかった。このエピソードで私はますますナーバスになり、旅也の元を離れられなくなってしまった。

さらに、旅也のオムツ替えの際、あばら骨やお尻の骨が少し出てきているのにも気づき、それがさらに私を苦しめた。

試練は続いた。7月17日の午後、先延ばしになっていたカニューレ交換をすることになった。しかし、首の部分の伸展には気を配ったはずなのに、旅也が痩せたことが原因なのか、気管切開部の周りの皮が、グニャッとカニューレを巻き込んでしまう感じになり、まったくスムーズに入らない。急いで緊急用に準備していた、カフなしの一つ小さいサイズのカニューレを挿入したが、サチュレーションも50台までダウンし、チアノーゼがかなり進んでしまった。

私からトリクロを入れることを提案し、看護師さんが急いで持って来たものの、青紫色の顔で泣いている旅也を見て、私もぼろぼろと泣いてしまった。なぜ、つらく痛いことを、旅也はこの小さな身体で何度も経験しなくてはならないのか。こんなになってまで、まだ試練を与えられなくてはならないのか。涙が次から次に出てきて、止められなくなってしまった。

しかし、カフなしの小さめのカニューレでは、抜けるリスクや、リークのリスクもあり、いつものカフ付きカニューレを挿入する必要があった。トリクロが効いてきた1時間後に再チャレンジし、このときも気管切開部がきれいな穴にはならず、グネグネッとした鈍い感覚があったが、「旅也、ごめん!!」と心の中で謝りながら、少し力を込めて挿入した。

カニューレ交換が終わった後、NICUの徳田先生から提案があった。

「お母さん、旅ちゃん、アラームが鳴っていることも多いし、もっと看護師さんたちの近くで過ごせるように、観察室に移るのはどう?」

観察室は、状態が一番シビアな子が入る部屋という印象が拭えなかった。何人かの旅也のお友達が観察室で亡くなっている。

「夜も音で寝れないし、プライベート感がまったくないので嫌です。この部屋のほうが私も旅也も落ち着くし、何かあったら呼びますし……」

私は、徳田先生の目も見ずに返事をした。徳田先生は私の意見を受け入れたが、カニューレ交換に続き、かなり気持ちが張りつめていた私に、カンファレンスの提案をした。

「お母さんの話を一度聞かせてもらおうかな」

旅也の元を離れるのはかなり不安だった。しかしこの状態では、旅也がもうダメだと判断されたときに備えての話し合いになるのかもしれない。そんな話は旅也の前ではできないと思い、用意されたカンファレンスルームに行った。

カンファレンスには徳田先生、病棟の主治医、看護師長さんが来ていた。始めに、私の気持ちを聞かせてほしいと求められた。

「いま、すごくつらい。痩せてきて、しんどそうにしている旅也を見るのもつらいし、この先に次の手があったらいいけれど、もう打てる手がないのだと感じるので、それがつらい。家に残して来ている二人の子どもたちも、放ったらかしだし、それもつらい……」

不安と緊張で気持ちが高ぶっていたこともあって、始めから涙がボロボロ出てきた。そして話し終わった後、ドクターサイドから「次の一手」の提案がないことも、私をつらくさせた。「次の一手」がないのなら、家族がバラバラのまま病院で過ごすことに、あまり意味を感じられない。

「旅也は家の子です。旅也のケアのすべてを病院にマネージされるのは、私は嫌です」

私は、言ってはいけないことまで口走ってしまった。旅也がよくなることをあきらめているわけではない。でも、よくなる兆候がまったく見えず、次の一手もないのなら、お家に連れて帰って、少しでも家族みんなでいい時間を過ごしたい。決して認めたくはないけれど、近い将来、旅也とお別れしなくてはならないかもしれないという現実が、うねうねと近づいてきているような感じがした。

薄々とは気づいていた。4年前に母ががんを患い、半年の闘病生活の末に亡くなったときも、私はがんや看取りについてのたくさんの本を読み、知識武装することで自分を保っていたし、やがて訪れるだろう母の死を、そうして受け止めようとしていた。

『看取りのとき』(アスキー新書、2009年)という本に、人が亡くなる前の兆候について、10項目ほど説明されていた。

「人は亡くなる前、寝ている時間が長くなる」

「人は亡くなる前、食べる量が減っていき痩せていくこと多い」

「人は亡くなる前、体温調整が難しくなってくる」

印象に残っているこれら3項目が、すでに旅也に当てはまっていることも分かっていた。母が亡くなる前と同じように、旅也も寝ている時間が増え、笑顔が以前より減ってしまい、食べるものもカロリーが高いとお腹に入らず、いつも頭部のアイスノンは外せなかったはずなのに嫌がるときがあり、ホットパックで手足を温めないと血液が循環しにくい……。

自分の顔から、いつの間にか笑顔が消えつつあるのも自覚していた。ベッドサイドに座り、ボーっと旅也を見つめながら、途方にくれていた。こんな状態では旅也に向き合えないな、と弱い自分も出てきた。

ドクター、看護師さんたちとは、旅也がしんどくなってきたら、積極的にトリクロは使い、なるべく楽に過ごせるようにすることで一致した。どのタイミングでトリクロを使うのかは、普段、旅也のケアをしてきた私と主人が決めることになったが、そのあたりで医療サイドとの意識共有があいまいなままになってしまっていた。

週末は主人と交代したが、主人の中でも、トリクロをすぐ使うことへのためらいがあったようだ。その夕方、長男と三男を連れて病院に行く。主人のお弁当や旅也が食べられるものを届け、少し旅也の顔を見ると、気持ちが落ち着いた。

次の日も主人は、一喜一憂しながらケアにあたっていた。私も自宅で、長男と三男の世話をしながら、旅也の洗濯物を洗い、再び病院に持って行くものを揃え、せめてお腹においしいものを入れたいと、お野菜のスープやリンゴくず湯を必死で作っていた。

日曜日の7月19日の夕方、疲れ果てた主人と交代。少し気持ちを入れ替えることができたので、しっかり集中しながら、旅也のケアにあたった。サチュレーションが落ちないように、ごはんを入れたり、体位変換やマッサージクッションを使って吸引をしたり……。旅也も起きているときは、私の働きかけにしっかり反応してくれた。わずかながら笑顔も見せる。モニターの数字さえ見なければ、前向きな気持ちにさせてくれる旅也だった。

「家で看取るための退院」

2015年7月20日

昨晩は久しぶりに活気のある旅也を見られたから、今日はまた一つ上向きになってくれるのではないかという期待が朝からあった。少しずつでもいいから、サチュレーションが安定し、穏やかな時間が増えていってほしい。だが現実は、サチュレーションが低い数字をウロウロしたまま上がらない。

低カロリーのごはんなら少しずつ入るようになっていた。朝ごはんは2時間ほどかけて、ゆっくりゆっくり入れた。旅也はなんとなく寝たまま低空飛行を続けていた。朝ごはんに時間をかけた分、お昼ごはんがすぐに運ばれて来た。少しあせりながらも、痩せていく旅也を見るのもつらかったので、栄養が摂れそうなものを選んでミキサーにかけた。ごはんとお豆腐や菜っ葉類。30㎖を2回分までは順調だった。低空飛行とはいえ、ごはん注入後もサチュレーションを落とすことはなかったので、少し安心した。

「旅ちゃん、ごはんを食べて元気になろうな」

と、30㎖の3回目を入れた途端、サチュレーションが急に下がり始めた。60台、50台後半、40台、30台……。目を覚ました旅也の顔色も、みるみる黄色っぽくなっていく。

「あかん!!」

急いで浣腸をする。さらに胃の中の残留物をすべてシリンジで抜いて、一瞬迷ったが、トリクロを入れた。旅也も急な変化に驚いたのか、私に助けを求めるような表情で泣いている。とっさに旅也を抱っこし、ゆらゆらしてなだめようとしたが、サチュレーションは30台のまま上がる様子がまったくない。

担当の看護師さんがやって来た。いまできることはすべて済んでいたので、とりあえずドクターを呼ぶことになった。そこに携帯電話が鳴った。

「ちゃーちゃんー、ザリガニ何匹釣れたか知ってる?」

長男からだ。朝から主人と三男といっしょにザリガニ釣りに行っていたので、うれしい報告をしようとかけてきたのだった。

「12匹だよ……」

「ちょっとお父さんに代わって!!」

報告を続ける長男に言い、代わった主人に叫んだ。

「旅也がサチュレーション30台、40台から戻ってこないから、急いで病院に向かって!!」

その数分後、ドクターたちがドヤドヤと病室に到着したが、もはや、アンビューバックでのサチュレーションの回復は見込めなかった。ただ、いまの旅也はバギングよりも呼吸器に乗っているほうが楽なはずという見方は一致し、サチュレーションが上がってくるのをひたすら待つことになった。

電話から20分ほどたって、主人が病室に入って来たときには、サチュレーションは67まで回復していた。

主人はとりあえず、子どもセンターの玄関で待っている、長男と三男のところへ戻る。

その10分後に、午後はお休みを取っていただろう、病棟の主治医が戻って来た。旅也の状態を見て、もう先はあまり長くないと感じていた私は、主治医に聞いた。

「今日か明日か、ということもありますか?」

「そうですね。その可能性もありますね」

つらそうな答えだった。私はすかさず頼んだ。

「いま、病院にお兄ちゃんが来ているので、後悔しないためにも、旅也と会わせたい」

本当はいろいろな人の許可が必要なプロセスを、祝日で管理職がお休みだったこともあり、主治医は自分の責任で許可したようだった。

「今日、秘密の道を通って来たで。いつもは入ったらあかんのに、なんで今日はいいん？　この部屋は僕が4歳のときに肺炎で入院していた部屋やな」

興奮気味に話す長男。何と言葉をかけたらよいか迷ったが、そのときは旅也がいつもの顔に戻っていたこともあり、長男はうれしそうに、旅也の手を握ってみたり、病室内をウロウロしたりしていた。

久しぶりに家族五人が集まり、なんとなくホッとしつつも、これからどうなるのかと思い始めた頃、徳田先生が病室に駆けつけた。徳田先生もお休みを返上した様子だ。

「ちょっと前に着いてたんだけどねぇ、お兄ちゃんと会ってるって聞いたもんだから……」

その徳田先生に、私はとっさに訴えた。

「先生、家に連れて帰りたい」

一瞬の沈黙があった。徳田先生の目にも涙がうっすら浮かぶ。

「そっかぁ、お母さん。うん、じゃ、いっしょに帰ろうか……」

ゆっくり、はっきりとした答えだった。

これで、旅也の大好きなお家に帰れる。うれしさもひしひし感じたが、一方で、これで治療は終わったのだから、旅也とのお別れが近いことをしっかり受け止めなければいけない、という重いものを、お腹にズシンと感じなくてはならなかった。

「帰るなら早いほうがいい」

そこからは早かった。先生たちは、退院時処方のほか、往診医、訪問看護にコンタクトを取り、私たちは荷物をまとめたり、バギーごと乗れる介護タクシーを予約したりした。さらに、自宅で100％の酸素を流すためには、7ℓまで対応の酸素濃縮器が2台必要だったし、いざというときのための、1400ℓの酸素ボンベの手配も必要だった。呼吸器業者さんに電話をすると「担当者から話は聞いています」と素早い対応だった。

主人は三男をおんぶしながら車に荷物を運び、一度、自宅に帰ると、旅也が帰ってすぐに快適な環境で過ごせるように準備をしていた。

喜んだのは長男だったが、やはり私から、いまの状況を伝えておこうと思った。

「これから帰るのは、旅ちゃんがもうすぐ亡くなってしまいそうだから。お母さんは最期を、家族みんなでいっしょに過ごしたいと思っているから、旅ちゃんを連れて帰るんだよ」

長男は話を聞きながら涙目になっていたが、旅也を連れて帰れるという興奮状態にあったからか、悲しそうな顔をしたのは一瞬だった。

祝日とは思えない速さで準備が進み、旅也の点滴も抜かれた。水分補給は胃ろうからしっかり行うことになった。

午後5時過ぎ、看護師さんたち二名と私で、慎重に旅也をバギーに乗せる。長男は荷物運びを手伝ってくれた。病棟スタッフにお礼を言い、サチュレーションアラームを鳴らしながら、子どもセンターの出口に向かった。

以前、子どもセンターでお世話になった看護師さんに出会った。

「旅也がちょっと厳しいので、お家に連れて帰ります」

「そっかぁ、お母さん……」

私の背中をさすりながら、手を力強く握りしめる。夜中に旅也のベッドサイドにじっとたたずみ、じっと見つめながら、「どうしたら旅ちゃんが一番楽か」をずっと考えていた姿が、私の目に焼きついている。何も聞かずに励まされたことが、とてもありがたくて泣けてきた。

介護タクシーには旅也、長男、徳田先生と私が乗り込んだ。見送りに出て来た病棟のドクター、看護師さんたちにお礼を言う。病棟の主治医から受け取った最後の「退院療養計画書」には、「その他」の欄にやさしい万年筆の文字があった。

「ご家族の時間を大切になさって下さい」

旅也は介護タクシーの中で、穏やかに眠っているように見えた。早く着いてほしいと祈る。長男が乗っていたのは、気持ちがまぎれるという意味でも、とても助かった。

家が見え、止まっている訪問看護師さんの車が目についた。少し険しい表情で担当のSさんが降りて来て、私たちを迎えた。主人の車も、呼吸器業者さんの車もあった。旅也のバギーをゆっくり、ゆっくり、タクシーから降ろし、みんなでバギーごと旅也を家の中に運んだ。

旅也をいつものベッドに移す。旅也は時折、目をうっすら開けて、周囲を確認している。自分のベッドだと、なんとなく感じていたのだろう。表情はとても穏やかだった。

長谷川先生やほかの訪問看護師さんたちも到着。旅也のベッドを囲んで、病院での経緯を報告し、今後の方針が話し合われた。

そこに、帰りに連絡を取っていた、友人であり牧師の古本夫妻も駆けつけた。そして申し送りが一段落したところで、奥さんのみささんが、旅也に手を当ててお祈りを行った。それまで医学用語が飛び交っていたベッドサイドだったが、一同が沈黙のなか、心のこもったお祈りに耳を傾けた。医学を超えたところで、みんなが旅也の平穏を祈っていた。

最後に、急変時の連絡方法を確認した。まず、サチュレーション、心拍が下がってきたら、訪問看護ステーションあおぞら京都さんへ電話を入れる。そこから、往診医の長谷川先生とNICUの徳田先生に連絡を入れる。ただ、家族だけで看取りたいときは、連絡をしないのも選択肢の一つという提案がされ、共有された。

その晩は、NICU時代の主治医の茂原先生、NICUで担当看護師だった樋爪さん、NICU同期のあおいちゃんのお母さんらが、相次いで駆けつけた。サチュレーションのアラーム下限値は60まで下げられ、低い数字ながら、旅也はとても落ち着いていた。

長い一日が終わる頃、旅也に何かあったらすぐに分かるようにと、ベッドの横に布団を敷き、その上に旅也を寝かせ、隣に私が寝ることにした。旅也の穏やかな表情を見ていたら、今晩越せるのかどうかで帰ってきたとは思えなかった。

ただ、お別れが遠くはないという実感もあったので、うつぶせにした旅也の背中をなでていると、ホロホロと自然に涙が出てきた。いろいろな思い出が次から次へとよみがえり、旅也のがんばりをたくさんほめるなど、ウトウトしている旅也と泣きながら語り合った。

夜中、旅也はとても落ち着いていた。サチュレーションも70台後半を維持し、不穏になることは一度もなかった。一晩いっしょに過ごしてみて、これは今日明日、という感じではなく、もしかしたら中長期戦になるかもしれない、と思い始めた。

最後の9日間

2015年7月21日～28日

退院して一晩は、落ち着いて越えられた。朝7時、体温37・7℃、おしっこもしっかり出る。長男は旅也といっしょに過ごすために学校を休んだ。

朝8時、訪問看護師のSさんが到着し、吸引に取り組む。マッサージクッションを使うと、大きめの痰が取れた。長男はうつぶせの旅也に、見よう見まねのアロママッサージをした。旅也は、サチュレーションを85まで上げた。

お昼から、GCUで担当だった看護師の小河原さん、リハビリの芝原先生、子どもセンターで同室だったお友達のお母さん、近所のお友達、パンダ園の先生、ヘルパーさんら、たくさんの人たちが旅也に会いにやって来た。夕方になってもお客さんは途切れなかった。

呼吸器から不規則な音が聞こえてきて、急きょ、業者さんに頼んで、新しい呼吸器に取り換えた。ところが、旅也のサチュレーションが38まで落ちた。急いで胃の残留物を取り除くも、サチュレーションが70台まで戻るのに20分もかかった。さらに、もう1回50台まで下がってしまった。ちょうど徳田先生が来ていたが、私たちにはトリクロを注入して、旅也の背中をなで続けることしか、できることはなかった。

7月22日（水曜日）

ＯＳ1（補水液）の持続注入で、水分量は夜中に稼ぐことができた。しかし、朝4時半～6時に心拍が

120〜130台だったので、6時半にトリクロ1・5㏄を追加。主人、長男、三男が出かけ、久しぶりに旅也と二人になった。急に家の中がシーンとして、不安が襲ってくる。10時過ぎにおかゆを作ったものの、なかなか入らず、サチュレーションが落ちてしまった。目には涙がたまり、寝ているのもしんどそうな表情が見られた。

11時に訪問看護師のSさんが到着。二人で涙を流しながら、ゆっくりと話し合った。

「無気肺や肺炎にさせてしまったことがくやしい」

「旅也がこうなってしまったことはくやしいし、思うことはいっぱいある。でも、これからを〝決めること〟が大事。最期、ちゃんと決めましょう」

そして、二人で旅也をお風呂に入れた。旅也は、いつもと何ら変わらないと錯覚するようないい表情をしていた。湯上り後も、サチュレーションが上がり、私たちを安心させた。

お昼から長谷川先生が来て、これから起こり得ることについて質問し、薬の使い方や水分量なども確認した。

夕方から夜にかけては、またまたお客さん続きだった。旅也もいっしょにスイカを味わい、いい時間を過ごした。夜、眠るときに、お腹に湯たんぽを入れると、サチュレーションが上昇することも分かった。その湯たんぽの下にカンガルーポンプのチューブをセットし、温かいOS1がお腹に入っていくように工夫した。こうしてまた夜を越した。

7月23日（木曜日）

夜中、旅也はぐっすり眠ってくれた。朝7時過ぎに家族みんなが起きてきて、旅也も目を覚ました。目をぱっちり開け、みんなのいるほうを見ている。低圧持続吸引チューブからしっかり唾液を引けていて、鼻も泡状のものが出る。水分は十分に足りているようだった。

みんなを見送った後、旅也はもう一度眠った。今日もお客さんが途切れなく来たが、旅也は気にせずに眠り続け、夜になってようやく目を覚まし、ときどきやわらかな笑顔を見せていた。

7月24日（金曜日）

朝10時前に、GCUで担当だった小河原さんと、誕生時に旅也をベビーキャッチした看護師さんがやって来た。10時には訪問看護師のSさんとKさん、「み・らいず」からヘルパーさんが到着した。

「お風呂に入れよう！」とみんなで張り切ったのに、旅也のサチュレーションは50台とパッとしない。ただ、表情は悪くない。私は言った。

「お風呂に入って何かあっても、旅也は本望だと思う」

サチュレーションモニターを手につけ替え、お風呂にはみんなで入れることになった。四人の看護師さんに囲まれ、まさにハーレム状態でお風呂に入った旅也。サチュレーションも70台まで戻り、旅也もちょっと得意げな、いい表情をしていた。

ヘルパーのMさんには「あまい野菜のスープ」を作ってもらった。お風呂上りにみんなで小さなカップに入れ、旅也とともに味わう。お野菜のやさしい味がした。互いに初対面の人もいたが、みんなが旅也を囲んでしっかりとつながり、とてもいい時間になった。

そして、「お母さんたちがしっかり食べないと」と、たくさんのおいしいおかずを持って、パンダ園の佐原先生が現れた。炎天下、自転車でやって来た佐原先生に心から感謝した。

「お母さんを見てるとね、昔の私を思い出すのよ。旅ちゃんは、これからもしっかりお母さんを通して、みんなのなかで生き続けるわね」
自身も、息子さんを心臓病で亡くした経験のある佐原先生。息子さんは先生の活動を通して、いまもしっかり生き続けている。

7月25日（土曜日）
前夜から私は貧血で、朝のケアは主人任せだった。長男も学校がお休みだったので、訪問看護師のSさん、主人、長男で旅也をお風呂に入れる。長男も積極的に足やお尻、背中を洗っていた。
お昼からは長谷川先生、徳田先生、退院支援看護師の光本さんと、光本さんの妹で私の友人でもあるSちゃんがやって来て、みんなで代わる代わる旅也の背中をマッサージした。お昼ごはんは、主人が気持ちを込めて作った玄米クリーム（玄米をやわらかく炊いて、おかゆ状にしたものをこした、クリーム状のもの）を少しずつ、ゆっくり入れた。
お客さんが帰った後、旅也以外の家族全員が旅也のそばでお昼寝をした。旅也はこの日一日起きている時間が多かった。みんながお休みで、家族全員で過ごせることがうれしかったのだろうか。私たちも家族だけで過ごせる時間にホッとし、久しぶりに夕ごはんをややゆっくりと食べた。

7月26日（日曜日）
午前3時半にトリクロ1・5cc追加。体温37・8度と高め。朝になっても、昨日よりしんどそうな印象。
少ししかめ面をして目を覚ましたが、あまり目が開かない。11時過ぎには熱が38度を超えてしまった。座薬は使わずにトリクロでしのいでいたら、午後には熱も下がってきた。

午後は、NICUと子どもセンターでお世話になったH先生がやって来た。H先生に背中をなでられながら、ウトウトする旅也だった。

夜に来たNICUの茂原先生に、今朝の発熱について相談すると、肺炎が再発したときに使える抗生剤を手元に置いておいたほうがいいこと、沈静のフェノバールを増やして、本人の苦痛をとったほうがいいかもしれない、とのアドバイスをもらった。これについては、長谷川先生、徳田先生としっかり話し合わなければならない。

7月27日（月曜日）

病院を退院して1週間、予想以上に旅也はがんばっている。いつもOS1だけでは味気ないので、昼間は、誰かからもらった、誰かが作った、など、〝何か物語のある食べ物〟をなるべく食べるようにしながら、水分量を確保していた。記録を見ると「豆乳」「お野菜のスープ」「もも」「スイカ」「おかゆさん」……、旅也は最期までおいしいものを食べ続けていた。

旅也の胃腸は健在で、いいウンチが出ていた。それが私たちの救いの一つでもあった。主人は、水分量とともに尿の量も計ったほうがいいと言って、この日から始めた。尿もしっかり出ている状態だった。

今日もお風呂に入り、お昼ごはんを少し食べた後に抱っこすると、目をぱっちり開けていい表情だった。

午後には、3月まで旅也の主治医だった先生が遠方から駆けつけた。旅也は目をぱっちり開けてあいさつし、でもちょっとはずかしかったのか、目を合わせたりそらしたりと、子どもらしい反応を見せていた。

先生に手を握ってもらったり、背中をなでてもらったりと、愛情をたっぷり注いでもらって幸せそうな旅也だった。

夜は、1週間できていなかった、カニューレ交換をすることになっていた。前回、なかなか挿入ができずにサチュレーションの急降下があったため、リスクがとても高い。必要性については、徳田先生や訪問看護師さんとも十分に話し合った。旅也が予想以上にがんばっているので、やはりせめて、1週間に1回は交換したほうがいいという結論に至った。

徳田先生がジャクソンリースを持って来ていた。茂原先生も待機し、早めにトリクロを使い、1時間以上たった頃にチャレンジしたが、旅也が起きて泣き出したので中止した。どうしようかと議論していると、旅也が熟睡し始めたので、再チャレンジ。訪問看護師のSさんと、これまで積み上げてきた手技で、なんとかカニューレを入れることができた。

7月28日(火曜日)

午前3時20分に体温が38度。サチュレーションが60台に戻るのに、1時間ほどかかってしまう。そんななか、三男の発熱騒ぎもあって、少し主人ともぶつかったが、朝になると、信じられないことに三男は平熱に下がっていた。旅也もサチュレーションが70台まで戻った7時頃、体温も37・2度まで下がってきた。

11時に訪問看護師のSさんが来る。お風呂はやめて、身体を拭くだけにした。旅也は身体を拭いてもらった後、寝返りをしようとしたり、手遊びをしたりと活気もあり、表情もいい。しかし、私自身が疲れ果てていたこともあり、Sさんに弱音を吐いてしまった。

「本当にお家に連れて帰ってよかったんだろうか……」

旅也があまり食べられなくなってから、私自身も食欲がわかず、同じように痩せてきていた。私もあばら骨が見えていたし、極度の睡眠不足はずっと続いていた。自分自身が保てないのはとても情けなく、旅也に対しても心苦しかった。

午後、旅也は不思議なくらい穏やかな時間を過ごしていた。お客さんの予定も久しぶりになく、私もベッドサイドに椅子を運び、そこでお昼ごはんを食べ、旅也の様子を確認しながら、久しぶりに新聞も読んだ。午前中までネガティブだった私も、旅也の様子に「まだまだがんばれる」と勇気づけられ、穏やかになっていた。旅也の背中をなでるとまだまだやわらかい。足にだって、生まれたときに比べたら、想像できないくらいの肉がついている。何よりも、私を見つめる旅也の瞳に力があることが、とてもうれしかった。

夕方の訪問看護の時間が終わったときも、ミッフィーちゃんのぬいぐるみに手を伸ばす姿が見られた。旅也の目はいつものように純粋で力があり、まだまだ生きるという意志を感じさせるものだった。

お別れの日

2015年7月29日

前夜、私が体のしんどさを訴えていたこともあり、夜中は主人が三人の息子たちといっしょに寝てくれた。午前7時半にサチュレーションが39まで落ちた。ただ、朝の旅也の表情は悪くなかった。

三男が起きたので、いつものように抱っこで旅也のベッドへ連れて行く。いつもはすぐに手を出して、旅也の頭をなでたり、手を触ったりする三男が、目を閉じている旅也を目の前に、伸ばしかけた手をスッと引っ込め、不思議そうな表情で見つめていた。この日の朝、唯一気になったことだった。

そして私も、「今日は水曜日だから、もしかしたら今日かも……」という漠然とした不安を口にしていた。旅也は、なぜか水曜日が苦手だった。夕方になって熱が上がり、受診から入院ということが何度もあったのが水曜日だった。

朝8時過ぎに、それぞれ仕事、学校、保育園に出かける父、兄、弟を、旅也はとても穏やかな表情で見送った。私は珍しく、玄関先まで出かかっていた主人に、「旅ちゃんがしっかり目を開けているよ」と呼び止め、主人は戻って手を握りながら「旅ちゃん行ってくるよ」と声をかけた。長男も、出かけるときに旅也がしっかり目を開けていたのを覚えている、と後に話している。後から考えると、やはり特別な朝だったのだと思う。

旅也と二人きりになった私は、朝食の後片付けをした後、ベッドサイドに椅子を運んで、旅也のケアに集中した。いつ誰が来てもいいように、主人が出かける前に掃除機をかけてくれていたのがありがたかった。

旅也のサチュレーションは低いままで、40台、50台をウロウロしている。心拍110前後。1分ごとに鳴るモニターの下限アラームに消音ボタンを押しながら、口の中に人差し指を入れ、指しゃぶりをしてとても穏やかにしている旅也の背中をなで続けた。

「この状態が2時間続いたら、訪問看護師さんに電話をしよう」一人、心に決めた。

7時半のサチュレーションの急降下から2時間が経過した9時45分頃、訪問看護師さんに電話をした。旅也の状態を伝えると、わが家から一番近いところにいるHさんがすぐに向かうということだった。

Hさんは到着後、バイタルチェックをし、鳴り続けているアラームのサチュレーション下限を60からさらに下げようとした。

「60のままでいいです」

「ママがそのほうがいいなら、このままにしておこうね」

その後、Hさんとの話から、呼吸器がついていて亡くなった場合、心臓が止まっても呼吸器は動き続けるので、酸素は送られ続けることを理解した。当たり前と言えばそうなのだが……。

旅也の心拍は、10時半頃からじわじわと上がってきた。110台から130台後半へ、少しずつゆっくりと上がっていく。これまで聞いたり読んだりしたなかで、亡くなる前は心拍がいつもより上がっていき、そこからスーッと落ちていくというイメージがあった。私は「いよいよきたな」と思い、「旅也を抱っこしたい」とHさんに伝えた。

旅也は少し眉間にしわを寄せていた。心拍が130台になるのは、旅也にとって少ししんどいときだから、不快でしんどかったのかもしれない。抱っこすると眉間のしわが消え、心拍も120台まで落ちてきた。私も旅也の温かさを感じながら、安心感に包まれた。

1分おきにアラームを消すHさんと、たわいもない話をした。なぜこんなときに、こんなにもたわいもない話ができるのか不思議だったけれど、こんなときでも笑いがあって救われた。

どれくらい旅也を抱っこしていただろう。旅也は目を閉じている時間が長かったけれど、時折、目を細く開けてキョロキョロしたり、一度か二度、ニヤッと笑うこともあった。このときはすでに意識がもうろうとしかけていたのだろうか、旅也の感情をはっきりつかむことは難しかった。

再び、心拍が130台まで上昇してきたとき、主人にも電話をして、旅也の状況を伝えた。

「後悔しないように、自分でどうするか決めてほしい」

「じゃ、いまから帰る」

Hさんが「パパが帰ってきたら、私は一度席を外すね」と告げる。私は了解した。

電話を終えた私は、旅也がベッドに寝ている状態では寂しいかもしれないという思いに駆られ、再び抱っこすることにした。私は旅也を抱えて椅子に座り、横でHさんが相変わらず鳴り続けているサチュレーションの下限アラームを消していた。

電話が鳴った。長谷川先生だった。

「どうですか?」

「私が言うのもなんですが、かなり厳しい状態だと思います」

そう前置きをして、旅也の状態を伝えた。

「分かりました。頼まれていたお薬はとりあえず持っていきます。1時過ぎに行きます」

旅也はじっと目を閉じている。眠っているようだったが、手を握ると、わずかに握り返してくれているような感覚があった。そして、眠ったのかなと思わせるように、心拍が少しずつ落ちていった。90台でしばらくとどまっていたので、午前3時に入れたトリクロがいまになって効いてきたのかなと思い始めた。

Hさんは少し席を外した。残された私は抱っこしながら、旅也の顔とモニターを交互に見つめていた。すると、90台にとどまっていたはずの心拍が1ずつ下がり始めた。

「これは眠っているんじゃない」

私の心臓はドクドクと大きな音を立て始めた。

「ダメだよ、旅ちゃん!! お父さんがいま帰ってくるから!! ダメだって、旅ちゃん!!」

半ば怒るような大声で旅也に声をかけ、旅也を揺する。すると、旅也の心拍はプラス1、プラス2、プラス3と少しもち直す。でもまた、1ずつ落ちていく。

「ダメだって、旅ちゃん!!」

声をかけると、またプラス1、プラス2……。でも下がるスピードのほうが早かった。旅也を揺すりながら、必死で声をかけた。そのとき、主人が玄関の鍵をガチャガチャと開ける音がした。

「旅ちゃん、お父さん、帰ってきたよ!!」

主人も急いで入ってきて、旅也の手を握る。戻って来ていたHさんは、再び席を外した。

最後にモニターを見たのは心拍59。心拍で久しぶりに下限アラームが一瞬鳴り、その後は計測不可能だったようで、数字が消え、ポー、ポーっとやわらかいアラーム音に変わった。主人の提案で、モニターを旅也の足から外した。

「鼻のチューブも抜いてあげよう」

主人が言って、チューブを抜いた。チューブを抜くとき、いつものような反応はなく、旅也の意識がすでにないことを実感した。

ただ、まだこのとき、旅也の魂は肉体に宿っていたような気がする。主人と二人で旅也のがんばりをたくさんたくさんほめ、声をかけていると、なんとなく心臓が止まったような気がした。呼吸器が作動し続けているから分かりにくいのだが、〝なんとなく〟の感覚があった。

「聴診器を当ててみようか」

私の提案に、主人が心臓の音を確認する。

「うん、止まってるわ」

私も聴診器を受け取って、胸に当てた。呼吸器が酸素を送り続けている音だけが聞こえ、いつものドクドクという心臓の音はまったく聞こえなかった。

「うん、止まってるね」

時計の針は午後1時。旅也は空へ還っていった。寂しいし、悲しいし、つらい。でも、不思議とお腹の真ん中に、ストンときれいに落ちてくるものがあった。旅也らしいと言えば、旅也らしい。本当に、美しいとさえ言えるような旅立ちだった。

しばらくして、Hさんが涙をためて戻って来た。

「ごめんねー、ママ。不安にさせてしまったかもしれない」

Hさんは動揺した感じだった。

「大丈夫、大丈夫、Hさん。ちゃんと主人と二人で看取ることができたし、これでよかったんだと思う」

私も興奮気味で泣きながら返した。Hさんは分かっていたのだと思う。私と主人なら看取れる、自分はそこにいるべきではないと。とっさに判断することは、かなり厳しかったと思う。Hさんの私たちへの信頼と見極めが、とてもありがたかった。

Hさんが戻ってきた5分後に、長谷川先生が到着した。無言で私に抱っこされたままの旅也に聴診器を当て、いつもよりていねいにじっくりと心音を聴いたり、脈を取ったり、瞳孔を確認した。

「呼吸器を止めてください」

主人とHさんによって呼吸器が止められた。無音の世界になった。

「13時15分。藤井旅也君、お亡くなりになりました」

長谷川先生が静かに宣言した。私と主人が代わる代わる抱っこしている間に、旅也は亡くなった人の顔になっていった。いつものようにかわいいのに、魂はそこにないのを実感する。

長谷川先生が「旅也君、さようなら」と告げて帰った後、旅也を布団に寝かせた。Hさんとカニューレを抜き、「お風呂に入れてあげたいなぁ」などと話していると、徳田先生が駆けつけた。徳田先生は旅也を抱っこして「旅ちゃん、旅ちゃん」とゆっくり声をかけながら、旅也のがんばりをほめていた。主人はその姿を見ながら、学童保育に行っている長男を迎えに出かけた。

15分後、長男が帰ってきた。車の中で主人から話を聞いていただろう長男は、怒ったような表情で入って来て、暴言を吐いた。

「どーせ、みんな泣いてるんだろっ!!」

旅也をチラッと見て洗面所へ行くと、いつものように手を洗い、うがいをして戻って来たが、しばらく自分の居場所を探しあぐねた後、戻ってきた主人に抱きかかえられるようにして、みんなの輪の中にかろうじて入った。

長男は怒り、旅也のことを直視できない様子だったが、主人に言葉をかけられるにつれ、ぎこちなく泣き始めた。旅也がまだ温かいうちに、長男に抱っこしてほしいと思っていた私は、何度か促してみたが、長男は頑なに拒否し、触ることもできなかった。

お風呂だったらいっしょに入れられるかもしれないと、Hさんと私たちは準備をし、旅也は最後のお風呂に入った。少し肌は黄色くなりかけていたけれど、旅也の表情は穏やかだった。長男も少しだけ足を洗うことができた。

お風呂から上がり、Hさんと、駆けつけた訪問看護ステーションあおぞら京都所長の松井さんが、旅也の死後の処置をした。旅也は、とてもとても痩せ細って、見るのがつらいほどだったけれど、身長はしっかり伸びていて、お兄ちゃんになっていたんだなぁと、しみじみ感じた。

担当のSさんも到着した。きれいな体になった旅也を抱っこして、その旅也を真ん中に、Sさんと「ありがとうねー」と泣きながら抱き合った。旅也がお家に帰ったときからSさんには、家での生活が少しでも快適になるように尽力してもらった。旅也にたくさんの愛情を注ぎ、いろいろな工夫をしながらケアしてもらった。私との意見の食い違いでぶつかることもたびたびだったけれど、常に旅也にとっていいことをしたいという軸はぶれることなく、私の意見も取り入れながら、家族全体を支えてもらった。本当に感謝してもし切れない。

「あとはSに任せます」と松井さんとHさんが帰り、主人は三男を保育園に迎えに行き、夕食も買い込んで来た。バタバタとしているなか、駆けつけていた牧師のみささんや、その紹介の葬儀屋さんも揃い、お葬式の打ち合わせが始まった。

カレンダーを見て、お通夜は7月30日、お葬式は31日と決まった。そして葬儀屋さんが、ベッドに寝かせた旅也にドライアイスをセットした。肌の色が黄色っぽくなっていたので、私が薄くメイクをした。チークを入れると、旅也の顔はただただ眠っているように見えてきた。Sさんも、細く開いている目と口を閉じられるよう、アイスノンを使って整えた。

葬儀屋さんが帰った後、お葬式のお花を買いに、みささんと長男とで行きつけのお花屋さんに出かけた。旅也のお葬式はゆりや菊ではなく、好きなお花で飾りたかった。「さわやかな感じで教会に飾りたい」という突然のリクエストにも、お花屋さんは嫌な顔をしなかった。

その帰り道、ザザッーと大雨が降ってきた。昼間はお天気だったのに、突然の夕立。後で聞くと、こういうときの雨は「涙雨」と呼ぶそうだ。誰かが亡くなって、別れが寂しいときに降るという。

夜になり、NICU時代の先生、看護師さん、在宅チームのみなさん、近所のお友達と、続々お客さんがあった。日付けが変わる直前まで誰かがいて、家はてんやわんわだったけれど、最期まで、旅也も私たち家族もみんなに支えられ、感謝の気持ちでいっぱいになりながら、長い一日が終わった。

「さようなら、旅也」

２０１５年7月30日、31日

旅也のお通夜は、亡くなった次の日に行われた。場所は桃山基督教会。友人である古本靖久・みさ夫妻が牧師を務めている教会である。１９３６年に、宮大工によって建てられたという木造瓦屋根の教会は、初めて訪れたときから大好きな場所だった。

家から教会までは車で40分ほど。葬儀屋さんには教会まで、旅也を抱っこして行きたいと伝えていた。ドライアイスを旅也から外し、半分凍って冷たくなった状態の旅也を、戸惑いながら抱っこした。隣のチャイルドシートに座った三男が、旅也の頭に手を伸ばし、何度かよしよししている。長男は、神妙な気持ちだったのか、ずっと黙っていた。家族五人での最後のドライブ。それぞれがいろいろな思いを胸に、教会へ向かった。

教会に着くと、すでに葬儀屋さんが準備を進めていた。真夏の太陽が照りつけるなか、旅也の遺体が傷んでしまわないように、急いで教会の隣の建物で納棺式を行った。

納棺式を進めていた靖久さんが、途中、言葉に詰まり、沈黙が流れた。どうしたのだろうと思っていると、みささんが言葉を引き継いだことで、靖久さんが泣いていたのだと分かった。その姿を見て、主人がもらい泣きをしていた。後で「普通は逆でしょ」と、クールなみささんに突っこまれていた。

お通夜は、厳かなオルガンの音とともに、静かに始まった。祭壇には、花屋さんがアレンジした、大好きな夏らしいさわやかなお花が飾られ、旅也の棺のまわりには、ろうそくが灯された。遺影は、旅也の満面の笑顔。

私たち家族は礼拝堂の最前列に座り、古本夫妻の言葉に耳を傾けた。落ち着かなかったのは長男だった。

「ねぇ、旅ちゃんって焼かれるの?」

それが不安で仕方なかったようだ。

「旅ちゃんをこのまま連れて帰るわけにはいかないしねぇ……」

と私は答えたが、長男が明らかに不穏になり始めたので、主人が後ろから抱きしめていた。参列者がどれくらいになるのか分からなかったが、お通夜が進むにつれ、礼拝堂は人の熱気で暑くなった。今度は三男が汗をかきながら泣き出したので、主人の母が外に連れ出した。

心を込め、ときに涙しながら話をした古本夫妻の言葉は温かった。主人と私も、参列の人たちに感謝の気持ちを述べた。献花は、予想もしていなかった長蛇の列だった。病院の先生、看護師さん、在宅チームの看護師さん、リハビリの先生、ヘルパーさん、保健師さん、パンダ園の先生とお友達、長男と三男の小学校や保育園の先生、近所のたくさんのお友達家族、遠方からの友人、主人の仕事関係者、私の元職場の関係者、ともにNICUや病院で病気とたたかってきたお友達とその家族、そして私たちの家族、親せき……。数え切れないくらいの人たちだった。

旅也は本当にたくさんの人たちに愛され、支えられ、命をつないできた。感謝してもし切れない気持ちが溢れてくる。旅也とお別れしなくてはならなくて、寂しくて、悲しくて、つらいけれど、旅也がこうして人々の記憶に残り、みんなのなかで生き続けるのだと思うと、残された私たちもしっかり生き続ける力が沸いてくる。とても温かなお通夜だった。

旅也は、教会の横の建物に移され、私たちは旅也と川の字になって、そこで一晩過ごすことになった。不思議と気持ちが軽かったのは、旅也の身体がまだそこにあって、話しかける対象があったからだと思う。

棺の横に敷いた布団で、旅也が火葬されることに恐怖心を抱いていた長男に、主人が「世界のお葬式」についての話をしていた。

「昔はなぁ、日本でも亡くなった人を土に埋めてたんよ。土葬って言ってね。でも土に埋めたら、後から見たくなるでしょ。死んだ人も、ほじくり返されるのも嫌でしょ。インドはなぁ、川に流すんよ。そうなったら、ザリガニとか魚のエサよ。つつかれるで。エジプトはミイラ。包帯ぐるぐる巻きにされてなぁ、乾燥させるんよ。そう思ったら、火葬が一番いいよ」

長男は、うんうん、とうなずきながら聞いている。いろいろなことを想像していたのだろう。でも火葬が一番いいと、父からの話でなんとなく納得したようだった。無理もない。人生で初めて体験した身近な人の死が、大好きな弟なのだ。弟がどうなるのか心配でたまらないのは当たり前。

ひと通り話が済むと、私たちは「旅ちゃん、おやすみ!」と言って、早めに眠りについた。

翌日はお葬式。そして、旅也に本当にお別れしなければならない日でもあった。

「旅也にお手紙を書きたい」

長男が言う。そして、お棺にいっしょに入れるために持って来ていたミッフィーちゃんの絵本の裏表紙に、次のような手紙を書いた。

「たびちゃんへ、だいすきだよ。ありがとう。たのしかったね。りょこうもたくさんいったね。たびちゃんのおかげ。またあおうね」

1年生らしい字体だった。長男がこうして自分の気持ちを表現できることに、私は少し安心した。

お葬式は平日の昼間ということもあり、お通夜と比べると参列者も少なく、とても落ち着いた雰囲気のなかで行われた。みささんの説教は、ゆっくりとしたトーンの、旅也についてのお話だった。

「こんなにも愛された、もうすぐ3歳の子がいたでしょうか」

で始まったそのお話は、旅也が私のお腹の中にやってきたことが分かったとき、近所のお友達みんなで喜んだこと、旅也の身体の異常が分かったときは、みんなで悲しみ、それでも命が無事に生まれてくることを祈ったこと、旅也がお家に帰ってきたときのことなど、ともに体験したからこその気持ちがたくさん詰まっていて、温かい気持ちにさせられた。

そして献花。今日は棺の蓋を開けて、旅也の周りにお花を添える。

「がんばったね」

「ありがとう」

「旅ちゃん、さようなら」

言葉もかけて、旅也の頭をなでたりしながら、お花が添えられていった。その間、長男と三男は、旅也のそばから離れようとせず、三男はたびたび旅也の頭をなでていた。

最後に、NICU担当看護師の樋爪さんとKさんからもらったミッフィーちゃん、近所のたくさんのお友達からのお手紙、長男や私たちのメッセージが詰まったミッフィーちゃんの絵本、天国でも持ち歩いてほしいパンダ園の黄色いバッグを棺に入れた。お花に囲まれた旅也の顔は、とてもとても穏やかでかわいくて、ずっと見ていたいと思うほどだった。

火葬場への出発前に、バルーンリリースをした。旅也が亡くなっても、お葬式に参列した長男や子どもたちが死をネガティブに捉えないよう、「旅也が空へ還る」というイメージにしたかったからだ。子どもたちの手からバルーンは空へ放たれ、ぐんぐん空を昇っていった。

それを見送り、火葬場へのハイヤーに乗り込んだ。並んで座った主人と私の膝の上に、旅也の棺が置かれた。火葬場へ出発するハイヤーのクラクションとともに、高らかになっていた教会の鐘の音が、いまでも耳に残っている。


火葬場に着くと、最後のお祈りを行い、旅也にお花を添え、最後のお別れをした。もう抱っこすることも、手を握ることもできないけれど、冷たくなった旅也のおでこに気持ちを込めてキスをした。

旅也が焼かれている間、待合室で、家族の誰かが亡くなったたくさんの遺族の人たちの表情を見て、「人は誰かが亡くなっても、笑顔がなくなることはないのだな」と妙に納得し、笑顔のあるその光景に安心感を覚えていた。

やがて葬儀屋さんが迎えに来て、お骨を拾いに行くことになった。

「お兄ちゃんはどこかで待たせたいのですが……」

「そうだね、ちょっと目に焼きつくからね」

近くの待合室で待つのも可能とのことだった。

個室に分かれているお骨拾いの部屋のドアを開けると、葬儀屋さんは残念そうな声をあげた。

「あぁ、やっぱりあんまり残ってないね」

火葬の時間は自治体によって違うらしいが、私たちが住んでいるところは人数が多くて、大人も子ども同じ時間だから、子どもの場合は骨が残りにくいと、事前に聞いていた。実際に、旅也のお骨の量を見て、その少なさに、あっけにとられてしまった。

かろうじてはっきり分かるのは、2本ずつの大腿骨と脛骨のみだった。頭蓋骨も肋骨も、どれがどこの骨か分からないほど細かいカケラになっていた。仏様の形をしているという喉仏の骨も、見つけられなかった。

ただ、私たちを喜ばせたのは、旅也の歯だった。見えていたのは2本だけだったのに、たくさんの歯がしっかりした形で、次々と出てきた。旅也は、しっかり歯を隠し持っていたのだ。歯茎の下は歯がしっかり待機していたのだと思うとうれしかった。

主人と箸渡しでお骨を骨壺に運んでいた私だったが、だんだんもどかしくなって、葬儀屋さんに「全部持って帰りたい」と言い、素手でお骨を集めた。

黒地に白色の十字架が描かれている骨壺を持って外に出ると、長男が聞いてきた。

「何してきたん？　たびちゃんは？」

「旅ちゃんのお骨、この中に入ってしまったわ」

長男は、年上のいとこに遊んでもらうことにも気持ちが向いていて、話はそこで終わった。みんなでイタリアンレストランでお昼ごはんを食べ、一度、教会に戻ってから荷物をまとめ、古本夫妻にお礼をして、教会を後にした。

夜、再び家族だけになった。旅也のベッドに旅也はいない。代わりに、笑っている旅也の遺影と骨壺、そしてたくさんのお花。長男は旅也の骨壺が気になって仕方がない様子だった。少し迷ったが、私は長男に聞いてみた。

「中を見てみる？」

長男は、少し戸惑いながら答えた。

「うん」

白く、少し力を込めたら割れてしまいそうな旅也のお骨を、そろりそろりと出して並べてみる。主人も寄ってきた。

「これは、おしりのあたりかなぁ……。あ、見て。歯が並んでる。これはあごの部分やね」

お骨を並べ始める主人。私も「人体解剖学」の教科書を取り出し、だんだんエスカレートしてきた。

「こうやっていったら、旅ちゃんを作れるかも」

主人のコメントに、長男はうれしそうに笑った。旅也を作ることはもちろんできなかったけれど、歯が全部で13本出てきたのには驚いた。

お骨を並べるなんて、本当はしてはいけないことなのかもしれない。ただ、こうやって家族で一つひとつ確認作業をすることが、長男も私たち夫婦も、旅也の死を受け止める一つのプロセスとなった。

「死」について、子どもたちにどう伝えるか。旅也の死にあたって、私たち夫婦だけではなく、お通夜やお葬式に参列したり、旅也のことを知るお友達の親にとっても、大きなチャレンジだったと思う。

ある子は、わが家で亡くなった旅也に会い、しばらくわが家に入ることができなくなった。ある子は、おばあちゃんやおじいちゃんの死を体験しているので、そのことを思い出しながら、お通夜に参列していた。ある子は、お通夜で主人が泣きながらあいさつしているのを見て、悲しくなって泣き出したそうだ。

ある子は旅也の遺体を見て、「あれはお人形さんだった」と言っていた。ある子は、「たびちゃんは子どもなのに、なんで死ぬの?」と言っていた。

子どもの年齢や性格、経験によって、旅也の死はそれぞれの受け止め方をされた。そして、親もそれぞれのあり方で向き合っていたようだった。

その子どもたちが大きくなったとき、「そういえば、子どもの頃、近所にあんな子がいたなぁ」と思い出してくれたらうれしい。みんなのなかで、少しずつでも旅也が生き続けてくれたらうれしいなぁと思う。

その晩、旅也がいなくなったお家で、私たちは静かに眠りについた。機械音もモニターの音もなく、旅也のクークーという寝息も聞こえない、本当に静かな夜だった。

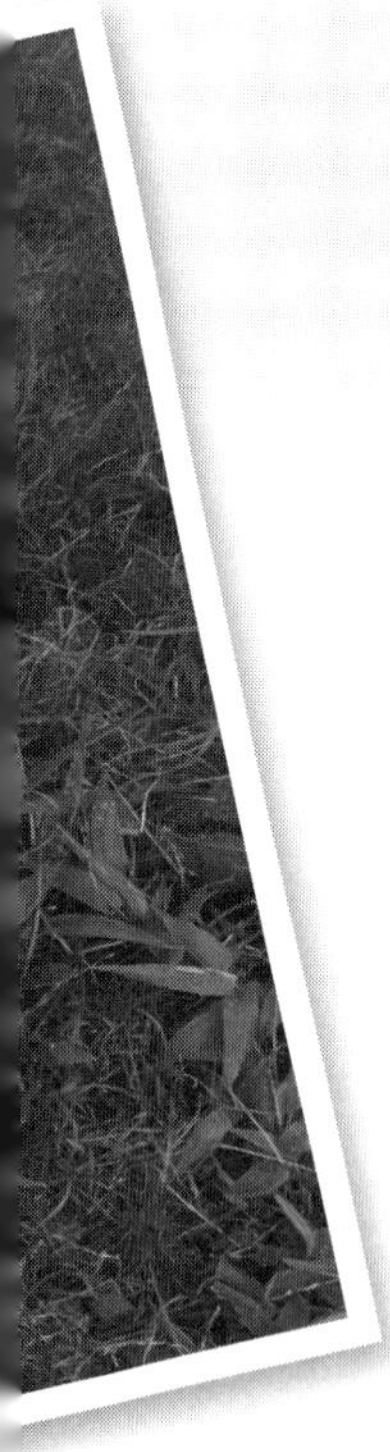

4

旅也が空へ還ってから

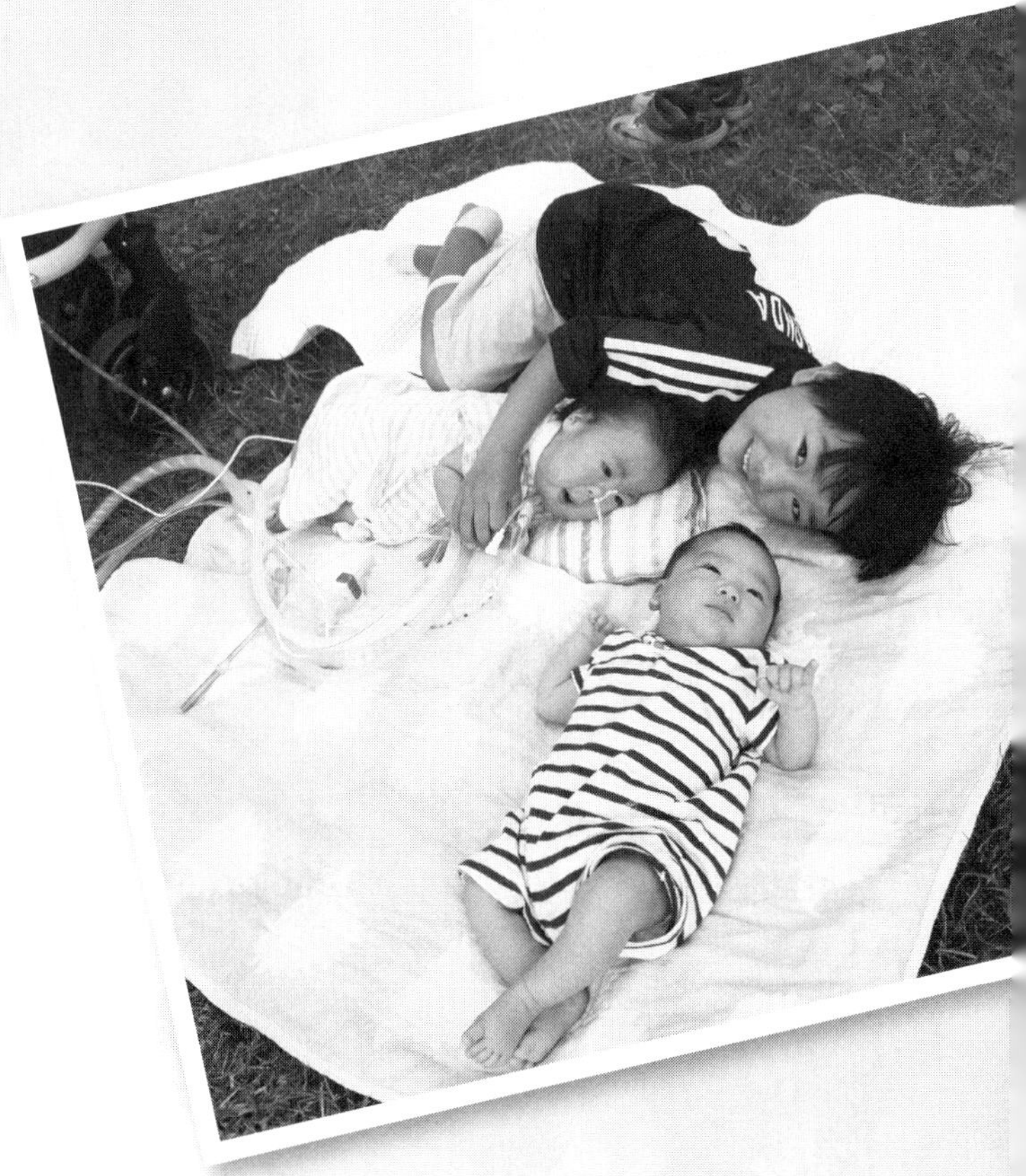

旅也が空へ還ってから

旅也が3歳のお誕生日を目前にした、7月29日に空に還ってから、残された私たち家族は、それぞれの時間をまた歩み始めた。

最初の半年間、私は旅也の死をどうやって受け止めたらよいか、ずっと模索していた。「私たちは精一杯やりきったんだ」「旅也といっぱい素敵な思い出をつくれたんだ」と思っても、旅也がいない寂しさに襲われる。「忘れてしまうかもしれない」という恐怖感に襲われる。

旅也の写真を見ながら、旅也を抱っこしたり触ったりしていたときの感覚を思い出そうと、一日のどこかで立ち止まって確認する。あのふさふさの髪の毛をまたなでたいな、しっかりと大きくなった旅也を抱っこして……。そうしたら旅也はまた笑ってくれるだろうか。あのつぶらな瞳で見つめてくれるだろうか。会いたいなぁ……、と毎日思う。

そんなある日、私は新聞に、自分を支えてくれる記事を見つけた。双子の赤ちゃんを誕生死で亡くしたお母さんの話だったのだが、そのお母さんは悲しみをかかえながら、もともとの仕事場であったNICUで、看護師として再び働き始めたというものだった。お母さんの言葉が忘れられない。

「悲しみを乗り越えることはできない。自分は子どもたちを失った悲しみをずっとかかえながら生きていく」

私はこのお母さんの言葉が、ストンと音を立てて自分の胸に納まるのを感じた。「そうだ、乗り越えようとするからつらいんだ。子どもを失って、その悲しみを乗り越えることなんてできないんだ。一生、かかえて生きたらいいんだ」と。

新しい年を迎えて私は、以前から考えていた、「18トリソミーの子どもたちの写真展」を京都で開催するという計画を形にすべく、「チーム旅也」の医療スタッフ、京都の18トリソミーの子どもたちの家族、そして前年関西での開催を成功させた、チーム18関西のメンバーとともに動き出した。気持ちが新鮮なうちにできることはすべてしたいと考え、最初で最後の気持ちで、したいことをたくさん盛り込んだ。

また、旅也が生きているときに、家族同士の横のつながりをつくるために、食事会などを実施していた、人工呼吸器をつけた子どもたちと家族の会でも、パネルディスカッションと懇親会、植物園でのピクニックなど、病院スタッフと協働で実施していった。旅也やあおいちゃんの後からも、どんどん呼吸器をつけて自宅に帰っている子どもたちが増えていたので、横のつながりをつくることは大切だった。

これらの活動を通して、旅也のかかりつけだった、京都府立医科大学附属病院出身の子どもたちと家族の横のつながりから、京都府内の他の基幹病院出身の子どもたちと家族とのつながりへと広がっていった。

2016年9月17日、18日。半年以上準備を進めていた「18トリソミーの子どもたちの写真展IN京都」が、京都府立大学構内の稲盛記念会館で開催された。

18トリソミーの子どもたちの家族をはじめ、大学病院の医療スタッフ、在宅医療スタッフ、学生ボランティア、社会人ボランティアなど、総勢一一〇名のスタッフの支えがあり、二日間にわたる写真展に加え、元大阪淀川キリスト教病院副院長の船戸正久先生の医療講演会、大阪の18っこももちゃん家族が出演している映画「given, いま、ここ、にあるしあわせ」(http://given-imakoko.com/)の上映会、主人が企画した「父親座談会」、私がファシリテートした「きょうだいのためのアートセラピーワークショップ」、東京パラリンピックに向けての「ハンドスタンププロジェクト」、滋賀県立小児保健医療センターの熊田知浩先生が中心に実施している琵琶湖レスパイトや奈良親子レスパイト、TSURUMIこどもホスピスの紹介、書籍紹介、友人の協力で、お母さんたちにゆっくりリラックスしてもらおうと企画した「リンパエステ」など、盛りだくさんの内容だった。

二日間で全国から八〇〇名強の来場者があり、無事に写真展を終えることができた。会場の玄関に置かれた、来場者からのメッセージツリーは、命を輝かせながら生きる、18トリソミーの子どもたちへの温かいメッセージや、自分の子どもやきょうだい、孫への愛が溢れるメッセージなどで埋めつくされた。

写真展が終わってから、私のもとには少しずつ、旅也のことについての講演依頼がやってくるようになった。社会福祉士をめざす学生や看護学生、医療スタッフ、一般の人など、話をする対象はさまざまだけれど、私は旅也のことを話す機会があることに感謝した。旅也がたくさんの人たちのなかで生き続けることをありがたいと思った。私たち家族の体験が、次に続く子どもたちや家族たちのお役に少しでも立てればと思った。講演の準備をするたびに、旅也との時間を確認できるのもうれしかった。

「忘れるかもしれない」という恐怖は、旅也が亡くなって2年がたったいまもある。あるとき、旅也のカニューレのカフに入れていたエアーは何㎖だったか忘れていることに気づき、ものすごくあせり、頭が真っ白になった。一日のどこかで、旅也を抱っこしていた感覚を思い出し、しっかりと自分の身体にその感覚がよみがえることを確認できたら安心するという作業は、くせのように私の日常生活のなかにある。

しかし、2年たって、細かい数字はすぐ忘れてしまうけれど、身体に残る感覚は、そんなに簡単には消えないことを発見した。抱っこしていたのは3歳に近づいていた旅也だが、生まれたてで、ＮＩＣＵの青白く光るライトのもと、オムツ１枚でうつぶせでいた旅也の、小動物のようなふさふさとした背中の毛をなでている感覚でさえ、いまだに残っている。人間は内なる大切な感覚は忘れることはないのだ。そんなことを確認しながら、毎日その感覚を自分の中から引き出している。

これからも私たち家族は、いまも家族の中心にいる旅也といっしょに生き続けていくだろう。自分が迷ったり、間違った方向に行きそうになったときに旅也に相談するように話しかけて、旅也の力を借りながら、ずっと生きていく。旅也の遺してくれたものを大切にしながら生きていく。

そして、自分の人生を生き抜いた後に、旅也と再び会えるのだと思う。その日を楽しみに、残された私たちは生き続ける。

5 メッセージ

■「チーム旅也」のメンバーから

■家族から旅也へ

message

「語ることができる家族の思い出」の力

前京都府立医科大学附属病院
周産期診療部NICU副部長
とくだ小児科内科　徳田幸子

旅ちゃんとの出会いは、彼がまだお母さんのお腹にいるときでした。胎児エコーで心疾患、消化管疾患がわかり、切迫早産で入院中のお母さんを病室に訪ねたのが、一家とのご縁の始まりでした。

京都府立医科大学附属病院ＮＩＣＵでは、それまでにも同じ疾患の方の治療やケアに医師、看護師とも力を注いでいました。旅ちゃんのご両親は「自宅に連れて帰って家族で過ごす時間をもちたい、自宅で看取りたい」とのお気持ちでした。それに向かって胃ろうを造り、動脈管結紮術や肺動脈絞扼術を受けました。気管切開をめぐっては、多くの時間をかけて当時の主治医と話し合いました。

たくさんの試練を乗り越えてようやく迎えた退院。小児科病棟への移床、退院前カンファレンスなど入念な準備を行いましたが、私たちの病院での小児在宅医療はまだまだ手探り状態でした。多くの支援を受けて自宅で生活を始めた旅ちゃんとご家族を、かかわった医療者一同、応援していました。定期受診の際、自宅での生活やお出かけの話を見聞きするたびに、旅ちゃんは本当に素敵なご家族のもとに生まれたのだと実感しました。旅ちゃんがお兄ちゃんになったときも、皆で大喜びしました。

しかし、幾度となく繰り返される感染症は心臓にダメージを残しました。改善の手立てはなく、18トリソミーの自然経過の一つと受け止め、その都度、対症療法を行うほかありませんでした。そして感染症で入院した旅ちゃんは、抗生剤でいったん軽快したものの再燃し、医学的にも有効な治療が見出せない状態に至りました。

私たちよりも早く、お母さんから「家に連れて帰りたい」と申し入れがありました。「旅ちゃんやご家族は何を大切にされているのか」を考えると、判断に時間はかかりませんでした。訪問診療医の長谷川功先生、訪問看護ステーションのあおぞら京都に連絡すると「全力でサポートします」との即答。同日夕に退院となりました。私も自宅まで付き添い、無事に自宅のベッドに移動できてホッとしたのを覚えています。

大学病院は訪問診療を行っていませんでしたが、私も旅ちゃんの経過を見守りたくて、仕事帰りに自宅を訪れました。日常生活の空間に旅ちゃんがいる、私が初めて経験する在宅医療でした。旅ちゃんは自宅に帰って9日間、ご家族といっしょに過ごし、たくさんの方と触れ合う時間をもつことができました。そしてご両親に見守られて永い眠りについた旅ちゃんは、なんとも穏やかな表情でした。

その後、お別れ会に参列させていただきました。たくさんの思い出が綴られました。この「語ることができる家族の思い出」こそ、やがてご家族の心を癒すのではないだろうかと思え、私にとってご家族へのかかわりや在宅医療のあり方について考える大きなきっかけになりました。

それまで、病院で可能な最大限のことをご家族と医療者で考えてきましたが、病院で亡くなられた後、ご家族とお会いする機会はありませんでした。このようなかかわりがあることを私が気づいていなかったのだと振り返りました。小児の在宅医療においては私自身、まだまだ学ばないといけないことがたくさんあると思っています。

たくさんの気づきをいただいたこと、現在も藤井家とご縁が続いていることに深謝いたします。

message

旅ちゃんが遺してくれたもの

京都府立医科大学附属病院
小児科学教室　茂原慶一

私はスマートフォンに1件の伝言メモをいまも残しています。「旅ちゃん（母）07／29 11：32」とあるそのメモは、タップすると10秒程度のメッセージが流れます。

「もしもし、おはようございます。藤井旅也の母です。ちょっと状況が変わってきているので先生のアドバイスが欲しいのですが、お電話いただけますか？ お願いします」

聞こえる声は凛とし、これからの数時間を強い覚悟で臨む気概すら感じます。家族で旅ちゃんの最期をしっかりと見届けるのだという覚悟です。ふと旅ちゃんを思い出したときにこのメッセージを聞くのですが、そのたびに私は思います。どうしてご家族は、こんなに強くいられるのだろうかと……。

私が旅ちゃんの主治医になったのは、旅ちゃんの心臓手術の直前でした。ご両親との初めての話し合いも、議題は心臓の手術をめぐる重大な内容でした。その際の「必ず旅也をお家に連れて帰って、家族で暮らしたいんです。旅也の望んでいることをしてあげたいんです」というご両親の強い思いがとても印象に残っています。振り返ってみると、「旅ちゃんはいま何を望んでいるのかな」という視点で治療を考えるようになったのも、ご両親の思いに触れたからこそだったと思います。

「患者さんが望んでいること」に気づく。特に話せないベビーが相手のＮＩＣＵでは本当に難しいのです。ドクターはついモニターや検査数値に頼りがちになり、ベビーの細かな変化に気づいていないことがあります。主治医と言っても一人の患者さんにつきっきりというわけにはいかず、普段のベビーを知らないのですから、変化が分からないと言った方が正確かもしれません。

そんなときにアドバイスをくれるのが、ベビーを24時間ずっと見ているナースです。「いつもよりちょっと元気がないです」「眉間を撫でてあげると落ち着くんです」など、気になる症状からベビーの個性まで。時には「お母さんが少し疲れているみたいです」などご両親の精神面の報告も。そしてナースと相談しながら「患者さんが望んでいること」にたどり着く。旅ちゃんの入院中は毎日がこういったことの繰り返しだった気がします。

さらに大切なアドバイスをくれたのは、ご両親でした。旅ちゃんの入院が続くなか、ご両親は毎日面会に来て、旅ちゃんに触れ、旅ちゃんと話し、旅ちゃんの状態を誰よりも理解するようなられました。18トリソミーや在宅医療に関しても熱心に調べ、日がたつにつれて目標がより具体的になりました。ご両親をここまで突き動かしたのはやはり、「旅ちゃんが望んでいること」だったのだと思います。そして、旅ちゃんがご両親の行動を通して「僕はお家に帰りたい」という大切なアドバイスを、私に伝えていたのかもしれません。

旅ちゃんが亡くなってからも、ご家族は精力的に活動されています。18トリソミーの写真展やかもがわチャリティーランといった素敵なイベントも開催されました。それらの活動もきっと「旅ちゃんが望んでいること」なんだろうなと想像します。旅ちゃんがご家族に託した思いが、次々とかなえられているのだろうなと思います。

旅ちゃんの思いをご家族と少しでも共有できれば、主治医としてこれほどうれしいことはありません。これからもご家族の活動にぜひ協力させていただきたいと思います。

message

旅也君が教えてくれたこと

はせがわ小児科
長谷川 功

2013年10月頃、大学病院から旅也君の訪問医の相談を受けました。旅也君は長らく大学病院のNICUに入院していました。ご家族の希望で在宅人工呼吸器、胃ろう栄養のもとで退院できたのは1歳4か月のときでした。その時点では、自宅での看取りを視野に入れた退院でした。

依頼を受けたとき、重症度の高さに私は躊躇したのですが、あおぞら診療所の前田浩利先生の後押しと、京都で設立された「訪問看護ステーションあおぞら京都」のバックアップを約束していただいたこともあり、訪問医となりました。

それから週1回の訪問診療が始まりました。看取りが前提だったはずの旅也君でしたが、意外なほど穏やかに経過しました。弟さんも生まれました。家族で旅行も何度かできました。旅也君はしっかり家族の一員になっていました。私は、笑顔を見せおもちゃで遊ぶ旅也君の姿に、この子はこのまま何事もなく大きくなっていくのかもしれない、と思うようになっていました。

ところが、2015年の春頃から肺炎を頻発し、入院回数が増えました。そのうちに肺炎が治まり切らず退院のめどが立たなくなってきました。ご家族は自宅での看取りを強く希望され、自宅に帰ることになりました。酸素濃度は減らせないものの数日は安定しており、笑顔も見られましたが、退院して1週間が過ぎた頃、酸素飽和度が徐々に低下してきました。

訪問予定であったその日の朝、診療開始前に訪問看護師から酸素飽和度が50台を割るようになったと電話連絡がありました。午前の診療が終了してすぐ、お母様に電話で状況が変わっていないことを確認し、30分後に訪問する旨を告げました。医院を出発する直前、看護師より脈が触知不能である報告を受け、15分後自宅に到着。すでに心停止状態でした。

大学病院勤務時代、私は旅也君と同じ疾患の多くの子どもをNICUで見送りました。ただ一人、ご両親の希望で退院した子がいました。しかし小児の訪問看護が存在しなかったその時代、その子は1か月後に救急外来で亡くなりました。退院が間違いではなかったのか、この子と家族に苦痛を与えただけではなかったか、と自問自答を繰り返しました。

十数年後のいま、医療の進歩と小児訪問看護のスペシャリストの出現により、重い病気をもつ子どもたちも退院し、医療的ケアを受けながら自宅で暮らすことが可能になってきました。ここ数年、在宅療養児の数は確実に増加しています。

しかし、現在も小児在宅医療にかかわる小児科開業医は多くありません。成人の在宅医療に比べ、制度や法律、そして医療、保健、福祉など多職種が連携するシステムが未成熟だからです。現在、京都でも重症児が在宅医療にスムーズに移行できるようなシステムづくりが進みつつあり、私もそのメンバーに加わっています。あと数年すれば、小児在宅医療はごく普通の選択肢になっていることでしょう。それを夢見て、もうしばらくがんばるつもりです。

私は、家族がおうちでいっしょに暮らすことの大切さを、旅也君から教えられました。どんなに重い病気の子どもたちでもそれは同じであると……。旅也君、たくさんのことを教えてくれて本当にありがとう。

message

「チーム旅也」

京都府立医科大学
附属病院 看護部
光本かおり

旅ちゃんのお母さんと初めて会ったのは、旅ちゃんがもうすぐ生後7か月の頃でした。当時私は、病院の地域医療連携室で退院支援看護師として働いていました。退院する患者さんとその家族が帰って困らないよう、地域のさまざまな制度やサービスにつなぐのが仕事の一つです。

「この子は絶対家に連れて帰りたいと思っています。命に限りがある病気なので、時間を大切にしたい、家族いっしょに過ごしたい、そして家で看取りたいと思っています」

思いをストレートに伝えるお母さんとの出会いは衝撃的で、優しい雰囲気のなかに凛とした強さと聡明さを感じました。とはいえ京都市内で子どもの看取りを支えるのはまだまだ難しい状況でしたから、これは責任重大と身と心が引き締まりました。

訪問看護ステーションは、子どもに強い「あおぞら京都」に依頼しました。すると所長さんがすぐにお母さんと面談。気管切開を迷っていたお母さんに、それが「いのちをつなぐ」だけでなく「いのちを守る」処置だと伝えました。在宅医には「あおぞら京都」と相談し、本院NICUのOBであるはせがわ小児科の長谷川功先生に依頼しました。入院時から在宅メンバーと顔合わせをしたことで、お母さんの安心感や希望につながったのではないかと思います。

チームをつくるときは、それぞれの職種が専門性を生かして患者とその家族に寄り添うことができ、チームのメンバー同士が心を通わせることができることを考えて依頼します。できるだけ家族で過ごす時間を大切にしたいというお母さんの思いを強く感じ、退院後も病状が安定するまでは入退院を繰り返すと予想して、医療系メンバー中心でスタートしました。

旅ちゃんはときどき入院しながらほとんどを在宅で過ごし、病院では考えられない成長発達を見せていました。定期検査で旅ちゃんの姿を見るたびに、病院だけでは提供できないことがたくさんあることを知り、在宅の力を再確認しました。

お別れの日は残念ながら近づいてきました。最後に退院して過ごした9日間は、胃ろうから家族と同じ食事を少しずつ注入してもらい、大好きだったお風呂に入り続けました。「旅ちゃんにとって心地よいことをしてあげたい」を大切にした、お母さんと在宅チームのケアの結果だと思います。旅ちゃんは会いに来るみんなに笑顔を見せ、静かに旅立ちました。奇跡の9日間でした。

旅ちゃんが旅立った後も、悲しみを力に変えて前に進む旅ちゃんの家族の姿は、24時間体制で毎日一生懸命子育てをしている家族や、残念ながら子どもが旅立ち、悲しみでいっぱいの家族の心の支えとなっています。医療者は「旅ちゃんが家に帰れたのだから、きっとこの子も家に帰れる」と信じ、子どもたちの治療や看護にあたっています。私はどんな重度な疾患でも、多くの医療的ケアが必要でも、家族とともに生活することを目標に、必要な医療を提供することが病院の役割だと考えています。

子どもを取り巻く地域の資源は十分でなく厳しい状況ですが、旅ちゃんから学んだたくさんのこと、旅ちゃんの家族から教えられた家族の思いの深さと絆を忘れることなく、「チーム旅也」の一員として誇りをもち、今後も退院支援にかかわっていきたいと思います。

message

旅ちゃんは希望を伝える子

訪問看護ステーション
あおぞら京都
松井裕美子

妊娠・出産は多くのご家族にとって喜びです。しかし18トリソミーと診断されると一転、いのちの期限を言い渡され、その子は生まれた直後から常に「死」と直面し、たたかいが始まります。状態が安定し退院できる状況になったとしても、医療側が自宅に帰ることを勧めることによって「見放された」と感じる家族も少なくありません。

生きるのに高度医療が必要な子どもたちは、入院生活が日常生活であり、医療行為も育児の一つになります。お腹の状態を見てミルクの量を決めるように、呼吸の状態を見て酸素の量を決めます。オムツを交換するように、当たり前に気管吸引をします。両親がそれらを習得しなければ、この子たちの育児はできません。ですから両親には退院時、子どもの命を自分たちが左右するという覚悟が求められます。

私たちの仕事は、その重荷を少しでも軽くできるようにお手伝いすること。そして、医療行為が育児の一つになり、少しでも普通の生活に近づけられるよう、ご家族とともに考え工夫することだと思っています。

大学病院から紹介された旅ちゃんのご家族は、心から退院を望み、覚悟も決まっているように感じました。旅ちゃんが自宅に帰ると、ご両親は日々精いっぱいの愛情を注いで、子育てを当たり前のようにされました。

旅ちゃんは食道が離断し、口から食べても胃にはつながりません。病院にいれば、胃ろうからの注入食をミルクから経管栄養剤に置き換えて離乳終了です。でもお母さんは違います。食育を意識し離乳食から徐々に普通の食事に置き換え、それらをミキサーにかけて胃ろうから注入するだけでなく、「お楽しみ」として少量は必ず口から食べさせます。おやつも同じです。旅ちゃんは好き嫌いができ、飴をご満悦の笑顔でなめる子になりました。そう、味覚が育ちました。

近所の鴨川への散歩を繰り返し、風や太陽に当たっているうちに体力がつき、徐々に遠出ができるようになりました。春は拾ってきた桜の花びらを浮かしたお風呂に入りました。夏はお父さんが酸素ボンベを背負い呼吸器を持ち、お母さんに抱っこされて海にも入りました。「おにいちゃん」にもなりました。旅ちゃんが弟を見つめる顔はいっちょ前のお兄ちゃんでした。幼稚園かばんももらい、遠足にも行きました。

旅ちゃんが病院にいたのは460日。在宅で過ごした625日から臨時入院した約80日を引いても在宅のほうが長く、ご家族といっしょに多くのことを経験しました。

旅ちゃんの人生は短かったけれども、そこには大きな意味があります。この本を通して、これから在宅をめざす家族や医療従事者に、在宅についての希望をもってもらえたらと思います。支える人が増えれば、安心して家に帰れる子どもが増えます。旅ちゃんはきっとそれを伝えるために生まれてきた子ではないかと、いつもお母さんと話していました。

私たちも、旅ちゃんに教えられたことを胸に、旅ちゃんの使命を引き継いで、一人でも多くの子どもたちが旅ちゃんのように「与えられたいのちを生き抜く」お手伝いができたらと思います。

message

「旅ちゃんがパンダ園に来てくれたよ」

心臓病の子どもを守る
京都父母の会
パンダ園代表　佐原良子

私たちは、パンダ園が旅ちゃんにとって安全で楽しめる場所になるようにと心から願っていたので、入園希望をいただいたときはうれしくなりました。

パンダ園は1975年、心臓病の子どもを守る京都父母の会によって設立されました。さまざまな病気や障害のある子どもたちが通う自主保育の場です。火・金曜日に、弟妹たちを含めて毎年15人ほどが通園しています。病気の重い子どももできるだけ受け入れ、病状や感染に気をつけながら、保護者もいっしょに見守るなかで、それぞれの特性に応じた保育を心がけています。

以前にも、特製車いすに横たわって通園していた男の子がいました。気管切開をして経鼻栄養です。それらの諸道具や身の周りの持ち物などで、車いすの重さは20kgを超えていました。楽しい雰囲気のなか、周りの様子に少しずつ反応するようになり、夏には「守る会」主催の2泊3日のサマーキャンプにも家族で参加し、翌春には支援学校の1年生になりました。重度の障害のある子の可能性の広がりを感じた経験は、自然と旅ちゃんの受け入れにつながりました。

入園後の旅ちゃんは、いつも穏やかで、ピアノの音やお歌が大好き！　笑顔もよく見られるようになりました。パンダ園の台所では、ボランティアさんによりおいしい給食が作られます。ママは、心を込めて準備された給食を持参のコンパクトミキサーに入れ、栄養もエールも十分に旅ちゃんのお口に入れることができるとうれしそうでした。

旅ちゃんが、保育に参加できたのは5回。そのうち2回は、春の植物園の遠足と、お父さんと弟くんもいっしょに参加した園長の農園でのイチゴ狩りでした。しぼりたてのイチゴジュースを飲んだりトラクターにも乗せてもらったり、新しい経験に喜びが沸いた日々でした。

退院後パンダ園への通園を心待ちにしていると、ご自宅で看取られているとの連絡。園長とスタッフはすぐに訪問しました。悲しい気持ちを抑えられませんでしたが、お部屋の空気には和らぎがあり、旅ちゃんへの慈しみに満ちていることに感動しました。私は万感の思いを込めて、旅ちゃんに「ありがとう」と伝えました。旅ちゃんのベッドには、パンダ園のかばんと絵本『サンタてんし 3さい』※まで置いてありました。いまも旅ちゃんの微笑みは心に刻まれています。

旅ちゃんの葬儀の後、一人ひとりに色とりどりの風船が手わたされ、みんなで空に放ちました。風のない穏やかな日で、風船はゆっくりと天に昇って行きました。地上から見えなくなったところではきっと、初代園長の田里先生と、黄色いかばんを見つけたパンダ園の子どもたちが、「可愛いサンタ天使が来たよ」と、旅ちゃんをその輪の中に迎え入れたことでしょう。

旅ちゃんの優しさと素敵なメッセージが、周りのみんなにふんだんに遺されています。お父さんとお母さんたちは、「授かった」旅ちゃんとの出会いを大切にして、新たなことにも挑戦されています。旅ちゃんも、サンタ天使のお仕事を好きになっているとうれしい。あなたの生命の輝きをあちらこちらで感じています。私たちにも出会ってくれてありがとう。

※佐原良子作の絵本。天上に帰ったパンダ園児が、サンタクロースのお手伝いをしてみんなに幸せを届けるお話。

「旅也と激走！バトンは受け継いだよ」

藤井旅也・父　藤井伸樹

旅也が亡くなって2年余り経過しましたが、心の中の旅也の存在が色褪せることはありません。

「出産前」

妊娠4か月目頃の検診で、胎児水腫と診断されました。大学病院の医師からは、出産前に死亡する可能性や、無事に出産できてもすぐ亡くなる可能性があると聞きました。またインターネットの検索で、染色体異常の可能性があることを知りました。

この時期、よくない情報は受け止めることが難しく、無意識に拒否していたように思います。医師からは羊水検査や堕胎可能な時期についての説明がありましたが、検査は行わず、ただ生まれてくるのを待つことにしました。次の検査までによくなっているかもしれないという一縷の希望をもつことで、気持ちのバランスを保っていたように思います。

「出産直後」

生まれた直後にＮＩＣＵで初めて会った旅也は、首まわりに浮腫が残っていたため、頭が胴に直接ついているように見えました。肌の色はどす黒く、明らかに普通の赤ちゃんとは異なっていました。また、すでに挿管されており、身体に点滴や心電図モニターの線がつながれていたのが印象に残っています。捕まえられた宇宙人を見ているようで、状況を理解できませんでした。

四日後に医師から、18トリソミーに多く見られる特徴が表れていること、合併症として心室中隔欠損、食道閉鎖、肺高血圧症があり、予後が不良である旨の説明を聞きました。旅也は生まれてきたばかりなのに、1か月先の命さえ保証されていませんでした。わずかに残っていた希望が打ち砕かれ、その夜妻と、涙をボロボロ流して泣きました。

そのままあまり眠れなかった明け方、目が覚めて布団で横になっていると、状況を整理して考えられるようになってきました。そして、親として旅也が生まれてきてくれたことに感謝し、笑顔で迎えるべきなのに、落ち込んで泣いてしまったことに気がつきました。旅也の気持ちを考えると恥ずかしくなりました。そして、生きている旅也にきちんと向き合わなければ、と気持ちが切り替わりました。

「NICU」

NICUには毎日通いました。平日は仕事で、どうしても面会時間が夜遅くなってしまいます。夜10時から11時くらいにNICUに着き、1時間程度面会していました。旅也の寝顔を見て帰った日は幸せな気持ちになりました。なかなか寝てくれない日は、旅也の隣で私のほうが先に寝てしまいました。

平日の昼間は妻が旅也の横に張りついていたので、週末の日中は私が代わりました。旅也のベッド脇に座り、掌をマッサージしてやわらかくしたり、脱腸している部分をマッサージして元の位置に戻したり、タオルで体を拭いたり、オムツ替えのときにウンチを観察したりしていました。

あるとき、ウンチの中にゴムチューブを発見しました。ゴムチューブは食道閉鎖の手術をしたときに食道を縛ったもので、理論上はウンチに混じるはずがないそうです。人体の不思議を感じました。

ＮＩＣＵの医師・看護師のみなさんには、とても温かく見守ってもらいました。一方、ＮＩＣＵでは家族ができることに制限があり、歯がゆい思いもしていました。旅也は食道が胃までつながっていないため、唾液を飲み込むことができません。そのため気管に流れ込んでしまうことがよくあり、そのつど吸引が必要でした。

ここでは看護師さんに吸引してもらわねばなりません。忙しそうな看護師さんに声をかけることがはばかられ、サチュレーション低下のアラームを聞きながら看護師さんの到着を待っていました。その間も旅也は苦しんでいます。看護師さんが吸引する様子は間近で何度も見ていたので、自分で吸引できればと思っていました。

ですから退院が決まったとき、自分で旅也のケアができるようになるのがうれしかったのを覚えています。

「在宅生活」

家に帰ったときは緊張もしましたが、より大きかったのは、待ちに待った在宅生活が始まるという期待のほうです。そして周囲の予想に反して、旅也はどんどん元気になっていきました。

家では妻と交代しながら、24時間つきっきりで看護していました。唾液を誤嚥してもすぐに吸引できるし、お腹が張ってきてもすぐに浣腸できます。体温調整も体位変換もこまめにでき、高級ベッドに涼風マット〝そよ〟付き、ごはんは毎食手作りなど、自分たちができることはすべてしてしました。

何よりも旅也自身がリラックスして過ごせていたと思います。私は、家に帰ってからも毎回ウンチをチェックしていましたが、NICU時代には考えられない、こんもりとしたよいウンチが出るようになっていました。

家に帰って初めての週末、妻が出かけたとき、旅也をベッドから絨毯の上に降ろして自分も横になり、胸の上に旅也を抱きました。二人きりでのカンガルーケアでした。呼吸器の回路が気管に垂直に差し込まれているため、胸と胸を合わせるには回路が邪魔になるのですが、少しずつ位置を調整して胸の上に旅也を抱いて横になることに成功しました。残念ながら、旅也の顔が近すぎて表情は見えませんでしたが、束の間の幸せな時間でした。

私は毎日、夜10時から朝5時までの〝夜勤〟担当でした。これも始めは妻と交代でしたが、三男が生まれてからは妻の睡眠時間確保のため、〝夜勤〟はもっぱら私の担当になりました。

〝夜勤〟では、10時30分に胃ろうから注入する食事を作り始めます。

まず、平鍋に小さくカットした乾燥昆布と水を入れて火にかけます。沸騰するまでの間に、冷蔵庫に残ってい

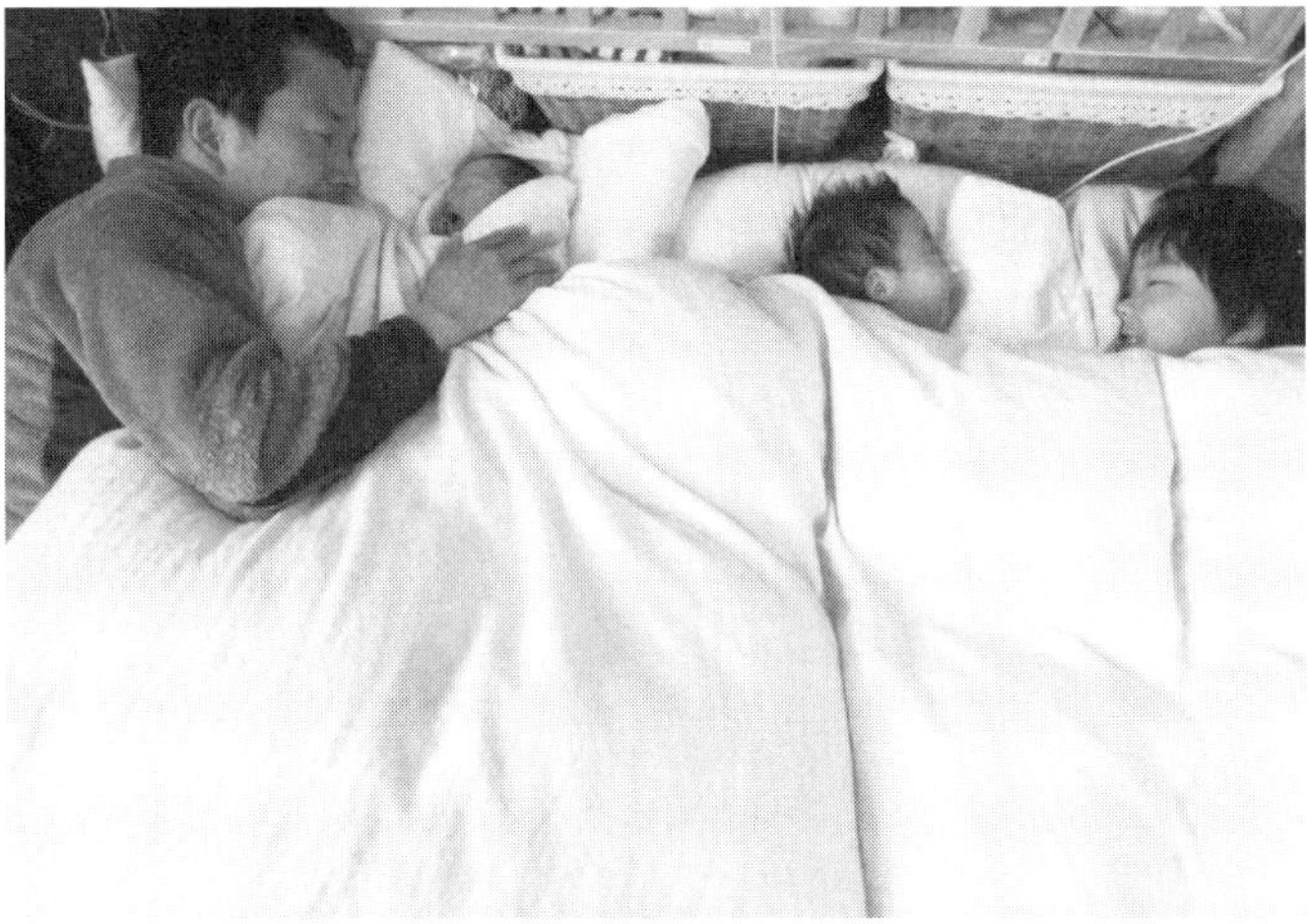

る根菜類（カボチャ、ニンジン、レンコン、サツマイモなど）、キノコ類をみじん切りにして、白飯といっしょに平鍋に入れます。沸騰すると弱火にして5分程度グツグツしながら、塩または味噌で味つけをして、全体的にやわらかくなったら火を止めて粗熱を取ります。それからミキサーに移し、ドロドロ状にしたものをシリンジで吸い上げます。夏場はシリンジを水にさらし、冬場はお湯につけて、注入に適した温度に調整します。それを11時から30分間隔で4回に分けて注入します。0時30分の注入が終わった後で片付けをして、1時頃に寝るのが日課でした。

旅也も1時に寝てくれればいいのですが、リズムが合わないときなどは寝てくれません。アラームが鳴るたびに起きて吸引をしていました。

寝られない日が続くこともありました。二日まではなんとか耐えられますが、三日続くと変な頭痛が始まり、白目の血管がよく切れました。そのため、仕事中に寝てしまうことも、車の運転で事故を起こしそうになったことも何度かありました。

「医療的ケア」

旅也は18トリソミーに加え、重度の合併症がありました。その場にいる者が適切に対応できなければ、死に至る場合があり得ます。自分一人のときに旅也を助けられるレベルになっていないと役に立ちません。危機感をもって医療的ケアの手技を学びました。

家に帰る時点では、痰吸引、浣腸、呼吸器設定、酸素濃縮器調整、酸素ボンベへのつなぎ替え、ベッドからバギーへの移乗、回路交換、体位変換はできるようになっていたと思いますが、カニューレ交換と鼻からのチューブの挿入、バギングは自信のない状態でした。なかでもバギングは苦手で、訪問看護師さんの訪問時に積極的に学ぶようにしました。

鼻からのチューブは、食道が閉鎖しているところにたまった唾液を吸い上げるためでした。そのチューブが抜けてしまうと、食道から気管、さらには肺に唾液が流れ込んでしまいます。しかし旅也は、そんなことにお構いなく、指をチューブにかけて抜いてしまいます。すると鼻からチューブを挿入しないといけません。

ところが、鼻から食道に抜ける気道の途中に分岐があるのか、詰まってしまうところが一か所あり、なかなか食道の先端まで挿入できません。いろいろ試しましたが、最後まで解決策を見出せず、入るまで何度もチューブの出し入れを繰り返す、時間とのたたかいでした。旅也も嫌がって必死の抵抗を見せ、挿入できた頃には双方ともクタクタでした。

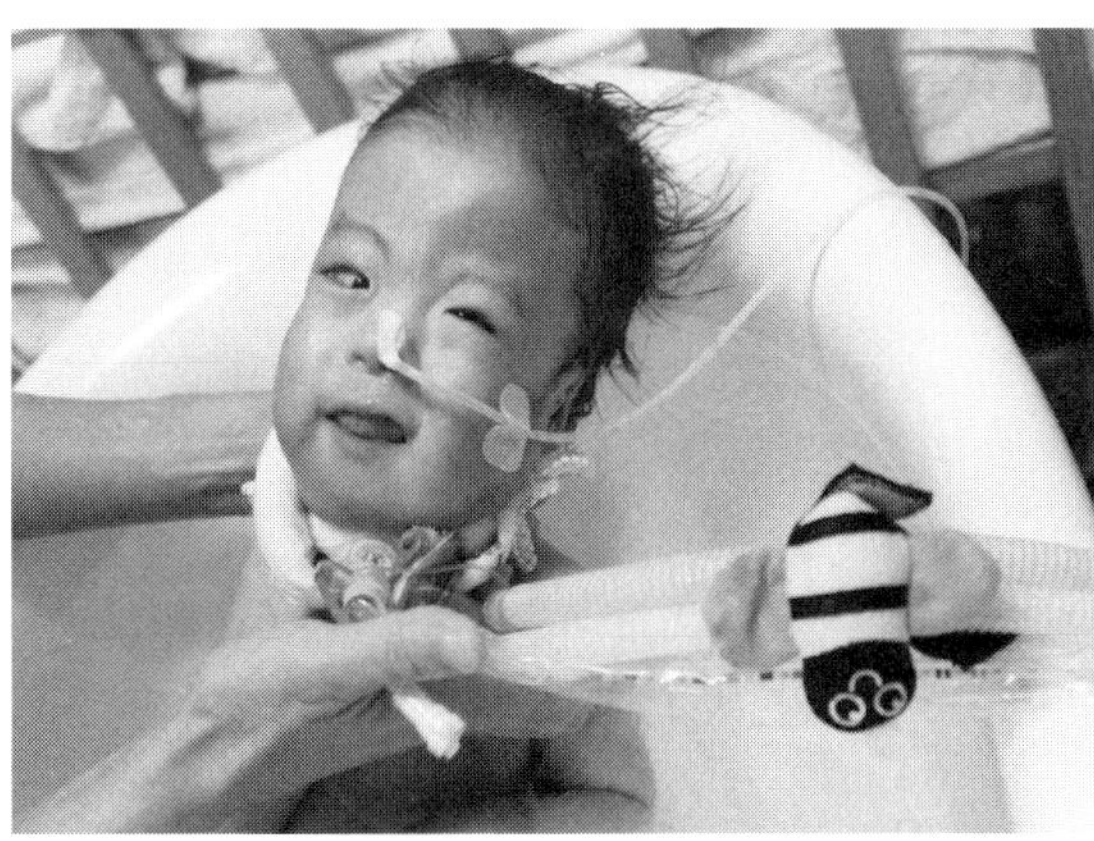

「旅也のケアと働き方」

私は大学卒業後、印刷会社で8年間勤務して、退職後2年間の受験勉強期間を経て、司法書士試験に合格、司法書士事務所を開業し、現在に至っています。開業後しばらくは得意先もなく、慣れない営業活動を行うものの仕事の依頼がない状態が続いて、うつ状態になりました。そんな状態で3年が経過し、事務所の経営が軌道に乗りかけた4年目に、旅也が生まれました。

そして、NICUから家に帰る話が出たときに、働き方を変える必要があると思いました。妻と相談して、土・日に加えて、水曜日も仕事を休むことにしました。その頃の仕事は、私とパートさんの二名で十分対応できていましたが、以前から面識があった司法書士に事情を説明して、事務所に来てもらうことにしました。

その際、毎月の給料支払いや、水曜日も休むと仕事が減るかもしれないという不安がありました。しかし、旅也との在宅生活を考えると、「なんとかなるだろう」と開き直ってチャレンジする気持ちになりました。

私は自営業なので大胆に働き方を変えることができました。しかし、他のお父さんはどうしているのか聞いてみたくなり、旅也が亡くなった翌年に開催された「18トリソミーの子どもたち写真展in京都」の分科会として、「お父さんたちの声を聞こう座談会」を主催しました。座談会には家族、医療関係者合わせて四〇名の参加がありました。

18トリソミーの子をもつ父親一三名から回答を得たアンケートでは、その子を授かったことにより、子どもと関わる時間を確保し、母親の負担を軽減するために、77％が「働き方を変えた」と答えていました。それぞれに家庭環境や職場環境など状況が異なっているため、働き方を変えたことがよいなどと評価するものではありませんが、他のお父さんたちもいろいろ考えていたことが分かりました。

また、私は座談会を通じて、父親と母親の立場の違いについて考え、「子どものケアと仕事」というテーマを取り上げました。それは、医療的ケアが必要な旅也との在宅生活を通じて、子どものケアを優先することで、仕事上の評価を下げてしまうことがあること、そしてそれを自分の責任として受け入れることが難しい、という経験をしたからです。

たとえば、クライアントとの面談予定日に旅也が緊急入院することになり、面談予定を変更してもらいます。しかし、変更した面談予定日にタイミング悪く三男が熱を出してしまいます。妻は旅也のケアがあり、私が三男を連れて小児科を受診すると、再度の予定変更が必要になります。一度や二度なら仕方ないと割り切れますが、繰り返されることで、自らの心が荒んでいくのが分かりました。

また、このようなことを話して理解してもらえる相手もいなかったため、自分の中にため込んで悶々としていました。幸い私はランニングが趣味で、その当時は月間200~250㎞走っていました。汗といっしょに負のエネルギーも流れていくのか、走ることで心のバランスをとっていたように思います。

「旅也への手紙」

旅也が生きた3年間は、痛いことやしんどいことも多かったと思います。でも家族でいっしょに過ごすことができ、お兄ちゃんにもなり、パンダ園に入園することもでき、濃厚な時間でしたね。旅也の周りには多くの人が集まり、旅也がその人たちの生き方に少なからず影響を与えているのを見てきました。

お父さんは寝不足が続き、体力的にも精神的にもつらいときがよくありました。一日の時間は限られており、できないことがあっても、とりあえずその日を精一杯生きている毎日でした。

旅也の死や、幼なじみの死を通じて、人の命には限りがあることを実感し、自らの死も意識するようになりました。そのことで、生きることに対するスイッチが入りました。おかげで、旅也と出会う以前より充実した毎日を過ごし、旅也のように医療的ケアが必要な子どもたちとも関わることができています。

これからも、旅也から受け継いだバトンを持って、命ある限り、精一杯生きようと思います。旅也に会えるのはもう少し先になりそうですが、待っていてね。そのときはどんな話をしようかな。

たびやとすごした毎日

ふじい　草馬

　たびやが生まれた時、ぼくは三才だったので、はっきりした記おくがありません。でも、たびやがおなかにいた時に、

「赤ちゃんの名前は、たびやがいい！」

と言って、ぼくが名前を決めました。

　たびやがNICUにいた一年三ヶ月で、ぼくは二回しかたびやに会えませんでした。だから、たびやがたいいんして家に帰って来た

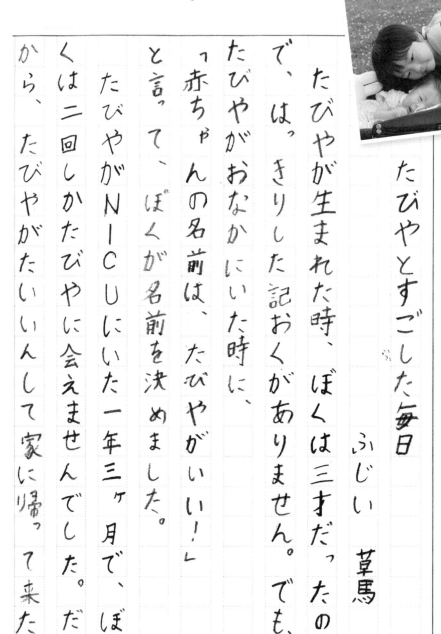

時、とてもうれしかったです。たいいんしてすぐ、ぼくはたびやと同じふとんでお昼ねをしました。ぼくはその時、うれしくてついたびやの手をにぎってねました。たびやもうれしかったのか、ずっとわらっておきていたそうです。

ぼくは、ほいく園から帰ったら、いつもたびやがわらってくれるので、ほいく園から帰るのが毎日楽しみでした。帰ってくるとほうもんかんごしさんがいて、はやっていたようかい体そうをたびやといっしょにおどっていました。たびやはどんどんダンスをおぼえてきめのポーズをしっかりと決めていました。

たびやは家に帰ってから色んな物を食べられるようになりました。たびやがすきな食べ物はミカンです。ある日ぼくがミカンのグミをくちびるのところにつけてあげると、たびやはグミをかんではなしませんでした。そしてグミが切れて口の中に入ってしまいました。グミを口の中から出せたのでよかったですが、たびやはとてもミカンがすきなんだなぁと思いました。

たびやが空に帰った時、ぼくはなぜかおこっていました。自分でもなぜおこっていたのかはわかりません。いかりのつぎにショックとかなしみがやってきて、たくさんなきました。自分の命よりもたびやのほうが大切です。

たびやが空に帰って二年がたった今、ぼくはたびやがいつもとなりにいると思って毎日生きています。

あとがき　旅也くんとご家族の物語に寄せて

旅也くんと初めて出会ったのは、新生児集中治療室（ＮＩＣＵ）。物語にもたびたび登場される徳田先生に、訪問看護ステーションあおぞら京都の開設のごあいさつにうかがったときでした。そのとき旅也くんは気管切開を行う予定になっていました。

「ご両親がご自宅に連れて帰りたいと強くご希望で、我々も何とか帰してあげたいと思っているのですが、このように重症の子でも帰せますか？」

そう問われ、これまで多くの18トリソミーの子どもたちを受け取ってきた私は、旅也くんの様子に強い生命力を直感し、「きっと帰れます。そのときは、私たちのステーションにお世話させてください」と答えたのを覚えています。

そしてその後何回か、旅也くんのご自宅にうかがいました。そのたびに、細やかな愛情深いご両親のケアが心に残りました。お出かけの写真もたくさん見せていただき、長谷川先生はじめ多くの方々が旅也くんの周囲に集まり、懸命に旅也くんとご家族を支えていらっしゃるご様子にとても励まされ、元気をいただいて東京に戻りました。

旅也くんの出生から退院、家での生活の物語には、心から感動し、多くを学びました。お母さんのお腹の中に旅也くんがいたときのご両親の想いや葛藤は、臨床現場にいる私たち小児科医が出会う機会の少ない話で、とても教えられました。また外出、旅行などを一つひとつ計画し実行していく姿に、試練のときは私もドキドキし、実現すると「やった！」と快哉を叫びました。

せっかく生まれてきたのだから、この素晴らしい世界をできるだけ体験させてあげたい、という世界と自然への深い共感を土台にしたご両親の愛情の発露に心を打たれました。旅也くんとご家族の物語は、命の賛歌であり、自然、そして世界の賛歌であると思いました。

いま、旅也くんのように高度な医療に依存しながら生きている子どもたちが、病院から地域へと帰ってきています。わが国の新生児救命率は世界一です。２０１５年のＷＨＯの統計では、１か月未満の赤ちゃんの死亡数が日本は１０００人中０・９人、米国は３・９人、英国２・９人、ドイツ２・２人、世界平均は24人です。２０１１年の統計でも日本は世界一で、１０００人中１・０人。この4年間でも日本の小児医療は進歩し、より多くの子どもの命を救っているのです。

しかし一方で、医療機器と医療ケアがないと生きていけない子どもたちも増えています。在宅で人工呼吸器を必要とする19歳以下の子どもは、２００５年には全国で２６０人でしたが、２０１５年には３０００人を超え10倍以上に急増していることがわかりました。

ところが従来の法制度では、生きていくために医療が必要な子どもは「地域にはいず、病院にしかいない」とされていました。というのは、「生きるために医療が必要な障害」という概念が、従来の日本の障害の概念にはなかったからです。すなわち、障害は身体障害、知的障害、精神障害、発達障害の4つとされ、人工呼吸器などの医療機器がないと生きていけない子どもは「病児」であって、障害児ではなかったのです。

そのため旅也くんのご家族は、ヘルパーさんを探すのにも、レスパイト施設を探すのにも、また下のお子さんの保育園の確保にも大変な苦労をされたわけです。

それがいま、変わりつつあります。２０１６年5月24日通常国会で、「障害者の日常生活及び社会生活を総合的に支援するための法律及び児童福祉法の一部を改正する法律」が成立しました。これによってやっと、生きていくために医療が必要な旅也くんのような子どもたちが、地域で生活するための法的根拠ができたのです。

しかし、まだまだ実際の現場を動かしている仕組み、特に福祉サービスを決定するプロセス、支援する人や施設への報酬の仕組み、そして教育現場での医療的ケアの問題は変わっていません。

今後も、必要な支援量の評価、決定から報酬制度、学校での医療的ケアの問題など解決すべき問題は多くあります。しかし、そのような社会システムの整備の原点には、旅也くんのような子どもと家族の物語があることを、私は忘れたくないと思います。何より、一人でも多くの子どもが旅也くんのように、この世界のすばらしい自然、人びとの愛情に触れ、その大切な人生の時間を生きられるようになることこそが大切だと感じます。

いや逆に、旅也くんのような子どもたちに触れて、私たちはもう一度、自分たちが「当たり前」だと思っていたこの世界のすばらしさ、人の思いやりのすばらしさ、生きることのすばらしさを教えられるのかもしれません。

小さいけれども「当たり前」のすばらしさを教えてくれる偉大な教師、旅也くんとの出会いと、それをつくってくださった京都の多くの方々に心から感謝しつつ、このすばらしい物語のあとがきとさせていただきます。

２０１７年11月

医療法人財団はるたか会　前田浩利

おわりに ――― epilogue

今日、8月9日は旅也の誕生日です。旅也が生きていたら、みんなで5歳の誕生日を盛大に祝っていたことと思います。旅也はみんなの真ん中で、みんなをやさしい気持ちにさせるあの笑顔を見せていたでしょう。あれからどんなことができるようになっていたのだろうと想像すると、切ない気持ちでいっぱいになります。

旅也と過ごした日々を忘れないように、それを書き残す作業を始めたものの、私は「産みの苦しみ」を再び味わいました。それは、旅也が生きるために乗り越えなくてはいけなかった、多くの痛みや苦しみをひしひしと振り返る作業でもあり、旅也と家族みんなで過ごした自宅での楽しかった時間を、もう過ごせない現実として受け入れる作業でもありました。

でも、そのなかで、旅也が遺したものの大きさ、豊かさも、受け止めきれないくらいしっかり感じることができました。そして、旅也と私たち家族を支えていただいた「チーム旅也」のみなさん、病院、福祉、行政関係でお世話になったみなさん、きょうだいを支えていただいた学校、保育園のみなさん、職場のみなさん、たくさんの友人たち、私たちの両親、家族のことを思うと、感謝の気持ちが溢れてきます。

旅也は、本当にたくさんの人たちに愛され、支えられ、命を全うしました。そして、私たち家族もまた、たくさんの人たちに支えられました。いまも変わらず続く、そのサポートに心から感謝いたします。

旅也はいまもみんなのなかで生き続けている――。このことが、私たち家族を支えています。そして、これからも旅也は家族の中心で生き続けていくのだと思います。

本書の出版にあたり、お忙しいなか貴重な時間を使って寄稿していただいた医療法人財団はるたか会理事長の前田浩利先生、はせがわ小児科の長谷川功先生、とくだ小児科内科の徳田幸子先生、京都府立医科大学附属病院の茂原慶一先生、退院支援看護師の光本かおりさん、訪問看護ステーションあおぞら京都所長の松井裕美子さん、心臓病の子どもを守る京都父母の会パンダ園代表の佐原良子先生、同じ18トリソミーをかかえてきて生まれてきた奥村蒼介くんのお母さんであり、小さな赤ちゃんのための肌着作りに取り組んでいる奥村由乃さんに、それぞれ深く感謝いたします。

Life is a journey. ——人生は旅なり——

私たちの歩みが、さまざまな病気や障害をかかえた子どもたちとその家族に、少しでも希望を運べますようにとの願いを込めて。

最後になりましたが、10年前に新米アートセラピストとして出会い、久しぶりに会った私が3児の母になっていることに驚きつつも、本書の出版にご理解と温かいサポートをいただいた、クリエイツかもがわの田島英二さん、岡田温実さんに心から感謝いたします。

２０１７年８月９日

藤井　蕗

プロフィール／藤井　蕗（ふじい ふき）

1999年京都教育大学発達障害学科卒業後、ドイツ、スウェーデンにて障害児・者の支援に携わる。

2004年英国ハートフォードシャー大学大学院アートセラピー・コース修了。

洛和会音羽病院医療介護研究所にて発達障害児 、高齢者、緩和ケアの領域でアートセラピーを実践。

18トリソミーの次男・旅也の在宅移行を期に退職。旅也が亡くなってからは、学校現場で特別なニーズのある子どもたちの支援に携わりながら、医療的ケアの必要な子ども、家族たちとの活動を行っている。

共著に、『対人援助のためのアートセラピー』（2008年、誠信書房）

a life [ア ライフ]
18 トリソミーの旅也と生きる

2018年1月31日　初版発行

著　者●藤井　蕗　Fuki Fujii

発行者●田島英二　info@creates-k.co.jp
発行所●株式会社 クリエイツかもがわ
〒601-8382 京都市南区吉祥院石原上川原町 21
電話 075(661)5741　FAX 075(693)6605
http://www.creates-k.co.jp　info@creates-k.co.jp
郵便振替　00990-7-150584

イラスト●北野佳菜
装丁・デザイン●菅田　亮
印刷所●モリモト印刷株式会社

ISBN978-4-86342-231-5 C0036　printed in japan

好評既刊

スマイル　生まれてきてくれてありがとう

島津智之・中本さおり・認定 NPO 法人 NEXTEP ／編著

重い障害があっても、親子がおうちで笑顔いっぱいで暮らす「当たり前」の社会をつくりたい―子ども専門の訪問看護ステーション、ヘルパーステーション、障害児通所支援事業所を展開するユニークな取り組み！

1600円

医療的ケア児者の地域生活を支える「第3号研修」

日本型パーソナル・アシスタンス制度の創設を　NPO 法人医療的ケアネット／編著

保育園や学校での医療的ケア（看護師導入）がメディアで盛んに報道されているが、あらゆる年齢の人たちに医療的ケア支援を保障するために、制度化された「第3号研修」を拡げることが必須！

1400円

医療的ケア児者の地域生活保障　特定（第3号）研修を全国各地に拡げよう

高木憲司・杉本健郎・NPO 法人医療的ケアネット／編著

24時間地域で安心、安全に医療的ケアが必要な人たちの支援の連携をどうつくるか、大きい地域格差解消などの課題を提起する。

1200円

医療的ケア児者の地域生活支援の行方　法制化の検証と課題

NPO 法人医療的ケアネット／編著

医療的ケアは、障害児者の在宅支援、教育支援のコア（核）である。医療的ケアの原点と制度の理解、超重症児者の地域・在宅支援、学校の医療的ケア、地域での住処ケアホームなど、法制化の検証と課題を明らかにする。

2000円

読んで、見て、理解が深まる「てんかん」入門シリーズ　公益社団法人日本てんかん協会／編

1 てんかん発作 こうすればだいじょうぶ 改訂版　DVD付き

川崎　淳／著　…発作と介助

3刷

てんかんってどんな病気？　発作のときどうすればいい？
てんかんのある人、家族、支援者の“ここが知りたい”にわかりやすく答える入門書。
各発作の特徴や対応のポイントを示し、さらにDVDに発作の実際と介助の方法を収録。

2000円

3 てんかんと基礎疾患…てんかんを合併しやすい、いろいろな病気

永井利三郎／監修

2刷

なぜ「てんかん」がおきるの？　てんかんの原因となる病気“基礎疾患”について、
症状と治療法をやさしく解説。初心者にもわかる！
てんかんの原因となる病気の本。

1200円

4 最新版 よくわかる てんかんのくすり

小国弘量／監修

2刷

これまで使われているくすりから、最新のくすりまでを網羅。くすりがどのような作用で発作を抑えるのかをていねいに解説。
一般名（薬剤そのものを表す）と商品名（製薬会社が発売）を一覧に！

1200円

5 すべてわかる こどものてんかん

皆川公夫／監修・執筆

2刷

てんかんってなあに？　から、検査、治療、介助、生活するうえでの注意点など、こどものてんかんについて知っておきたいことをわかりやすく解説。1テーマごとに短くすっきりまとまり読みやすい！

1300円

※本体価格で表示